이현주 목사의 꿈 일기

이현주 목사의 꿈 일기

2005년 10월 1일 초판 1쇄 발행. 2010년 8월 31일 초판 2쇄 발행. 이현주가 짓고, 이흥용과 박정은이 기획 편집하여 펴냈으며, 명미진이 마케팅을 합니다. 표지 디자인은 Design Vita에서, 본문 디자인은 양경화가 하였습니다. 제판은 푸른서울, 인쇄 및 제본은 영프린팅에서 각각 하였습니다. 출판사 등록일 및 등록번호는 2003. 2. 6. 제10 - 2567호이고, 주소는 121 - 250 서울시 마포구 성산동 628-5, 전화는 (02) 3143 - 6360, 팩스는 (02) 338 - 6360, E-MAIL은 shanti@shantibooks.com 입니다. 이 책의 ISBN은 89-91075-22-3 03800이고, 정가는 14,000원입니다.

이 도서의 국립중앙도서관 출판시도서목록(CIP)은 e-CIP 홈페이지(http://www.nl.go.kr/ecip)에서 이용하실 수 있습니다.(CIP제어번호: CIP2010003053)

이현주 목사의

꿈
일기

【샨티】

만일 네가 잠들었다면?

그 잠 속에서

꿈을 꾸었다면?

그 꿈 속에서

하늘에 올라가

이상하고 아름다운 꽃을

꺾어 들었다면?

만일 네가 잠에서 깨어났을 때

그 꽃이 네 손에 들려 있다면?

—새뮤얼 T. 콜릿즈

내 존재의 뿌리가 되어준
어머니와 아내라는 이름의 두 여인에게
삼가 이 책을 바칩니다.

책을 내면서

지난 2004년은 제가 세상에 태어난 지 꼭 육십 년 되는 해였습니다. 말하자면 환갑이 되는 해지요. 한 해를 어떻게 보낼까 궁리하다가, 그동안 말도 많이 했고 글도 많이 썼으니 근신勤愼하는 뜻에서 말도 하지 말고 글도 쓰지 말고 그렇게 한 해를 보내는 게 좋겠다는 생각이 들었습니다.

그래서 여기저기 연재하던 글을 양해를 얻어 중단하고 집에 들어앉았지요. 그런데 그 한 해 동안, 제 중심에 계신 선생님께서는 저에게 세 가지 좋은 선물을 주셨습니다.

첫째 선물은, 밤마다 꿈을 꾸게 하신 겁니다. 저로서는 난생 처음 겪는 일이었어요. 물론 정초에는 몰랐습니다만, 한 주일쯤 지나면서 매일 밤 꿈을 꾸다보니 그것을 적어두고 싶어졌습니다.

아무리 꿈을 꾸었어도 기억나지 않으면 말짱 헛일이지요. 기억나지 않는 꿈은 없는 꿈이나 마찬가지니까요. 선생님은 저에게 꿈을 꾸게 하신 다음, 그것을 기억나게 해주셨습니다. 이것이 선생님께서 저에게 매일같이 주신 둘째 선물입니다. 기억이라는 게 그렇잖습니까?

아무리 기억하려고 애를 써도 기억나지 않으면 소용없지요. 그러니까 제가 꾼 꿈을 기억한 것은 저의 능력으로 할 수 있는 일이 아니었다는 말씀입니다.

셋째 선물은, 기억나는 꿈에 대한 해석(?)입니다. 글쎄요. 그것을 '해몽'이라고 말할 수 있을는지, 그건 잘 모르겠네요. 그래도 아무튼, 간밤의 꿈을 기억나는 대로 적다보면 그 꿈을 통해서 제가 배워야 할 내용이라 할까, 제가 새겨들어야 할 메시지라 할까, 그런 것들이 자연스럽게 떠오르는 겁니다.

그래서 일년 삼백 예순 닷새 거의 날마다 빠짐없이 꿈에 대한 일기를 적게 되었어요. 이 책은, 그렇게 이루어진 일년 동안의 꿈 일기를 약 3분의 1쯤 추려낸 것입니다. 추리는 작업에 샨티의 이홍용, 이평화 두 분이 수고가 많으셨어요. 이 자리를 빌어 감사드립니다.

헨리 데이빗 소로가 이렇게 말했다더군요. "나는 정말이지 깨어 있는 상태와 꿈이 어떻게 다른지를 모르겠다. 우리는 언제 어디서나 자기가 상상하는 대로의 세상을 살고 있지 않은가?" 그렇다면 인생 일장춘몽이라는 말도 그냥 한번 해보는 소리가 아니고, 진실을 제대로 밝힌 정확한 말이 되겠지요.

저도, 소로처럼 분명하게 말할 수 있는 단계는 아직 아닙니다만, 우리가 현실로 알고 있는 이것이 진짜 꿈 아닐까 하는 생각이 들긴 합니다. 그러나 그걸 여기서 설명하거나 증명할 필요는 없다고 봅니다. 또 그럴 실력도 저에겐 없구요.

다만, 제 꿈에 등장하는 인물들(저 자신을 포함하여)이나 소도구들이나 그들이 엮어내는 사건들 모두 제가 만들어낸 것이라는 사실만큼은 따로 증명할 것 없이 분명하지요. 그렇다면 "이 세상이 하나님의 자기 노출"이라는 이븐 아라비의 말에도 뭔가 아주 심오한 진실이 담겨 있다 하겠습니다.

우리는 보통 길몽이니 흉몽이니 하면서 나쁜 꿈 따로 좋은 꿈 따로 있다고 생각하지요. 그러나 일년 동안 매일같이 이런저런 꿈을 꾸면서 저는 흉몽이라는 게 따로 있다는 생각을 버리게 되었습니다. 왜냐하면 모든 꿈이 좋은 꿈이라는 걸 알았거든요. 그래요, 꿈은 모두가 길몽입니다. 흉몽은 없어요. 있다면, 나쁜 꿈을 꾸었다는 생각이 있을 뿐이지요.

이제 저는 우리가 지금 살고 있는 이 세상, 날마다 폭탄이 터지고 죄없는 사람들이 떼로 죽고 거짓말쟁이들이 높은 자리에서 설치고 밤 사이에 또 무슨 난리가 벌어질지 알 수 없는 이 어지러운 세상이, 저를 포함하여 인류 전체를 더 높은 의식意識으로 끌어올리기 위한 한바탕 길몽이라는 생각을 가지게 되었습니다.

결국, 이 생각은 저를 이끌어 터무니없이 못 말릴 낙관론자로 만들어주겠지요. 이 책에는 비관悲觀이 없습니다. 절망도 없습니다. 오직 사람과 세상에 대한 희망과 교훈과 애정만이 있습니다. 제가 일부러 그렇게 쓴 것이 아니라서 감히 말씀드릴 수 있습니다.

이 물건을 세상에 내놓게 된 것을, 그럴 만한 자격은 물론 없습니다만, 고맙고 기특하게 생각합니다.

2005년 가을 문턱에서
관옥 이현주

차례

5 월 의 꿈

6 월 의 꿈

7 월 의 꿈

8 월 의 꿈

1월의 꿈

≫2004년 1월 1일 그렇게 그가, 길을 가리켜주었다

꿈에, 한 젊은이가 길가에 앉아 있다가 "여기 길이 없어요. 사방이 철망으로 막혀 있어요" 하고 말했다. 그렇게 그가, 길을 가리켜주었다.

≫1월 6일 네가 분노와 증오로 끝장내 버릴 그런 인간은 세상에 없다

"꿈이 격렬해서 깨어났습니다. 깨어난 순간, 다시 꿈속으로 들어가고 싶었습니다. 그러나 깨어진 꿈은 계속되지 않았어요. 아주 난폭하고 끈질긴 폭군이 한 여자 같은 남자를, 잡은 쥐를 놀리는 고양이처럼, 품었다가 놓았다가 하면서 괴롭히고 있었습니다. 저는 그 폭군이 다스리는 나라의 신민臣民인데, 다른 많은 사람들과 함께, 폭군의 시

18

달림을 받고 있는 여자 같은 남자를 도와주고 싶지만, 그래서 무슨 수를 써볼수록 오히려 본인에게 고통만 더 안겨주는 결과에 속으로 분노와 증오가 쌓였습니다.

어느 날 폭군은 보이지 않고 그의 난폭한 사랑(?)에 시달리는 여자 같은 남자만 있기에, '운명인가보다, 도망쳐라!' 하고 말하자 그도 잽싸게 아주 거대한 빌딩을 돌아 저쪽으로 사라졌어요. 그런데 예감이 좋지 않았습니다. 아니나 다르랴, 건물 이쪽으로부터, 여자 같은 남자를 난폭하게 잡아끌면서 폭군이 나타났습니다.

'네가 감히 내 품을 벗어나 도망치겠다?' 음흉하게 웃으면서 버티고 서 있는 폭군 앞에 바들바들 떨고 있는 여자 같은 남자는, 바로 송호일 군이었어요. 그 순간 제가 벌떡 일어나 큰소리로 아주 똑똑하게 말했습니다.

'호일아, 네가 개 같은 놈을 만나 참 고생이 많구나!' 그것은 폭군에게 던지는 당당한 선전포고였어요. 온 세상이 깜짝 놀라는 것 같았습니다. 폭군이 화가 폭발하여 저에게 덤벼들었습니다.

'오냐, 오너라. 내가 네 놈을 물어 죽이겠다!' 저도 같이 덤벼들면서 그의 내뻗은 손가락을 물어뜯다가 잠에서 깨어났던 것입니다. 깨어나면서 서운했습니다. 놈을 끝장냈어야 하는 건데, 그럴 수 있을 것 같았는데(그와 대결하는 순간 저는 하나도 두렵지 않았거든요. 일단 싸움이 붙으면 구경하던 다른 모든 사람들이 가담하여 그 자리에서 폭군의 숨통을 끊을 수 있을 것 같았습니다), 그런데 그만 꿈에서 깨어난 것입니다. 그래서 꿈속으로 다시 들어가 보려고 했지만 허사였어요."

"네 꿈은 깨어지지 않았다."

"예?"

"네가 지금 살고 있는 세상이 힘있는 자가 힘없는 자를, 고양이가 쥐를 가지고 놀듯이, 폭력으로 짓누르며 자기 만족을 추구하는 그런 세상 아니냐?"

"그렇군요."

"그러나 꿈은 꿈일 뿐 반드시 깨어지게 마련이다."

"그러면 제가 시방 꿈속에서 꿈을 꾼 것입니까?"

"꿈에서 깨어나면 어떻게 되는지를 공부하고 있는 중이다."

"……"

"그래, 꿈에서 깨어나니, 끝장을 보지 못해 끝내 서운하기만 하냐?"

"아닙니다. 그런 감정은 이내 사라졌고 그 대신 허탈감이 들었습니다."

"있지도 않은 것에 목숨을 걸었으니 허탈할 수밖에……"

"그러다가 뭔가 다른 감정이 느껴졌어요. 연민 비슷했습니다. 제 꿈에 등장했던 모든 인물(폭군, 그에게 시달림을 받고 있는 애인 아닌 애인, 그것을 보면서 구경만 하고 있던 백성들, 폭군의 위력을 등에 업고 똑같이 난폭하게 굴던 그의 측근들, 그리고 그런 현실에 증오와 분노를 안고 살아가는 자신까지)이 불쌍하다는 생각이 들었습니다. 특히 폭군이 불쌍했어요. 그렇게 힘으로 누군가를 자기 곁에 억지로 붙잡아두지 않고서도 그로 하여금 자기를 떠나지 않게끔 할 수 있을 텐데, 저 사람이 사랑하는 법을 제대로 안다면 얼마든지 그럴 수 있겠는데, 자기 딴에는 누굴 좋아한다면서 오히려 괴롭히고 있구나, 하는 생각이 들면서 그가 너무나도 외롭고 불쌍해 보였습니다."

"됐다. 이제 그 감정(생각)을 품고서 네 진짜 꿈속으로 들어가거라. 모든 사람을 불쌍하게 보는 눈, 그것이 바로 대자대비大慈大悲 부처의 마음 아니냐? 네가 분노와 증오로 끝장내 버릴 그런 인간은 세상에 없다!"

문득, 루미Rumi를 읽어야겠다는 생각이 들어, 《루미 선집The Essential Rumi》을 펼쳐드니 눈에 띄는 시 한 편이 있다. 나를 읽어보렴, 하고 속삭이듯이.

이곳은 한바탕 꿈자리.
꿈꾸는 자만이 그곳을 현실로 안다.

이윽고 죽음이 새벽처럼 찾아오면
네가 슬픈 일이라고 생각했던
것들에 대하여 웃으면서, 너는 깨어난다.

그러나 이 꿈에는 뭔가 다른 게 있다.
현실 세계의 환영幻影 속에서 무의식으로
이루어지는 모든 잔혹한 일들은
네가 죽음으로 깨어나도, 사라지지 않는다.

그것들은 남는다.
남아서, 해석되어야 한다.

요셉의 겉옷을 찢어버렸던

그 모든 천박한 웃음과
성급한 성욕性慾, 그것들이
네가 마주 대해야 할
힘센 이리떼로 바뀐다.

때로 현실에서 이루어지는 보복,
재빨리 되받아치는 앙갚음,
그것은 숨기도 하고 찾기도 하는
아이들의 술래잡기 놀이다.

여기서 네가 할례割禮로 아는 것이
저기서는 불알 까기다.

그리고 우리가 살고 있는
이 비틀거리는 시간이란,
어떤 사람이 자기가 그동안 살아온 마을에서
잠이 들어, 다른 마을에 살고 있는
꿈을 꾸는 것과 같다. 꿈속에서 그는
자기가 지금 침상에 누워
잠자고 있는 마을을 기억 못하고
꿈속 마을을
현실이라 믿는다.

세상은 그런 잠이다.

수많은 도시들의 부스러진 먼지가
잊혀진 선잠처럼 우리 위에 내려앉지만
우리는 그 도시들보다 오래되었다.
광물질로 시작하여
식물로, 동물로, 마침내 사람으로
우리는 태어났다.
그리곤 그때마다
이전 상태를 잊어버렸다.
이른 봄날, 다시 푸른 존재로 될 것을
가벼이 상기想起하는 때말고는!
그때의 우리야말로
한 젊은이가 제 스승에게로 돌아서는 모습이다.
제가 지금 무엇을 갈망하고 있는지도 모른 채
본능처럼 어미 젖가슴 파고드는
젖먹이의 모습이다.

인류는 진화의 코스를 따라
지성知性의 이주移住를 통해
이끌림을 받는 중이다.
비록 잠들어 있는 것 같지만, 우리 속에는
꿈을 들여다보는
내면의 각성이 있다, 그리고

그 각성이 마침내 우리를

참 자아의 진실眞實로

깜짝 깨어나, 돌아가게 하리라.

» 1월 20일   꿈에 신이 나면 얼마나 날 것이며, 신이 난들 그게 다 무엇인가?

꿈에 장병용 집에 가서 음악 듣고 놀았다. 그가 슈베르트 피아노 소나타 전곡을 악보 없이 연주할 수 있다는 얘길 들었는데 실제로 연주하는 것을 듣지는 못했다.(꿈이고, 게다가 그냥 말인데 무슨 불가능한 일이 있겠는가?)

집으로 돌아오는 길인데, 짐을 잔뜩 실은 소달구지를 타고 있었다. 중간에 무슨 일로 잠깐 달구지에서 내렸다가 다시 타려고 하는 순간, 마부가 달구지를 출발시켰다. 아마도 내가 탄 줄로 아는 것 같았다. 소리쳐 불렀으나 목소리가 닿기에는 벌써 너무 거리가 멀어졌다. 무슨 깃봉처럼 생긴 물건을 한 손에 들고서 달구지 뒤를 따라 걷기로 마음먹고 걸어가는데, 달구지가 멈추더니 우왕좌왕하고 있었다.

순간, 내가 달구지를 못 탔다는 걸 마부들은 몰랐지만 저 소는 알고 있었구나―하는 생각이 들었다. 아닌 게 아니라 그랬다. 마부 둘 가운데 하나가 나를 보면서, "당신 도사 다 됐군. 어떻게 소하고 마음이 통하나?" 했다. 대답하고 싶지 않아서 아무 말 하지 않았다. 마부 얼굴을 보니 시인 고은高銀이다. 그래서 그 달구지를 다시 탔는지 안 탔는지는 기억나지 않는다. 상관없는 일이다. 어쩌면 꿈에서도 더 이상 달구지하고는 아무 연관이 없었는지 모를 일이다.

24

단지, 마부들은 '눈'으로 보았기에 내가 달구지를 탄 줄로 알았지만(실제로, 철봉 턱걸이하듯 꽤 높은 달구지 위로 뛰어올랐다가 안에 내용물이 가득 차서 앉을 자리가 없기에 다른 쪽으로 오르려고 내려왔으니, 마부들은 내가 올라타는 모습을 보았을 것이다. 그러므로 그들이 달구지를 출발시켰을 때, 나는 얼마든지 있을 수 있는 일이라고 여겼으므로 화를 내거나 원망스럽지 않았다), 소는 '마음'으로 보았기에 내가 달구지를 못 탔다는 걸 알았구나—하는 생각이 들었을 뿐이다. 그런데 그건 꿈속에서만 그런 게 아니라 현실에서도 그렇지 않을까?

주먹보다 조금 더 클까 말까한 쥐처럼 생긴 짐승이 나를 번쩍 들어던질 수 있다면서 쫓아오는 바람에 이리저리 피하다가 깨어났다. 도대체 안 되는 일이 없는 데가 꿈속 세상이다. 그런데 그 꿈을 조종할 수 있다니, 그럴 수만 있다면, 얼마나 신나는 일일까? 자기 꿈을 조종할 수 있는 능력은, 꿈을 꾸면서 내가 지금 꿈을 꾸고 있다는 걸 아는 데서 온다고 한다.

그러나 꼭 그걸 해보고 싶다는 마음은 없다. 꿈에 신이 나면 얼마나 날 것이며 신이 난들 그게 다 무엇인가? 한낱 꿈일 뿐인데.

» 1월 21일 누구나 하느님이 하시는 일을 보여주고 있다

어떤 자리에서 설교를 하고 있었다. 사람은 누구나 자신의 길을 가고 있으며 자기 가능성을 지니고 있으니 그 가능성이 현실화될 수 있도록 돕자는 내용이었다. 그런데 한 여자가 조금 비웃는 표정으로 "그게 아니어요, 목사님!" 하고 말허리를 자른다. 그 여자의 아들이 병원 의사임을 알고 있었기에 속에서 화가 났다. "뭐가 아니오?" 하고 묻자, 같은 표정으로 "그게 아니라고요" 한다. 나는 목청을 높여, "당신 아들이 아이큐 90으로 태어났어도 의사가 됐겠소?" 하고 따지듯이 물었다. 여자의 비웃는 듯한 표정이 더욱 노골적으로 드러났다. 내 아들은 아이큐 90이 아니라는 뜻이었다.

"내 말은……" 하고 숨을 가다듬으며 말을 계속했다. "사람은 누구나 동등하다는 거요. 모두가 자기만의 길로 자기만의 인생을 살고 있어요. 누구를 업신여기거나 부러워하는 것은 잘못입니다. 다만, 아무리 가능성이 있어도 그것이 현실화되는 데는 적당한 조건이 필요하기 때문에 우리가 서로 그 조건을 이루어주자는 거예요……"

속에서 자꾸만 솟아나는 화를 억지로 누르며 '설교'를 계속하기가 힘겨웠던가, 문득 꿈에서 깨어났다.

깨어나는 순간, 태어나면서부터 맹인이었던 사람 이야기가 떠올랐다. 사람들은 그를 보면서, 저 사람이 맹인으로 태어난 것은 본인의 죄 탓인가 부모의 죄 탓인가 그것이 궁금했다. 그런데 예수는, 본인의 죄 탓도 아니고 부모의 죄 탓도 아니라고 대답한다. 그럼 왜 저런 상태로 태어났단 말인가? 의아해하는 군중(제자들)에게 예수의 대답은 뜻밖이었다. "그에게서 하느님이 하시는 일을 보여주기 위해서다!" 그러고는 이어서, 침과 흙을 섞어 맹인의 눈에 바른 다음 실로암 연못에 가서 눈을 씻으라 하니 그대로 한 결과 눈이 밝아져서 돌아왔고, 바리새파가 그 사람 눈뜨게 된 날이 안식일임을 트집잡는 얘기가 이어진다.

26

예수가 정말 그랬을까? 그랬을 수도 있고 아닐 수도 있다. 그러나 그 자리에서 맹인의 눈을, 그것도 본인이나 부모의(또는 친구들의) 간청도 없는데, 일방적으로 고쳐주었다는 이야기는 아무래도 수상쩍다. 후대의 가필이거나 요한의 의도적인 편집일 가능성이 크다. 맹인의 눈을 뜨게 하는 과정도 예외적으로 매우 드라마틱하다. 침에 흙에 실로암 연못까지, 보통 예수의 기적 설화에서는 잘 등장하지 않는 소도구들이 눈에 띈다.

이제부터는 내 추측이다.

그날 예수는 제자들에게 "저 사람한테서 하느님이 하시는 일을 보여주기 위해서다" 이렇게 말하고는 입을 다물었다. 이어서 아무 일도 일어나지 않았다. 맹인이 눈을 뜨게 해달라고 요청하지도 않았고 예수가 그의 눈을 뜨게 해주지도 않았다. 그래도 그의 대답(저 사람한테서 하느님의 일을 보여주기 위해서라는)은 너무나도 분명했기에 제자들 머리에 깊이 새겨졌다.

그러나 그럴수록 제자들은 헷갈렸다. 도대체 무엇이 저 맹인으로 태어나 길바닥에서 구걸하는 걸인을 통해 보여준다는 하느님의 일이란 말인가? 그러나 예수는 끝내 그들의 궁금증을 풀어주지 않은 채 그들 곁을 떠난다. 성경을 만들게 되었을 무렵 편집자들은 고민한다. 제자들 기억에 너무나도 선명히 남아 있는 '예수의 대답'을 어떻게 할 것인가? 그 말이 이해되지 않는다 하여 삭제할 것인가? 아니면 하느님이 그를 통해서 당신의 일을 보여주시는 '이야기'를 첨부함으로써 사람들의 의혹을 풀어줄 것인가? 요한의 선택은 후자였다. 그것은 어렵지 않은 일이었다. 흔한 기적 이야기 하나 가져다가 덧붙이면 될 일이었으니까.

그러나, 그것이 후대 사람들을 얼마나 더 헷갈리게 할 것인지를 요한은 미처 헤아리지 못했다. '하느님이 하시는 일'을 무슨 특별한 '기적'으로 만들어버림으로써 오히려 사람들의 눈을 가려버렸다. 예수의 대답은 그게 아니었다. 눈을 떠서 볼 줄 알면 어디서나 하느님을 볼 수 있고, 그러므로 그의 눈에는 세상에서 벌어지는 모든 일이 하느님이 하시는 일이다. 꿈을 꾸면서 그 꿈이 자기가 침상에 누워 꾸고 있는 꿈임을 아는 사람은 꿈에 일어나는 모든 사건이 자기가 만든 것임을 안다. 하느님 눈으로 세상을 보는 사람에게는 모든 일이 하느님의 일이라는 얘기다. 그러기에 예수의 대답에는 기적 이야기 대신, 다음 한마디가 첨부되었어야 할 것이다.

"그러나 그 맹인을 통해서 보여주신다는 하느님의 일이 어떤 것인지 사람들은 보지 못했다. 모두가 태어나면서부터 눈이 멀었기 때문이다."

편집자가 눈을 뜬 사람이었다면 이렇게 덧붙였을지도 모른다.

"나면서부터 맹인이었던 그 사람은 그렇게 나면서부터 하느님이 하시는 일을 보여주었고, 그 뒤로도 세상에서 자취를 감출 때가지 하느님이 하시는 일을 보여주었다. 우리를 포함한 다른 모두가 그러고 있듯이……"

》1월 23일 가시는 안에서 뽑아야 한다

신학교 선배가 운영한다는 허름한 식당에 갔다. 식당이라기보다 가난한 사람들이 와서 적당히 배를 채우는 사설 급식소 같은 곳이었다. 언덕 위 뒷골목에 있었다. 거기서 생선 머리 하나를 접시에 놓고 맛있게 먹다가 꿈을 깨었다.

생선 이름이 키칭 휘신가 피싱 휘신가 아무튼 그 비슷했는데, 먹으면서 세상에 이렇게 가시가 많은 고기는 처음 본다고 말한 기억이 난다. 아가미 속 혓바닥에도 가시가 들어 있었다. "그래도 가시만 뽑아내면 세상에 그보다 더 맛있는 고기가 없다오." 식당에서 일하는 여자가 말했다. 가시를 뽑는 일은 어렵지 않았다. 밖으로 나온 가시 부분을 잡고 당기면 잘 안 뽑아졌지만 뒤집어서 안에 있는 가시 부분을 당기면 쏙쏙 잘 뽑혔다. 가시가 몸 안에 뿌리를 두고 몸 밖을 향해서 나 있기 때문이었다.(고슴도치나 장미처럼.) 그렇게 가시를 뽑아내다가 잠에서 깨어났다.

아아, 누가 내 몸을 뒤집어 내 몸의 가시들을 모두 뽑아줄 것인가? 그러면 이 물건도 세상에서 가장 맛있는 음식이 될 터인데. 아니면 지금 그런 일이 이 몸에서 일어나고 있다는 얘길까? 가시는 안에서 뽑아야 한다. 밖에서 뽑으면 뽑히지도 않을 뿐더러 힘만 들고 피차 아프기만 하다.

내가 나를 보호하고 키우기로 작정하는 한, 가시는 소중하고 필요한 물건이다. 그러나 이제 내가 더 이상 나를 보호하거나 키우지 않겠다고 생각한다면, 남은 길은 그동안 나를 지켜주던 가시를 하나씩 제거하는 일이다. 그런데 그 일은 내가 못한다.

잊지 말자. 이 몸은 선생님 접시에 오른 생선이다. 혓바닥 가시부터 뽑으실 생각이신가? '침묵' 이라는 게, 그게 '말' 의 문제가 아님을 날마다 절감한다.

눈 쌓인 뒷산을 걸으면서 생각해 본다. 나는 과연 지금 침묵을 하

29

고 있는가? 대답은, "아니다"이다. 발성發聲만 하지 않을 뿐, 들리지 않는 소리로 몸짓으로 여전히 말이 많다. 속이 시끄러운 것은 거기에 '말'이 많기 때문이다.

그래도 이번 참에, 침묵이 어떤 것인지, 어떻게 하면 제대로 침묵의 문 안으로 들어갈 수 있는지, 배울 수 있는 만큼 배워는 봐야겠다.

≫ 1월 25일   꿈 속 의   나 는   꿈 꾸 는   나   안 에   있 고 , 꿈 꾸 는   나 는   꿈 속 의   나   안 에   있 다

《녹색평론》 김종철 선생이 무슨 강의를 하라고 해서 대구로 가는 길이었다. 오후 7시에 강의 시작인데 시간을 계산하니 두 시간쯤 여유가 있었다. 기차 안에서 책을 읽다가 대구를 지나쳐버렸다. 그래도 시간이 남아 있으니 괜찮다고 생각하면서, 아마도 밀양쯤 되는 데서 기차를 상행선으로 바꿔 타기로 하고 역에 내렸다.

상품들만 진열되어 있고 사람들은 잘 보이지 않는 재래 시장을 지나가는데 어디선가 라디오 방송 소리가 들렸다. "8시 뉴스를 말씀드리겠습니다." 깜짝 놀라 보니 시계 바늘이 8시를 가리키고 있다. 다른 시계도 마찬가지다. 그럼 이게 어떻게 된 것인가? 지금은 강의를 시작해서 한 시간이나 지났을 때가 아닌가? 순간, 내가 시간 계산을 잘못했다는 생각이 들었다. 난감했다. 어떻게 하나? 사람들은 모여 있고 강사는 나타나지 않고, 난처해진 김 선생은 이 문제를 어떻게 수습했을까? 그러면서 다시 시간을 계산한다. 이제라도 기차를 타고 대구까지 가면? 9시쯤 되겠지. 모임은 끝났든지 끝나가든지 할 터인데, 그래도 늦게나마 나타나서 사정을 말하고 용서를 빌어야 하지 않을까?

그러나 그건 나중 일이고, 우선은 김 선생에게 전화부터 해야겠다 싶어서 전화통을 찾으니, 어떤 집 상품 진열장 위에 옥색 공중전화가 높이 놓여 있다. 내 키보다 한 자쯤 높은 데 전화기가 있어서 손을 번쩍 들어야 사용할 수 있었다. 상점 주인이 웃으면서 미안하다고 말한다. 그럴 사정이 있겠지. 상관치 않고 전화 번호를 누르는데 02에 841 1353 누르다가 번호를 잘못 눌렀다는 생각이 들어서 끊고 다시 누르려고 하는데, 무척 급해 보이는 남자가 둘이나 뒤에 서 있다.(위에 누른 번호는 서울 대림동, 아내가 있는 우리 집 번호가 맞다. 김 교수 전화 번호를 몰랐으므로 일단 집에 전화해서 전화 번호도 알 겸 혹시 그로부터 전화가 오지 않았는지 알아보려고 집 전화 번호를 누른 것이다.) 그 남자에게 수화기를 넘겨주고 다른 전화통을 찾아 나섰다. 행길 건너에 공중전화 부스가 세 개 나란히 모두 비어 있었다. 길을 건너다가, 잠에서 깨어났다.

깨어나는 순간, 난감했던 문제가 거품처럼 사라진 것을 알았다. 당황스럽던 기분은 여전히 조금 남아 있지만, 난감함 대신 싱거운 웃음이 나를 흔들었다. 문득, 찬송가 한 구절이 떠오른다.

"나와 세상은 간 곳 없고 구속한 주만 보이도다."

그렇다. 깨어나서 보니까 강의 시간에 맞추어 도착하지 못하고 엉뚱한 데서 갈팡질팡하는 '나'도 없고 덩달아 난처했을 김 교수도 없고 재래 시장도 없고 아내도 없고 잘못된 전화 번호로 착각한 제대로 된 전화 번호도 없고 키보다 높은 데 설치된 옥색 공중전화기도 없고 바쁜 기색이 뚜렷한 검은 양복 차림의 키 큰 남자도 없고 8시를 가리키던 시계들도 없고…… 모두가 없다. 있는 것은 그런 '꿈'에서 깨어난 나뿐이다.

"나와 세상은 간 곳 없고 구속한 주만 보이도다." 무슨 말인가? 구속한 주가 누구한테 보인다는 건가? 이미 나는 세상과 함께 간 곳이 없다면서…… 그러니까 비유하자면 이 노래 가사는, 꿈속에서 갈팡질팡 난처한 지경을 헤매던 내가 꿈에서 깨어나 그런 꿈을 꾸다가 깨어난 나를 보고 있다는 얘기다. 내가 나를 본다. 그러나 앞의 나는, 사실은 없는 나다. 더구나 지금은 꿈에서 깨어났으니 명실공히 없는 나다. 그러므로 꿈속의 내가 꿈에서 깨어난 나를 보고 있다는, 말도 되지 않는 노래를 지금 부르고 있는 것이다. 그러나 그것이 진실이라는 얘기 아닌가? 아버지가 내 안에 있고 내가 아버지 안에 있다는 말 아닌가? 꿈속의 나는 꿈꾸는 나 안에 있고 꿈꾸는 나는 꿈속의 나 안에 있다는 얘기 아닌가? 그게, 사실이 그렇지 않은가?

밤늦도록 영화를 보고 잠자리에 들어 꿈을 꾸고 있는 내가 없으면, 7시 대구 강연장에 있어야 할 몸이 8시 밀양쯤에서 허둥대고 있는 내가 어찌 있을 것인가? 동시에, 꿈속에서 난감한 처지를 겪고 있는 내가 없다는 얘기는 꿈을 꾸고 있는 내가 없다는 얘기다. 이것 없으면 저것이 없고 저것 없으면 이것이 없다. 꿈속의 나와 꿈꾸는 내가 둘이 아닌 까닭이다.

아직, 내 꿈속의 나는 자기가 지금 꿈속에 있다는 사실을 모른다. 그래서 허둥지둥한다. 꿈속에서 일어나는 일을 그것이 어떤 일이든, 착실하게 겪으면서 즐길 수 있는 경지에는 이르지 못했다. 그것이 바로 현실의 내 자화상이다.

그나저나 이렇게 꿈에서 깨어나 글을 쓰고 있는 나도 똑같이 꿈속에 있는 나라고 하니, 결국 꿈에서 꿈으로 깨어난 셈인데, 이 꿈을 깨면 또 어떤 꿈이 나를 품을 것이며, 그 꿈의 껍질은 언제 어떻게 벗겨질 것인가? 아니면 영원히 벗어날 수 없는 것인가?

쓸데없는 생각을 잠깐 했다.

어떻게 하면 꿈속에서 깨어 있는 상태로 꿈을 꿀 수 있을까? 안 될 때 안 되더라도 그 길을 찾아볼 일이다. 그것이 아들의 몸으로 아버지를 살아가는 길이요, 감옥에 갇혀서 거칠 것 없는 자유를 누리는 길일 터인즉, 광활한 대지에서 감옥 생활을 하는 것보다는 바람직한 일 아닌가?

깨어나기. 깨어 있기. 이 꿈결 같은 한 세상 살아가면서 이것말고 다른 무슨 추구할 가치가 있단 말인가?

≫ 1월 26일   이 모든 수고를 감당한 몸이 있어서 고상한 영혼은 성숙해 간다

뭔가를 먹어대는 꿈의 연속 가운데 불편하고 불쾌한 잠을 잤다. 깨다 자다 반복하면서, 꿈과 현실 양쪽으로 배가 아팠다. 일어나서 무슨 조처를 취해야 할 만큼은 아니었지만, 아무튼 기분이 나빴다. 잠자리에 들기 30분쯤 전 찹쌀죽 한 공기 먹은 것이 원인인 게 분명하다. 찹쌀죽도 그것을 끓여준 아내도 아무 잘못 없다. 내가 화근이다. 바보 같은 짓을 했으니 그에 합당한 열매를 먹어야 한다.

꿈에, 무슨 공적인(개인이 써도 되는 물건이 아니었다) 재료로 음식을 만들어 나를 포함한 세 관리가 먹었다. 셋 중에는 내가 상급자

였다. 그것이 발각되어 난처한 지경이 되었다. 그 정도로밖에는 기억
나지 않는다.

잠에서 깨어나는데, 어디선가 읽은 글이 기억난다. 찾아보니, 있
다. 《매일 읽는 아비담마*Abhidhmma in Daily Life*》(Nina Van Gor-
kom)에 인용된 불경佛經 한 구절.

"비구들이여, 사람들이 만일, 선물을 나누는 행위가 맺는 열매에
대하여, 내가 알듯이, 안다면 그들은 그것을 나누는 일 없이 즐기지
않을 것이며, 그 가슴에 인색함의 얼룩을 묻히거나 거기에 머물지도
아니할 것이다. 비록 그것이 그들의 마지막 한 모금, 마지막 한 조각
이라 하여도, 만일 나누어 받을 사람이 누군가 있다면, 그것을 나눠
주지 않고서 혼자 먹지는 않을 것이다."(쿳다카 니카야 III, §6)

할 수 없다. 역시 '앎'이다. 행위의 문제만은 아니다. 적어도, 행위
만 다스리는 것으로 풀어질 문제가 아닌 것은 분명하다. 알아야 한
다. 내 몸이 담배의 독을 알면서 담배를 끊게 되듯이, 그렇게 알아야
한다. 먹지 말아야 할 것을 먹지 말아야 할 때에 먹지 말아야 할 장소
에서 먹지 않으려면, 붓다가 알듯이, 그게 어떤 것인지를 알아야 한
다. 아울러 그 앎이 '머리'만으로는 절대로 알 수 없는 것이기에, '행
위'를 도외시해서는 안 된다는 것 또한 분명하다.

하룻밤, 꿈과 잠과 깨어남의 뒤범벅 속에서 어수선하고 불쾌했지
만, 좋은 경험이었다. 몸에 감사한다. 늦은 밤참으로 찹쌀죽을 먹고
배가 아프고 잠을 설치고…… 이런 모든 수고를 감당한 몸이 없다
면 고상한 내 영혼인들 무엇을 어떻게 배울 것인가?

흔히들 몸body과 영혼soul을 몸과 옷으로 비유하는데, 부적절한
것 같다. 몸이 병든다 해서 옷까지 꼭 더러워지지는 않기 때문이다.

어차피 하나를 몸으로 본다면 다른 하나는 '옷'보다는 '피부'로 보아
야 할 것이다. 이쪽이 병들면 저쪽도 성치 못한 관계가 몸과 영혼이
기 때문이다. 내 생각에는, '피부'가 내 몸이고 그 피부에 가려 전모
가 보이지 않는 '몸'은 내 영혼이다.

수피즘sufism의 설명으로는 우리가 삼중 옷을 입고 있다고 한다.
"우리는 시방 천사와 진jinn(땅과 하늘 중간쯤 되는 경계에 거함), 인간
의 옷을 입고 있소. 다른 옷들은 보지 않고 인간의 옷을 입은 우리만
볼 때, 우리는 자신이 인간이라고 믿는 것이오."

이 설명에 따르면 적어도 내가 셋이라는 말이 된다. 하나는 하늘에
서 천사로 살고, 하나는 땅에서 사람으로 살고, 나머지 하나는 그 중
간에서 '진'이라는 존재로 살아간다.

그러나 잊지 말 것! 이런 모든 '설說'이 결국은 이 땅에서 사람으로
살아가는 나를 위하여 있고, 그것도, 사람으로 사람답게 살아가는 길
을 찾는 데 도움을 주기 위한 것임을.

» 1월 29일　어영부영 살더라도 열심히 어영부영 살아야 한다

죽음을 코앞에 둔 사람들과 그들을 보고 있는 사람들을 보았다. 죽
음을 코앞에 둔 사람들은 무슨 정치적 이유로 처형될 사람들이었는
데, 본인들은 그 사실을 모르고 있었다.

운전 기사 포함하여 여섯 명이 같은 차를 타고 달렸다. 나도 그 가
운데 하나였는데 곧 죽게 될 두 사람을 특별히 잘 대해 주라는 비밀

스런 지령을 받은 상태였다. 말하자면 처형될 사람들에게 마지막으로 즐거움을 선물한다는 뜻에서 처형장까지 근사한 장군 전용차로 드라이브를 시키는 것이었다. 두 사형수는 자기네가 사형수로서 곧 처형될 것임을 전혀 몰랐으므로 매우 유쾌한 모습이었다. 그런데 그들이 유쾌한 모습일수록 나는 더욱 심기心氣가 불편하고 무슨 슬픔 같은 것이 자꾸만 속에서 피어올랐다. 그래도 그런 내색을 보여서는 안 된다는 생각을 하고 있는데……(중간 부분 기억나지 않고)

장면이 바뀌면서 잘생긴 거인 하나가 부하를 데리고 나타났다. 자유당 시절 이름을 날렸던 건달 아무개라고 했다. 부하가 그에게, 이대로 죽는 건 너무 억울한 개죽음일 뿐이니 지금이라도 무슨 수를 써서 살아날 궁리를 하자고 말하자, 아무개가 "저 걸상 들고 따라와!" 하면서 넓은 방으로 들어갔다. 부하가 나무 걸상을 들고 방으로 들어갔다. "저 구석에 걸상을 놓고 거기 앉아!" 시키는 대로 걸상에 엉덩이를 걸치고 앉는 부하를 아무개가 "패대기!" 하고 외치면서 번개처럼 달려들어 업어치기로 넓은 방 한복판에 메어꽂았다. 바닥이 쿵 하고 울렸다. 부하가 개구리처럼 네 활개를 뻗고 까무러쳤다가 겨우 일어나면서 "차라리 안 죽을 만큼 매를 맞는 게 낫지 패대기는 정말 끔찍하다"고 중얼거렸다.……(다시 기억나지 않고)

어느 음식점. 창문 아래 뜰이 곧바로 연못이다. 내가 거기서 마지막 식사를 하고 죽게 되어 있었다. 몸에 기운이 하나도 없고, 왠지 자꾸만 슬펐다. 연못을 내려다보는데 물고기는 보이지 않고 금붕어처럼 붉은 황금색 꽃잎이 물 속에 잠겨 있었다. 아름다운 꽃이었다. 그 순간, 한 계집아이가 곁에 나타났다. 네다섯 살 때 모습의 소리다. 소리가 깜찍하고 귀여운 목소리로 "아빠!" 하고 불렀다. 내가 "응, 너

밥 먹었니?' 하고 묻자 먹었다고 고개를 끄덕인다. 그 순간, 잠에서 깨어났다. 창문이 희읍스름 밝아오는 중이었다.

깨어나면서, 예수의 죽어가는 모습이 생각났다. 그는, 이른바 세상에서 말하는 도인道人이나 성현聖賢의 근사한 죽음에서 거리가 먼 죽음을 보여주었다. 티베트 고승들이 가끔 보여준다는 칠채화신七彩化身(죽으면서 자기 육신을 구성하고 있던 에너지를 방출하여 무지개 빛깔로 화해 사라지고 손톱 발톱 터럭만 남는다)까지는 관두고, 스테파노나 이차돈처럼 조용히 죽음을 받아들이거나 얼마 전에 입적했다는 아무 스님처럼 앉은 자세로 좌탈입망坐脫入亡하지도 않았다. 고통으로 몸부림치며 "아버지, 아버지, 왜 나를 버리십니까?" 부르짖다가 무슨 소린지 알아듣지 못할 '큰 소리'를 지르면서 숨져갔다.

세 번이나, 자기가 죽었다가 다시 살아날 것이라고 말한 사람으로서는 너무나도 뜻밖의 '고요하지 못한' 최후였다. 살아생전에 죽은 사람을 보고 잠들었다고 하면서 죽음 자체를 인정하지 않았던 예수 아닌가? 그런 그가 정작 본인은 '잠자리'에 들기가 그토록 힘든 일이었던가?

이런 생각을 하고 있는데, 방망이처럼 뒤통수를 치는 한마디!

"시끄럽다. 생사람을 나무에 못 박아 걸어놓고 죽이는데도 고요하게 점잖게 근사하게 죽어가란 말이냐? 그건 사람의 길이 아니다. 나는 사람의 아들이었고, 그래서 사람답게 죽었다. 살인 강도들과 함께 죽게 됐으면 살인 강도처럼 죽어갈 일 아니냐? 실자失者와는 동어실同於失이라 했거늘!"

아아, 선생님은 이렇게 마지막 순간까지도 내 굳어진 생각과 이분법적 사유의 틀을 깨뜨리시는가? 어떤 사람이 어떤 모습으로 죽어갔는지를 더 이상 화제로 삼지 말아야겠다.

　그렇다. 죽기 직전까지도 제가 죽는 줄 모르고 유쾌하게 놀다가 죽는 사람도 있고, 건달 아무개처럼 결연하게 죽는 사람도 있고, 어린 자식에게 "밥 먹었니?" 하고 물으면서 죽는 사람도 있는 것이다. 그러니 그가 어떤 모습으로 죽어갔느냐에 대하여 왈가왈부할 일이 아니다.

　그러나, 그렇다고 해서 제가 죽는 줄도 모르고 있다가 죽는 것은 어딘지 사람답지 못하다. 그거야말로 개죽음 아닌가? 그렇게는 죽고 싶지 않다. 맑은 정신으로 내 죽음을 맞고 싶다. 오늘밤에는 어떤 좋은 꿈을 꿀 것인가? 기대되고 기다리는 마음으로 잠자리에 들듯이, 그렇게 이 세상에서의 최후 순간을 맞고 싶다.

　아비담마Abhidhamma(阿毘達磨) 교의에서는 죽기 직전의 의식을 쿠티-싯타cuti-citta라고 하는데 그것이 다음 생으로 환생할 때의 의식patisandhi-citta(파티산디-싯타, 환생 의식)으로 곧장 계승되기 때문에, 죽는 순간에 어떤 생각을 하느냐가 매우 중요하다고 가르친다.

　"만일 악업惡業으로 인해 다음 생에 다시 태어나게 된다면, 불행한 환생이 될 것이다. 그럴 경우 죽음 직전의 의식(쿠티-싯타)이 건전하지 못한 의식이고 그것들이 불쾌한 대상을 경험한다. 전생의 죽음 의식을 그대로 계승한 이생의 환생 의식은 똑같이 불쾌한 대상을 경험한다. 만일 선업善業으로 다시 태어난다면 행복한 환생이 될 것이다. 그럴 경우 죽음 의식 직전에 건전한 의식이 일어나고 그것들이 유쾌한 대상을 경험한다. 다음 생의 환생 의식이 그 똑같은 유쾌한 대상을 경험한다." (*Abhidhamma in Daily Life*, p. 90)

　요컨대 죽어가면서 무슨 생각을 했느냐, 무슨 말을 남겼느냐가 살아생전에 그가 한 모든 일보다 더 중요하다는 얘기겠다.

그렇다면 나는 죽어가면서 무슨 생각을 할까? 내 쿠티-싯타는 어떤 것이 될까? 그것을 결정짓는 것은 평소에 무슨 생각을 가장 깊게 절실하게 하면서 살았느냐—일 것이다. 예수가 남긴 최후의 한마디, "내 영혼을 아버지께 맡깁니다"는 사실 그가 살아생전에 밤낮으로 하던 바로 그 말, "저를 아버지께 맡깁니다. 제 뜻대로 살지 말고 아버지 뜻대로 살게 하소서"를 그대로 반복한 것이었다.

시저는 브루터스 칼에 찔려 죽으면서 "오, 브루터스, 너마저?" 했다지? 마하트마 간디는 암살자를 쳐다보면서 "오, 하느님!" 했다지?

그러고 보니 예쁘고 싱싱한 후배에게 "밥 먹었니?" 한마디 다정하게 묻고 죽는 것도 꽤 근사한 죽음이겠다. 그게 바로 "널 사랑한다"는 말 아닌가?

루미 말대로, 이 세상이 '잠'이라면 그리고 인생이 한바탕 '꿈'이라면, 잘못 살아서 벌을 받거나 잘 살아서 상을 받는 곳이라는 뜻의 지옥·천당은 없는 것이다. 꿈에 누굴 죽였다 해서 살인범으로 재판받거나 꿈에 무슨 공을 세웠다 해서 상을 주는 일은 없잖은가? 만약 그가 죽은 뒤에 그런 일이 있다면 그가 죽었는데도 아직 꿈에서 깨어나지 못했다는 얘기다. 수많은 생에 이어 다시 환생한다 해도 꿈에서 깨어나지 못하면 공功 이루어 상을 받고 죄 지어 벌을 받는 수레바퀴에서 벗어나지 못할 것이다.

꿈에 가는 곳이라면 천당인들 거기가 무슨 대단한 데며 지옥인들 또한 무슨 엄청난 곳이랴? 그래봤자 한바탕 꿈인 것을.

좋다. 모든 것을 꿈이라 하자. 도대체 이 꿈을 누가 꾸고 있는 것인가? 꿈에서 깨어난다면 누가 깨어나는 것인가? 분명한 답 한 가지.

이 아무개라는 이름으로 행세하고 있는 '나'는 아니다. 나는 이 꿈에 책임도 없고 의무도 없다. 있지도 않은 놈이 무엇을 책임지고 무엇을 시도한단 말인가?

그러나 아직은 이런 말을 할 때가 아니다. 지금 여기가 꿈속이기 때문이다. 이 꿈의 임자가 깨어나기까지는 내게 주어진 임무를 감당해야 한다. 어영부영 살지 말고 열심히 살아야 한다. 어영부영 살더라도 열심히 어영부영 살아야 한다.

2월의 꿈

≫ 2월 4일   깨어나면 모든 꿈이 '좋은 꿈'이다

꿈에서 깨어나는 꿈을 꾸었다. 그것도 북산北山과 함께.

우리는 전쟁터에 가 있었다. 머리카락처럼 가느다란 용수철이 부속품으로 들어 있는 기계를 분해하여 다시 조립할 수 없도록 흩뜨리던 기억이 난다. 전투가 우리의 목적은 아니었지만 '적군'은 분명히 있었다. 결국 적군에 쫓겨 안전한 피난처를 찾게 되었다. 많은 사람들과 함께 있기도 하고 우리 둘만 떨어져 있기도 했는데, 그래도 길을 잘 아는 거인 병사 하나가 줄곧 우리를 안내했다.(과정이 장황하고 복잡했지만, 기억나지 않는다.)

그러다가 왼쪽은 깎아지른 벼랑이고 오른쪽은 낭떠러지 아래 바닷물이 출렁거리는 어느 지점에서 우리를 안내하던 병사가, 미안하지만 자기는 다른 시급한 임무를 명령받았기 때문에 더 이상 우리를 도와줄 수 없다면서 어디론가 사라졌다. 그런데 벌써 앞쪽에서, 길굽텅에 가려 보이지는 않지만, 적군이 뭐라고 방송을 하면서 다가오고 있

42

었다. 진퇴양난이었다. 둘 중에 누군가가 말했다. "여기서 죽을 수도 있겠다. 죽게 되더라도 담담하게 죽자." 다른 누군가가 대꾸했다. "포로가 될 수도 있지." "상관없다." 다시, 둘 중에 누군가 말했다. "그래도 마지막 순간이니 하느님께 기도를 드리자." "그러자."

우리는 옆구리를 나란히 하고 기도를 드리기 시작했다. 부끄럽게도, 나는 살든지 죽든지 당신 뜻대로 되기를 빕니다—하고 기도하지 않았다. 내 입에서는 계속 살려달라는 말만 나왔다. 북산도 기도를 했는데 그냥 소리만 들리고 '말'은 들리지 않았다. 그러다가 그 자리가 바로 북산과 내가 한 이불을 덮고 잠든 어느 집 안방임을 알게 되었다. 꿈에서 깨어난 것이다. 웃음이 나왔다. 북산은 계속 뭐라고 기도를 하고 있었다. 그에게 말해 주었다. "하느님이 우리 기도를 들어주셨어!" 우리는 이불 속에서 함께 웃었다. 우리가 있는 곳은, 그곳은 적군에게 쫓겨 이리저리 도망쳐야 하는 전쟁터가 아니라, 보일러가 신통찮아서 가끔 서늘하게 식기는 하지만 그래도 따스하고 평안한 안방이었던 것이다. 그렇게 낄낄거리며 웃다가 잠에서 깨어났다. 시계를 보니 8시. 꽤 늦도록 잠을 잤다.

인생사 일장춘몽이라는 말이야말로 복음이 아닐 수 없다. 꿈이니까 언제고 깨어날 수밖에 다른 무슨 뾰족한 수가 없잖은가? 태어났으니 언제고 죽을 수밖에 다른 무슨 수가 없잖은가 말이다. 꿈은, 꿈꾸는 동안에만 길흉이 있다. 깨어나면 모든 꿈이 '좋은 꿈'이다. 깨어나기만 하면, 세상에는 나쁜 일(것)이 하나도 없(었)음을 알게 된다. 어째서 하느님이 선善이요 사랑인지도 알게 된다. 깨어나는 그 순간, 북산과 나는 죽지 않으려고 이리저리 도망치던 우리 모습이 재미있어서 낄낄거리고 개구쟁이처럼 웃어댔다.

꿈에, 꿈에서 깨어났다. 좋은 소식이다. 깨어난 상태로 꿈을 꾼다면, 받아들이지 못할 경험이 없고 용납 못할 상황이 없을 것이다. 그러면서 그것들을 참으로 즐길 수 있을 것이다. 연극 배우가 무대에서 배신당해 죽어가면서도 그 '상황'을 스스로 즐기듯이.

"내가 깨달은 것은 바로 이것이다. 멋지게 잘사는 것은 하늘 아래서 수고한 보람으로 먹고 마시며 즐기는 일이라는 것이다. 인생은 비록 짧아도 하느님께 허락받은 것이니, 그렇게 살 일이다. 이것이 인생이 누릴 몫이다."(〈전도서〉 5: 17)

솔로몬으로 하여금 이런 말을 하게 한 것은 다음의 한마디로 요약된 '깨달음'이다. "헛되고 헛되다. 세상만사 헛되다."(〈전도서〉 1: 2과 12: 8) 이 말을 바꾸면, "꿈이다. 세상만사 꿈속의 꿈이다."

주인은 나그네에게 꿈 얘기를 들려주고
나그네는 주인에게 꿈 얘기를 들려주네.
이제 두 꿈 얘기를 하고 있는 나그네
또한 꿈속에 있는 사람이로다.

(主人夢說客, 客夢說主人, 今說二夢客, 亦是夢中人)

― 西山, 〈三夢詞〉

≫ 2월 5일　지구는 북극과 남극을 한 몸에 지니고 오늘도 살아서 돌고 있다

오랜만에 무위당无爲堂 선생을 꿈에 뵈었다. 무슨 식당 같은 데서

44

여럿이 모여 웃고 떠들고 하다가, 한 젊은이(얼굴은 알아보겠는데 이름은 모르는)가 지금 막 연애를 시작했다는 말을 듣고, 내가 말했다. 그런데 그건 내 말이 아니라 무위당의 말이었다.(뭐라고 설명해야 할는지 모르겠다. 선생은 분명히 저쪽에 웃으면서 앉아 계셨는데, 그분의 말씀이 나한테서 나왔다. 내가 그분 입으로 말한 것인지 그분이 내 입으로 말씀하신 것인지, 그분이 나로 되신 것인지 내가 그분으로 된 것인지, 아무튼 무위당은 저기 있는데 내가 무위당이었다.) 그 말은 이랬다. "연애? 좋지! 추우니 추운 줄 아나? 배고프니 배고픈 줄 아나? 그런데 그 좋은 게 연애 끝에 결혼을 하면 없어지니 어쩌지?" 이 말에 모두들 크게 웃었고, 나도 따라서 웃다가 잠이 깼다.

깨고 나니 좀 아쉽다. 오랜만에 선생님을 뵈었는데, 결혼을 하면 연애의 좋은 맛이 사라진다는 싱거운(?) 말씀 한마디를, 사실은 내 생각인지 그분 생각인지도 모르는 한마디를 듣고 말다니? 그래서 다시 잠을 청한다. 어젯밤 늦도록 마신 중국차(鐵觀音)가 탈인지 오른쪽 정강이가 많이 가려워서 한참 긁다가 억지로 선생님께서 다시 한 말씀 들려주시기를 청하는 마음으로 자리에 누웠다.

잠깐 잠을 잤나보다. 구들 아래쪽에서 쿵 하는 소리가 나는 바람에 깜짝 깨어났다. 역시, 꿈은 없었다. 그래도 눈을 감은 채, 몇 번 들은 적 있는 저 쿵 하는 소리가 무슨 소리일까 궁금해하고 있는데 문득 선생님의 음성이 들린다.

"추우면 추운 줄 알고 배고프면 배고픈 줄 알아야지!"

한마디뿐이다. 이어서, 실타래가 풀어지듯, 몇 마디 말이 내 속에서 계속된다.

"추워도 추운 줄 모르고 배고파도 배고픈 줄 모르는 것은 마비 증세다. 아니면 송장이든지."

"……"

"추우면 추운 줄 알고 배고프면 배고픈 줄 알고, 그러나 그 추위와 배고픔에 사로잡혀 휘둘리지 않아서 결국은 탐진치貪瞋癡 삼독三毒을 끊어버리면, 그게 가장 좋은 것이다."

"……"

"좋은 것을 좋은 것으로 알되 그것에 집착하지 말고, 싫은 것을 싫은 것으로 알되 그것을 뿌리치지 말고, 그렇게 깨어 있는 가운데 거울처럼 마음 쓰기를 연습하다 보면 좋은 소식이 있을 것이다."

"예, 선생님. 고맙습니다."

다른 꿈 하나 더.

수학 공식인데, 이런저런 과정을 거쳐(복잡했던 것만 기억난다) 결국 다음 공식으로 귀결되었다. "m+x=0." 이 공식이 '0'과 '+'를 그대로 두고 성립되려면 'x'는 어떻게 되어야 하는가? 대답은 x가 마이너스 m으로 되어서 m+(−m), 즉 내용상 m−m으로 되면 0이 성립된다.

인간 관계(부부 관계나 친구 관계)에서 가장 좋은 짝은 서로 같으면서(둘 다 m임) 정반대인(하나는 +m, 다른 하나는 −m) 관계다. 왜냐하면 그래야 '0'으로 될 수 있기 때문이다. '0'은 무無다. 만물은 생어유生於有하고 유有는 생어무生於無라고 했다. 나는 부모한테서 나왔고 부모는 곧 천지天地인데 천지는 없이 계시는 하느님한테서 나왔다. '0'으로 되는 것은 부모미생전본래면목父母未生前本來面目으로 돌아가는 것이니 신비가들 말로 하면 하느님과 하나로 되는 것이다.

그러고 보니 나와 아내는 꽤 이상적인 짝인 게 분명하다. 신기할 만큼 서로 다른 점이 많다. 먹는 걸 봐도, 나는 밀가루 음식이 좋은데 아내는 밥이 최고다. 같은 밀가루 음식을 먹어도 나는 국수가 좋은데 아내는 수제비가 좋다. 밥도 나는 된밥이 좋은데 저쪽은 진밥이 좋다. 콩을 먹어도 나는 콩가루로 국수나 국을 끓이는 게 좋은데 아내는 밥에 넣은 콩을 좋아한다. 물론 나는 별로 좋지 않다. 아내는 김치 하나면 그만일 수 있는데 나는 김치 안 먹어도 괜찮다. 이불을 덮어도, 나는 발을 덮고 어깨를 내놓아야 하는데 아내는 어깨를 덮고 발을 내놓아야 한다.

하루는 심심해서 무슨 책을 보고 둘의 사주를 알아봤더니 어느 쪽이 물인지 불인지는 기억나지 않지만 아무튼 하나는 물이고 하나는 불이었다. 성격도 물론 다르다. 나는 가볍고 빠른 편이고 아내는 무겁고 더딘 편이다. 같이 여행을 다녀와도 나는 집에 도착하자마자 고단함을 느끼는데 아내는 하루쯤 지나야 고단해한다. 나는 한 집에서 오래 사는 것을 생각만 해도 답답해하는데 아내는 평생 소원이 한 집에서 20년쯤 살아보는 것이다. 미안한 일이다. 이 소원이 이루어지기는 어려울 것 같다. 글쎄, 이제부터라도 어디에 정착을 하면 앞으로 한 20년쯤 거기서 살 수 있을까? 아내는 말이 늘 감탄쪼다. "세상에, 어쩌면 달라도 이렇게 다를 수 있을까?" 아내는 쓸고 닦는 일을 잘도 하거니와 그것을 즐기는데 나는 아무리 노력해도 되지 않거니와 하고 싶지도 않다. 이런 얘기를 하자면 끝이 없을 지경이다. 내가 플러스 K라면 아내는 틀림없이 마이너스 K다. 내가 마이너스 Q면 아내는 플러스 Q다. 그래서 서로 만나 K도 Q도 아닌, 또는 K도 되고 Q도 되는, '0'을 향해 나아가고 있으니, 우리는 하늘이 맺어주신 환상의 콤비가 아닐 수 없다.

어느 면으로 봐도 도무지 어울릴 것 같지 않은 외모에 성격에 기질을 지닌 북산北山과 내가 40년 우정을 유지하면서 같은 길을 걷고 있는 것도, 필시 동일한 이치겠다. 지구가 태초 이래 아직도 깨어지지 않고 빙글빙글 돌면서 만물을 낳는 것은 남극과 북극을 한 몸에 지니고 있어서다.

저 사람이 나와 다르다는 사실에 감동, 감사하면서 살아야겠다.

» 2월 6일   앞서가는 생각과 그것을 뒤좇느라고 언제나 힘겨운 몸

꿈에 내가 어떻게 행동하고 있는지를 보면, 아마도 지금 내 마음공부(?)가 어느 단계에 와 있는지를 짐작할 수 있을 것 같다.

어느 마을에 정착을 결심하고 집을 구하는데, 젊은 이장이 무척 호의적이었다. 그래서 그가 소개한 집을 사기로 하고 흥정을 하다가, 왜 그런 말이 나왔는지는 모르겠으나, "확인해 봐야겠다"는 말을 내가 했다면서 집주인이 그것은 자기에 대한 불신을 표시하는 말이므로 집을 팔지 않겠다고 했다. 이장이, 만일 흥정이 잘 안 되면 자기가 지금 살고 있는 집을 내놓겠다고 한 말이 기억나서, 이장 집으로 갔다. 혼자 사는 이장은 마침 식사중이었다. 그런데 그의 태도도 완전히 바뀌어 있었다. "확인해 봐야겠다"는 내 말이 너무나도 마을 사람들을 불쾌하게 했다는 것이다. 내가, 그것은 이장의 집을 사게 되면 이장도 농사를 지을 터이니 농토가 어디에 있는지를 알아봐야겠다는 뜻이었다고, 꿈에서도 스스로 구차스럽게 여겨지는 해명을 늘어놓자, 그가 비웃으며, 말을 참 잘도 둘러댄다고, 당신 같은 사람에게는 집을 팔 수 없다고 딱 잘라 거절했다. 나는 그의 눈동자를 똑바로 들여다보면서, "정말이오?" 하고 물었다. 그도 나를 똑바로 바라보며 "정말이오!" 하고 대답했다. "좋소. 그러면 다른 데로 가겠소. 결국 이 마을은 나를 받아들일 마음이 없는 것이오." 여기서 꿈을 깨었다.

내가 꿈을 꾸었구나, 하고 생각하면서도, 바로 옆 마을인지 윗마을 인지로 집을 구해 들어가서 그 마을에 온갖 혜택을 입히고 나를 배척한 마을에는 아무것도 해주지 않음으로써 보복을 하는 장면과 함께, 그 마을에도 주민들이 요구하는 대로 혜택을 나눠줌으로써 우리가 저런 실력 있고 훌륭한 인격자를 몰라보고 배척했다고 후회하게 만드는, 그런 생각을 계속했다. 이런 상태를 비몽사몽이라고 하는 걸까? 도무지 마음에 들지 않는 '내 모습'이다. 고작 이것이 나란 말인가?

꿈에도, 이 마을 사람들이 나를 배척함으로써 결국은 나를 돕고 있는 것이라는 생각을 했던 것 같다. 그러나 그것은 '생각'일 뿐이었고, 느낌은 서운하고 분하고 얄밉고, 그래서 보복을 해야 속이 시원할 것 같았다. 그렇다면 그것은 내 현실을 있는 그대로 반영한 것 아닌가? 앞서가는 생각(말)과 그것을 뒤좇느라고 언제나 힘겨운 몸(느낌) — 이것이 지금 내 모습 아닌가?

아직도 나는, 나를 부정하고 거절하고 내 진심을 터무니없이 오해하는 상대방을, 그가 결국 나를 돕고 있는 것이라고 '생각'은 하면서도, 그를 고마운 마음으로 아무 뒤틀린 마음 없이, 말 그대로 맑은 거울처럼, 대하지 못하고 있다. 그래야 한다고, 그럴 수 있으면 좋겠다고 생각은 하지만, 몸이 생각대로 움직여주지를 않는다.

"마음은 원이로되 몸이 말을 듣지 않는구나."(〈마태오〉 26: 41)

"나는 내가 하는 일을 도무지 알 수가 없습니다. 내가 해야겠다고 생각하는 일은 하지 않고 도리어 해서는 안 되겠다고 생각하는 일을 하고 있으니 말입니다."(〈로마서〉 7 : 15)

고맙게도 선배들이 이 길을 걸어가셨구나! 그러니, 나 또한 마땅히 걸어야 할 것이다. 그러나 잠시라도 이 길에 머물러 있어서는 낭패가 아닐 수 없다. 그러려면 어떻게 할 것인가?

한 '생각' 이 벌써 나를 저만치서 당기고 있다.

"너를 배척하는 사람들이 그렇게 함으로써 결국 너를 돕고 있는 것이라는 '착각' 에서 벗어나야 한다!"

"어째서 그것이 착각입니까?"

"있지도 않은 물건을 누가 훔쳐갈 것이며, 있지도 않은 등燈에 누가 불을 밝힐 수 있겠느냐?"

"……"

"나를 배척하는 자들이 그런 방식으로 나를 돕고 있다는 '생각' 은, 뿌리 깊은 에고이즘의 교묘한 발로에 불과하다. 속지 말아라."

"……"

정말이지, 내 '생각' 은 너무나도 멀리 나를 앞질러간다. 그런데 그게 과연 '내 생각' 인가? 그 생각을 하는 게 정말 나인가?

그만! 여기서 생각 정지다.

지금은, 나를 배척하는 자들이 나를 돕는 것이라는 '생각' 에 일단 몰두해야겠다. 그래야, 그들에게 보복을 해야만 시원한 이 에고로부터 벗어날 수 있을 테니까. 그리하여, 나를 환영하는 자들에게 무심하고 나를 배척하는 자들에게 또한 무심할 수 있게 된 다음에, 그러고 있는 나로부터 해방되는 길을 모색하는 것이 바른 순서겠다. 과연 그럴까? 이것 또한 스스로 제 생각에 놀아나고 있는 건 아닐까?

　모르겠다. 안 되는 건 안 되는 것이다. 내 '생각'에 억지로 끌려가지는 않겠다.

≫ 2월 10일　착각은 말이나 글로 표현되고 정각은 표현되지 않는다

　"밤에 잠을 어떻게 자고 꿈을 어떻게 꾸느냐—하는 것은 그날 밤의 문제가 아니라 그날 낮을 포함하여 하루종일의 문제라는 생각이 들었습니다."

　"그날 낮뿐이겠느냐? 그 전날도 전전날도…… 지나온 모든 날들이 그 속에 들어 있지 않느냐?"

　"그렇겠지요. 그러니 제 인생이란 것도 제가 태어나기 전의 세월과 무관한 것이 아니겠지요?"

　"무관한 것은 어디에도 없다. 세상 자체가 관계로 이루어진 관계이기 때문이다."

　"간밤에도 여러 가지 꿈을 꾸었습니다만 기억나는 것이 없습니다. 잠자리도 불편했어요. 한 가지, 권정생이 그렸다는 그림의 한 장면이 생각납니다. 둥근 원을 따라서 걷는 사람이 한 바퀴 회전하자 원 바깥에 있던 몸이 원 안에 들어와 있는 그런 그림이었어요. 일종의 동영상이었지요. 그러니까 둥근 원의 경계가 그 사람 왼쪽에 있었는데 한 바퀴 돌고 나자 오른쪽으로 옮겨진 것입니다. 그림으로 그려보면 이렇습니다.

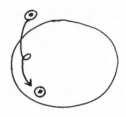

결국 ⊙는 한 바퀴 회전하는 사이에 경계를 넘어 원 밖에서 안으로 들어온 셈이지요."

"그런 것을 착각이라고 한다."

"착각이라고요?"

"그렇다. 만약에 '그림'을 이렇게 그렸다면 어떻겠느냐?"

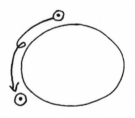

"이래도 ⊙가 원 밖에서 안으로 들어왔다고 할 수 있느냐?"

"아, 그렇게 몸을 회전할 수도 있군요?"

"원의 경계 자체가 없는 것이라면, 따라서 원의 안도 없고 밖도 없다면, ⊙의 행로가 어찌 되겠느냐?"

"아무리 걸어도 거기가 거기겠지요. 나아감도 물러섬도 없지 않겠습니까?"

"……"

"그러면 루미가 썼다는 이 짤막한 시는 어떻게 되는 겁니까?"

광기狂氣의 입술에 매달려 살아왔다.

까닭을 알고 싶어서

문을 두드렸다. 문이 열리자,

나는 안에서 두드리고 있었다.

"근사한 착각이다."

"착각에도 근사한 착각이 있나요? 무엇하고 근사한 착각입니까?"

"본디 안팎이란 없는 것이요, 따라서 문도 없는 것이라는 진실에 많이 가깝지 않느냐? 더욱이 인간의 언어를 빌려서 그렇다고 표현하고 있으니 '가깝다' '근사하다' 고 할 수밖에 없는 일이다."

"혹시 제가 알고 있는 모든 것이 착각 아닐까요?"

"그것이 자신의 착각인 줄 알면 그것은 착각이 아니다."

"착각과 정각正覺의 차이가 무엇입니까?"

"착각은 (말이나 글로) 표현되고 정각은 표현되지 않는다."

"아하, 그래서 아는 자는 말하지 않는다고 한 것이군요?"

"……"

"……"

» 2월 13일 하느님은 존재하는 모든 것이고 나는 그의 한 부분이다

또, 집 보러 다니는 꿈이었다. 그러나 내가 직접 집을 보러 다니지는 않았다. 내가 지금 꿈을 꾸고 있다는 것을 틈틈이 알고 있었다.(때

로는 눈을 떠서 커튼에 비치는 가로등 빛을 보기도 했다.) 꿈의 내용
은 단순했다.

어느 산중에서 '공동체'를 꿈꾸며 터를 찾아다니는 젊은 친구를 만
났다.(꿈에서는 면식이 있는 친구였는데, 누군지 모르겠다.) 단돈 45
원을 가지고 서울을 떠났다고 했다. 내가 45억이냐고 물었더니 45원
이라고 했다. 그러면서 지금 어디에 빈집을 얻어 움막 생활을 하고
있는데, 이걸 사람들에게 돌리지 않아 다행이라며 인쇄된 전단지를
보여준다. 공동체 설립 취지와 계획이 적혀 있는 광고지였다. 얼마를
투자하면 그 돈으로 어떻게 어떻게 한다는 내용이다. 나도 그에게,
이 전단지를 돌리지 않은 것은 참 잘한 일이라고 말해 주었다. 이어
서, 그에게 내 생각을 들려주었다. 누군가가 내게 말해 주는 것 같기
도 했다.

"꿈을 꾸되 그것을 속에 묻어두게. 그러고 있다가 누가 와서 어디
에 땅이 있는데 사지 않겠느냐고 물으면 자네 수중을 들여다보시게.
돈이 없으면, 돈을 구하러 밖으로 나가지 말고 돈이 없어서 살 수 없
다고 말하게. 그러고 있는데 누가 와서 돈을 주거든 아무 말 말고 받
아서 그 돈으로 땅을 사시게. 그러는데 자네가 수고한 바 있는가? 없
지. 없어야 하네. 그래야 무슨 일을 해도 '내가 일을 했다'는 생각이
없지 않겠는가? 자네가 공동체를 과연 이루느냐 못 이루느냐보다 중
요한 것은 그 꿈이 어떻게 이루어지는가(그 꿈을 어떻게 이루느냐가
아닌)일세. 우리가 드려야 할 마지막 기도는 '제 꿈을 이루어주소서'
가 아니라 '아버지 뜻을 이루소서'가 되어야 하네. 우리가 이 땅에서
연습할 과목은 그것뿐일세."

깨어나 생각하니, 이건 내가 자주 말하던 바로 그 내용이다. 신기

54

할 것도 없고 반가울 것도 없다. 그러나 꿈에 내가 이런 말을 누구에게 하기는 처음인 것 같다. 외국말을 배우는 사람이 꿈에 외국말을 하면 한 고비 넘은 증표라는 말을 들었는데, 그렇다면 그렇게 살아가려는 내 마음에 웬만큼 근력筋力이 붙었다는 얘기 아니겠는가? 진정한 자유를 누리려면, 내 생각과 계획에 얽매이지 않는 것부터 연습할 필요가 있다.

No program, No problem!

요즘 읽고 있는 책《통일Unity》에서도 저자는 말한다.

"존재의 근원은 하느님이다. 당신은 그분의 한 부분이다. 그분은 모든 존재 안에 계신다. 그분은 당신과 다른 모든 사물들 안에 있는 생명력life force이다. 당신은 당신을 돌보는 데 당신의 에고를 의존할 필요가 없다. 하느님이 벌써 당신을 돌보고 계신다.(God is taking care of you already.) 그것이 과연 그렇다고 느낄 때 당신은 복 있는 사람이다. 이 깊은 이해의 지원을 받아 굴복屈伏이 이루어진다."

"구도자에게는 굴복이 모든 것이다. 굴복이라는 문을 통과하지 않고서는 고통에서 자유로워지는 다른 길이 없다. 깨달음은 에고가 통제 프로그램을 전적으로 포기할 때 이루어진다."(Enlightenment happens when the ego gives up its control program totally)"

굴복은 무릎을 꿇고 고개를 숙이는 것이다. 모든 것을 겸허하게 받아들여, 본인의 뜻이라고는 한 점도 없이 자기를 비우는 것이다. 큰 일에서만 그럴 게 아니라 사소한 일상사에서도 그래야 한다.

"하느님은 존재하는 모든 것이고 나는 그의 부분이다."(God is all there is and I am part of Him.) 이 가설 하나 세우고서, "당신 뜻을 이루소서."(Thy will be done.) 이 기도 하나로 살아가기!

≫ 2월 14일 죽어가는 것들을 사랑하기

아주 많은 사람이 한 곳에 모여 있었다. 어느 초등학교 강당쯤 되는 곳이었다. 처음에는 서너 사람이 앉아 있었는데 순식간에 강당을 가득 메웠다. 나는 커다란 코트를 입고 구두를 신은 채 강당 중간에 앉아 있다가 맨 앞자리 강단 아래로 옮겨 앉았다. 그러니까 강단에 올라가서 앉아 있는 몇 사람을 제하면 내가 맨 앞자리에 앉은 셈이었다. 교사들이 주축으로 된 교육 관계 모임이었다. 낯익은 얼굴들도 있었다. 천안의 최 선생도 보였고, 주중식 선생은 내 뒤에서 목소리만 들렸다. 그가 나를 지칭하면서, 뭔가 큰일을 하셨다고, 이를테면 칭송하는 말을 했다.

이윽고 한 교사가 마이크를 잡고서 "안녕하십니까? 저는 아무갭니다. 여러분 모두 환영합니다……" 인사말을 꺼내는데, 아내가 문을 열고, 보일러 작동이 안 된다고 말하는 바람에 꿈에서 깨어났다.

내가 꿈에서 깨어나는 순간, 강당에 가득 차 있던 그 많은 남녀노소가 일제히 사라졌다. 강당 앞자리에 앉아 있던 꿈속의 내 처지에서 보면, 꿈에서 깨어나는 그 순간, 나는 죽은 것이다. 그리고 내가 죽자 나 혼자서만 죽은 게 아니라 강당에 모여 있던 사람들과, 강당과, 시끄러우면서도 뭔가 기대되던 분위기까지 모두가 죽어버렸다.

무엇이 존재한다(있다)는 것은 그 무엇을 누군가가(내가) 의식한다는 말이다. 그것이 거기 있다 해도 거기 있는 그것을 누군가가(내가) 의식하지 못한다면 그것은 거기에 없는 것이다. 꿈속의 내가 의식을 통해서 있게 했던 사물들과 사람들이, 그것들을 의식하던 내가 꿈에서 깨어남으로써 없어지자 동시에 없어졌다.

내가 죽으면 이 세상도, 내가 사랑하고 미워하던 사람들도, 모두 나와 함께 사라질 것이다. 마찬가지 이유로, 며칠 전에 죽은 내 친구 조영에게 나는 죽은 존재다. 나는 이 세상을 다녀간 모든 사람들에게 없는 존재다. 그러나 내게는 아직 그들이 있다. 아직 이 꿈에서 깨어나지 않았기 때문이다. 그래서 책상도 있고 부엌에서 일하는 아내도 있고 눈부신 아침 햇살도 있다. 그러나 모든 것이, 나를 포함하여, 시한부다. 내가 마지막 숨을 내쉬는 순간 홀연히 사라질 것들이다.

그러니 어쩌란 얘긴가?

"모든 죽어가는 것들을 사랑해야지……"

나와 공동 운명체인 것들, 아니 사실은 내가 만든 것들인데, 그것들을 사랑하는 일말고 무엇을 할 것인가? 사랑은 집착이 아니다. 움켜잡는 것은 사랑이 아니다. 있는 그대로 받아들이는 것, 떠나보내는 것, 지켜보는 것, 내게 원하는 것이 있으면 그리고 그것을 들어줄 수 있으면 들어주는 것, 내 생각이나 뜻을 일러주되 결코 강요하지 않는 것, 모두에게 미소짓는 것(소리내어 웃지 말 것!), 우는 사람에게는 함께 우는 것, 기쁜 사람에게는 함께 기뻐하는 것, 어리석은 사람에게는 함께 어리석은 것, 아픈 사람에게는 함께 아픈 것, 이런 것이 사랑 아닐까?

시간이 없다. 꿈은 꿈이니까 반드시 깨어날 때가 있다. 오늘이 그 날일 수 있다. 이 방도, 방에 걸린 글씨나 그림들도, 밤마다 나를 덮어주는 이불도, 내가 이 꿈에서 깨어나는 순간 사라져버릴 아쉬운 물건들이다. 사람은 말할 것도 없고, 사물들 하나하나, 아무렇게나 함부로 다룰 것들이 아니다.

≫ 2월 15일   모든 상황이 너를 가르치는 교재다

최조영이 마지막 가는 길에 동행하는 꿈이었다. 어디로 왜 가는지를 본인도 알고 있었고 함께 가는 많은 사람들도 알고 있었다. 그러면서도 대부분 모른 척했다. 차를 타고 달리는데, 머리 위로 주렁주렁 달려 있는 과일에 계속 소독을 하면서 갔다. 누군가 길가에 있는 황금빛 나무에서 열매를 땄다. 그의 몸은 눈부신 나뭇잎에 가려 보이지 않았는데, 어렸을 때부터 늘 따먹던 열매라고 했다.

여러 가지 사건들이 도중에 벌어졌고 많은 사람이 등장했지만 모두 기억에서 사라졌다. 김동완이 길가에 앉아 뭐라고 아쉬운 말을 하던 장면만 남아 있다.

이윽고 마지막 순간이 되었다. 누워 있는 최조영 곁으로 다가가자 도시락처럼 생긴 그릇에서 간이 된 밥풀을 도토리 알만큼 떼어내 입에 넣어주었다. 나도 그에게 밥을 주어야 한다고 생각은 했지만 그렇게 하지는 않았다. 그가 준 밥풀이 입 안에 들어오자 한 입 가득 되었다. 맛있었다. 그가 말했다. "나 간다. 잘 있어. 전화할게. 세계가 달라서 만날 수는 없지만 전화는 되니까." 나도 그러자고 했다. 그러다가 꿈에서 깨어났다.

꿈의 세계에서는 망자亡者를 만날 수도 있다. 그들과 이야기도 나눌 수 있고 음식을 먹을 수도 있고 같은 경험을 할 수도 있다. 만나고 싶은 사람을 꿈에 만날 수 있을 만큼 내 꿈을 내가 꿀 수 있다면?

《논어》에 공자가 "주공周公을 만난 지 너무 오래 되었다"고 탄식했다는 기록이 있다. 그 말은 그가 한때는 주공을 자주 (꿈에) 만났다는 뜻이다. 텐진 린포체Tenjin W. Rinpoche는 자기 스승을 꿈에 불러 모시고, 전날 꾼 꿈의 해몽을 청하여 들었다고 했다. 그런 일이 그들에게 가능했다면 내게도 가능한 것이다. 다만 내게 아직 그런 '경험'이 없었던 것은 그것을 바라는 간절한 염원이 부족했던 탓이리라.

"아니다. 그렇지 않다. 네가 무엇을 잘했기에 어떤 깨달음을 얻게 되는 것이 아니듯이 네가 무엇을 잘못했기에 또는 덜했기에 어떤 결과를 얻지 못하는 것이 아니다. 그럴 만한 능력이 너에게 있다고 생각하느냐?"

"그래도 애쓰고 노력해야 하지 않겠습니까?"

"그 애쓰고 노력한 것이 너였느냐? 네가 네 삶의 주인이었느냐?"

"아닙니다. 제 인생이 저의 것 아닌 줄은 진작부터 알고 있었습니다."

"이제 그 '앎'을 머리에서 몸으로 내려보낼 때가 되었다."

"어떻게 하면 그렇게 됩니까?"

"가만있어라. 아무것도 시도하지 말아라. 온몸에서 힘을 빼라. 순간마다 일어나는 모든 일, 모든 상황을 내가 너에게 주는 가르침의 교재로 받아들여라. 잊지 말아라. YOU ARE NOTHING!"

"간밤 꿈에 선생님께서 저에게 밥풀을 주셨습니까?"

"이제 알았느냐?"

"그만큼 이 세상 밥을 더 먹다가 오라는 뜻이었나요?"

"너와 나 사이에는 오고감이 없다. 간다 온다는 말은 시간·공간의 착각 속에서나 있을 수 있는 말이다. 너는 나와 한 몸이다. 그러므로 너는 시공간 안에 있는 존재가 아니라 시공간이라는 착각 속에 있는 존재다."

"왜 이런 착각 속에 살아야 합니까?"

"지금은 그냥 그런 줄로만, 그것도 머리로만 알고 있어라. 때가 되면 저절로 알게 된다."

"방금 '때' 라고 하셨는데 그것도 시간이라는 착각에 속한 것 아닙니까?"

"네가 시간이라는 착각 속에 있는데, 너의 눈높이에 맞추어서 말해야 할 것 아니냐? 한국말을 할 줄 아는 미국인과 미국말을 못하는 한국인이 서로 통화를 한다면 둘 다 한국말을 쓰는 게 당연한 일 아니냐? '때' 가 되면 그런 '때' 가 없다는 것을 너도 알게 될 것이다."

"그런 것을 아는 저도 없다는 걸 알게 되는 것 아닌가요?"

"너무 앞질러 가는 건 좋지 않다. 그쯤 해두어라."

"선생님께서 저에게 도토리 알만큼 밥풀을 주신 것은 무슨 뜻인가요?"

"내가 널 먹여 살린다는 뜻이다."

"왜 저는, 저도 선생님께 밥을 드려야 한다고 생각은 했으면서 그렇게 하지를 않았을까요?"

"네가 먹은 것이 내가 먹은 것이다. 다만 그 생각은 소중한 것이니 생각을 놓치지 않도록 하여라."

"보기에는 밥풀 서너 개쯤으로 보였는데 입에 넣자 한 입 가득 되었던 기억이 새롭습니다."

"사소해 보이는 경험이라도 내가 주는 것으로 알고 잘 받아들여라. 그것이 너를 그득하게 채워줄 것이다."

"선생님, 공자가 꿈에 주공을 뵙고 텐진이 꿈에 자기 스승을 만났듯이, 저도 선생님을 꿈에 만나 뵙고 싶습니다."

"꿈에도 생시에도 나는 늘 너를 만나고 있다. 평범하고 시시해 보이는 사람들을 잘 눈여겨보아라. 너를 만나고 있는 나를 보게 될 것이다. 여전히 네 속에 남아 있는, 특별한 존재로 되고 싶은 마음을 경계하여라. 그 마음이 네 길에 걸림돌이 될 수 있다."

≫ 2월 20일　정몽주를 죽인 것은 정몽주다

세계를 돌면서 생활 공동체를 순방 경험하고 2년 만에 귀국한 김병수 씨를 (생시에는 짧게 통화만 하고) 꿈에 만났다. 그가 무슨 신문에 쓴 기사를 함께 읽었다. 갑자기 그의 고등학교 시절 은사에 대한 회고가 펼쳐졌는데, 그가 이렇게 말했다고 했다. "나라가 망해 가는데 격양가를 노래하다니? 그런 미친놈이 어디 있느냐? 망해 가는 나라에서는 어서 망하라고 저주를 해야 한다, 이놈들아!" 아마도 그 말 때문인 듯, 사람들 사이에서 정몽주가 옳으냐 이방원이 옳으냐 논쟁이 벌어졌다. 논쟁이 어떻게 전개되었는지는 기억나지 않고, 꿈에서 반쯤 깨어난 상태로 생각이 이어졌다. 골자를 요약하면 이렇다.

이 세상은 정몽주의 생각으로 살아가는 사람과 이방원의 생각으로 살아가는 사람, 이렇게 두 가지로 대강 나뉜다. 정몽주의 생각이란, 해야 할 일과 하지 말아야 할 일을 분명히 설정하고서 오로지 그 길을 간다. 이 몸이 죽고 죽어 골백번 죽어도 그 '길'을 바꾸거나 자기 신념을 배신하지 않는다. 이방원의 생각이란, 이러면 어떻고 저러면 어떠냐? 그저 형편 닿는 대로 시류에 편승하기도 하고 제 모양을 바꾸기도 하면서, 만수산 칡넝쿨처럼 그렇게 살아간다. 그런데 역사는 누구 손을 들어주었나? 이방원? 그렇게 생각하기 쉽지만 아니다. 역사는, 언제나 그래왔듯이, 선죽교에서도 정몽주 편을 들었다. 이 말은 설명이 필요하겠다.

　우리가 역사책에서 배운 대로, 선죽교에서 죽은 것은 정몽주였다. 그리고 이방원이 살아남았다. 그러나 사실인즉 정몽주의 생각(~는 반드시 이루어야 한다)이 이방원을 시켜서 정몽주를 죽였고, 그래서 결과적으로 이방원의 생각(이런들 어떠하며 저런들 어떠하리…… 모두가 꿈인 것을!)이 무너진 것이다. 이방원은 노래를 이런들 어떠랴 저런들 어떠랴 하고 불렀지만, 정몽주와 다를 것 하나 없는 생각의 사람이었다.(한 가지 점에서 정몽주와 이방원은 달랐다. 정몽주는 노래와 삶이 일치했고, 이방원은 그 둘이 서로 달랐다.) 이방원이 제가 부른 노래와 삶이 일치된 사람이었다면(생각과 삶의 일치라고 해도 좋다) 결코 정몽주를 죽이지 않았을 것이다. 그를 죽여야만 할 이유가 없다. 이런들 어떠하며 저런들 어떠하랴? 그런데 그는 정몽주를 두고 볼 수 없었다. 노래는 그렇게 불렀지만 속생각은 정몽주와 다를 바 없었기 때문이다. 두 사람 모두 한 종류의 생각 때문에(~는 반드시 ~해야 한다, 또는 ~면 안 된다) 하나는 죽었고 하나는 죽였다. 눈에 보이는 결과만 두고 하나는 살인자로 하나는 피살자로 구분하는 것은 너무 단순하다.

　인간의 역사는 끝없이 정몽주의 생각을 정당화시키면서 이방원의 생각을 경멸하고 비판하도록 인간을 가르쳐왔다. 그러나 정작 충돌한 것은 정몽주의 생각과 이방원의 생각이 아니라 정몽주의 생각과 정몽주의 생각이었다. 그래서 온갖 의인義人들의 전쟁이 지금껏 이어져온 것이다. 어느 한쪽이라도 이방원의 생각으로 살았다면, 다른 것은 몰라도 죽이고 죽는 일만큼은 일어나지 않았을 것이다. 정몽주가 조선 건국을 협조했다면, 협조까지는 관두고 그냥 방관만 했더라도 이방원이 그를 죽였겠는가? 이방원도 마찬가지다. 조선 건국 따위 돼도 그만이요 안 돼도 그만이라고, 제가 노래했듯이 정말 그렇게 생각하고 살았다면 정몽주를 죽였겠는가?

그런데 역사는 얼마나 시니컬할 만큼 아이러니인가? 정몽주의 생각이 정몽주를 죽이고 정몽주의 생각이 정몽주한테 죽어가는 소용돌이 위에서 이방원의 생각이 물에 젖지 않는 연꽃처럼 웃고 있으니 말이다. 이런들 어떠하며 저런들 어떠하랴? 꿈 같고 메아리 같은 세상인 것을……

≫ 2월 24일 　 하느님한테서 　 더욱 　 멀어지게 　 하는 기도도 　 있다

40~50명 가량 되는 무리와 '기도하기' 워크숍을 했다. 한 차례 연습을 한 다음, 소감을 얘기하라고 하자 3분의 1쯤 되는 사람이 한꺼번에 일어났다. 그래서 맨 앞줄 왼쪽 사람부터 차례로 소감을 듣는데, 첫 번째 사람이 말했다. 남자였는지 여자였는지, 나이가 얼마쯤 되었는지 기억나지 않는다. "저는 난생 처음 기도라는 걸 해보았습니다. 그런데 말은 한마디도 못했고 눈물만 흘렸어요. 왜 이렇게 눈물이 쏟아지는지 모르겠습니다." 내가, 너무나도 오래 헤어져 그리움이 사무쳤다가 처음 만나는 자리인데 왜 그렇지 않겠느냐고, 그럴 수밖에 없을 것이라고, 그렇지만 이제 앞으로는 하고 싶은 말이 막 쏟아져나올 것이라고, 그러나 첫 만남의 순수한 감동은 차츰 줄어들 것이

라고, 그러니 아무쪼록 첫 만남의 순간에 흘렸던 눈물을 잊지 말고 소중한 추억으로 간직하라고, 그리고 그 순수함으로 돌아가려는 염원을 가슴 깊이 품고 있으라고, 말을 해줄까 하다가 그만두었다.

이어서 몇 사람이 소감을 이야기했는데, 나란히 앉았던 사람들이 일어나서 무도장의 댄서들처럼 돌기 시작했다. 그러면서도 소감 말하기는 계속되었다. 중년 부부가 말할 차례가 되었다. 그런데 그들의 이름을 내가 잊었다. 두 번 세 번 거듭 묻고 대답을 들었는데 듣고 나면 또 생각나지 않았다. 부인 이름은 듀마였다고 기억된다. 남편 이름은 지금도 기억나지 않는다. 내가 자기 이름을 세 번째 묻자 남자가 화난 기색으로 그만두겠다고 했다. 그래도 겨우 기억나는 대로 아무아무 씨가 말하겠다고 사람들에게 소개하자 그 아무아무는 무척 뽐내는 말투로 자기가 기도한 내용을 늘어놓기 시작했다. 그런데 그 입에서 심한 악취가 풍겼다. 곁에 있던 나는 말도 듣기 거북했지만 입 냄새가 너무 역겨웠다. 아무아무는 교육계의 저명한 박사 마누라를 둔 목사라고 했다. 그러다가 잠이 깨었다. 잠에서 깨어날 때 나는 아무아무에게 말하고 있었다. "당신의 기도는 당신 에고를 더욱 크게 키울 뿐이고 결국 당신과 하느님 사이를 그만큼 더 멀어지게 할 따름이오."

종일토록 음산한 날씨만큼, 몸과 마음이 무겁고 어두웠다.

3월의 꿈

≫3월 4일   대필가는 글의 족쇄에 묶이지 않는다

현실에서는 있을 수 없는 일이지만(?) 꿈이니까 그럴 수 있었을 게다. 어딘가 멀리 갔다가 지친 몸으로 돌아왔는데 문간에서 아는 사람을 만났다. 그가 유 아무 사장이 보냈다면서 서류 봉투를 건넨다. 받아보니 원고 뭉치다. 그것을 오늘중으로 수정하고 정서淨書해서 보내 달라는 것이었다. "나 지금 너무 고단하고 시간도 촉박한데 어쩌나?" 하고 망설이는데 심부름 온 사람이 "에에…… 이, 어서 가져가요!" 하고 팔을 내두른다. 그런 다음 뒤도 돌아보지 않고 걸어갔다. 속에서 화가 솟구쳤다. 내가 제 부하라도 된다는 말인가? 아무래도 그냥 보낼 수는 없겠다. 그의 뒤를 부지런히 쫓아갔다. 내 속의 언짢은 기분이 상대에게 전달된 것이 분명해 보였다. 간혹 뒤를 돌아보며 내 눈치를 살핀다. 이윽고 그와 얼굴을 마주보게 되었다. "내가 당신네 회사 직원이요? 내가 당신 부하라도 되는 사람이오?" 소리를 지르자 그가 당황하면서 "아니…… 그게 아니라, 내가 너무 바쁘고 짜증이

나서……" 하며 변명을 한다. 그 순간 속에서 웃음이 나왔다. "됐어요. 그냥, 내가 화났다는 걸 표시한 것뿐이오." 그것으로 언짢은 기분은 모두 사라진 느낌이었다.

어느 사이에 원고 내용이 손 아무 교수의 한자와 영문이 뒤섞여 있는 육필 논문으로 바뀌어 있었다. 잠깐 읽어보니, "프러시아가 점령했던 18세기 독일에서……"라는 문장으로 시작되다가 갑자기 "충실한 대필가 이현주 군의 수고를 부담스러워하지 말고 이 글을 컴퓨터에 입력시키도록 하라"는 주문이 등장한다. 글씨는 잘 쓴 글씨였지만 심하게 갈겨썼기에 읽는 데도 꽤 공을 들여야 할 것 같았다. 역시 문제는 시간이었다. 이 방대한 논문을 어떻게 하룻밤에 옮겨 쓴단 말인가? 컴퓨터 주인이 이것을 누르라면서 왼쪽 모서리 위에 있는 버튼을 가리켰다. 그것을 누르자 원고 제목이 나타났다. 너무 작아서 안 보인다고 하자, "당겨"라고 말하라고 했다. "당겨"라고 말하자 화면이 앞으로 당겨지듯이, 글씨가 커지면서 클로즈업되었다. 너무 커졌다. 이번에는 어떻게 해야 커지는 것을 멈출 수 있는지 몰라서 절절매는데, 글자 크기야 어쨌든 자판은 두들길 수 있느냐고 누가 물었다. 옛날 공병우 타자기를 사용한 적이 있다고 대답하자 그러면 됐다고 한다. 어느새 화면의 글씨는 다시 작아지고 멀어져갔다. 내 의지와는 상관없이 제 맘대로였다. 고맙게도 슬기가 나타나 자기가 대신 치겠단다. 그런데 한자가 너무 많아서 자기는 원고를 읽을 수 없단다. 읽는 것은 내가 하고 치는 것은 슬기가 하기로 했다. 그러고 나니 모든 문제가 해결된 느낌이었다.

결국, 내 인생은 누군가의 글을 대신 써주는 대필가의 생애였던가? 그 앞에 '충실한'이라는 수식어를 달아준 것은 나름대로 고마운 일이지만, 나하고는 관계없는 일이다. 옛날에는 대서방代書房이라는 간판을 걸고 문서를 대신 써주는 이들이 있었다. 지금도 있는지 모르겠다.

과연 그렇다면, 나는 누구의 글을 대필해 주며 살아온 것일까? 법정에서 어떤 판결이 나든, 대서인代書人이 그 판결로 책임을 지거나 이득을 보는 경우는 없다. 나를 통해서 어떤 글이 세상에 나돌든 그것으로 말미암은 영욕으로부터 나는 과연 자유로운가? 나를 통해서 이루어진 업적이나 실패로부터 과연 초연한가?

내 글의 주인이 되어 물거품 같은 영욕에 울고 웃느니, 시종일관 대필가로 살아 초연한 자유를 누리고 싶다. 실은, 그것이 모든 인간의 본령 아닐까?

당신은 누구를 대신하여 내게 그토록 화를 내고 있는 것인가? 아니면 나를 이토록 행복하게 해주고 있는 것인가? 모차르트여, 그대는 누구를 대신하여 그토록 밝은 음악을 지금 내게 들려주는가?

≫ 3월 8일   모 든 꽃 이 세 계 에 하 나 밖 에 없 는 꽃 이 다

전 세계에 하나밖에 없다는 꽃을 보았다. 남해 바닷가 어느 마을이었는데, 그곳에 이사 가 살다가 겨우 마을 사람들 낯을 익히고 인사를 나누게 되었는데 또 다른 곳으로 가게 된 바로 그 전날이었다.

겉에서 보기에는 허름한 움집 같지만 안으로 들어가면 온갖 식물들이 자라고 있었다. 집 주인이 흥분한 얼굴로, 전 세계에 하나밖에 없는 꽃이 피었다고, 학계에 보고해야 한다고 말했다. 내가 보여줄 수 있겠느냐고 하자 집으로 데리고 들어갔다. 깊은 동굴 벽을 따라서 어둠 속으로 등나무 줄기 같은 것이 벋어 내려갔는데 주인이 그 줄기를 타고 아래로 내려갔다. 나도 따라 내려갔다. 나무에는 잎도 없고 가지도 없었다. 흡사 등나무 줄기였다. 타고 내려가는 동안 사람 무게로 이리저리 움직이기도 했다. 그렇게 위태로운 곡예 끝에 갑자기 햇빛이 비치는 작은 웅덩이 같은 곳에 닿았다.

지금까지 등나무처럼 벋어 있던 나무가 사실은 향나무였다고 했다. 그리고, 거기 꽃이 있었다. 주인이 보라고 해서 보니, 무당벌레처럼 생긴 납작한 꽃이 담벼락에 붙어 있었다. 꽃이라기보다는 빨간 색 부스럼 딱지 같았다. 그것도 한 송이뿐이었다. 꿈이었지만 신기해 보였다. 무엇보다도, 이 커다란 나무에서 이 작은 꽃이 마치 숨겨진 보물처럼 어둠 속에 피었는데 그것을 주인이 어떻게 찾아냈을까, 그것이 궁금했다. 그러나 주인에게 그것을 물어보지는 않았다. 그냥, 애정을 가지고 자세히 살피다보니 발견하게 됐겠지, 하고 생각했다. 아울러 전 세계에 한 송이밖에 없는 꽃이라 해서 반드시 화려하고 커야 하는 법은 없다고, 저렇게 부스럼 딱지같이 생긴 볼품없는(?) 모양과 색깔을 했어도 몇천 년 만에 어쩌면 평생 한 번 피어나는 꽃이기에 소중한 가치가 있는 것이라고, 주인이 흥분할 만하다고 생각했다.

"잘 보았다. 그 꽃은 전 세계에 하나밖에 없는 꽃이었다."

"선생님. 그런데 참 볼품은 없더군요."

"그야, 네 생각일 뿐이다. 편견과 선입견이 장난질을 해서 그 꽃의 '볼품'을 가렸던 것이다."

"……."

"그리고 그 꽃이 바로 너였다."

"예?"

"너야말로 온 세상에 하나밖에 없는 꽃이다. 너처럼 생긴 꽃은 너밖에 없다."

"그야 어찌 저만 그렇겠습니까?"

"옳다. 만물일화萬物一華다!"

"······"

"기억해 두어라. 네가 보는 모든 인간, 모든 사물, 모든 존재가 길고 험한 어둠의 동굴을 위태롭게 통과하여 한줌 햇빛 아래 잠깐 피어난, 온 세상에서 하나뿐인 꽃이다. 너에게 남은 일은, '꽃'이라는 개념에 사로잡히고 그래서 이리저리 뒤틀리고 한정된 선입견과 편견을 벗어 모든 꽃들이 저마다 지니고 있는 아름다움과 향기와 소중한 가치를 알아보는 것이다. 그것들은 겉모양에 있지 않다. 그러나 겉모양을 떠나 있지도 않다. 무엇을 보든 그것이 걸어온 길과 그것이 걸어갈 길을 그것과 함께 보고, 그것의 바탕을 보아라. 모든 것을, 달을 가리키는 손가락으로 보아라. 달이 아름다운 만큼 달을 가리키는 손가락 또한 아름다운 것이다. 판단이라는 이름의 비늘이 네 눈에서 벗겨지기를, 스스로 벗겨내려 하지 말고, 속으로 빌어라. 눈 맑은 사람이 되어야 네가 바라는 자유를 얻을 것이다."

"어떻게 하면 제 판단으로 하여금 제 눈을 가리지 못하게 할 수 있겠습니까?"

"네가 스스로 그러고 있는 줄 알고는 있느냐?"

"예. 그러나 그것도 당장에는 모르다가 나중에 가서야······"

"됐다. 그것으로 충분하다. 그밖에, 네가 할 수 있는 일은 없다. 속으로, 맑은 눈의 사람이 되고 싶다는 염원을 은밀히 간직한 채, 살아지는 대로 살아라."

"예, 선생님!"

"모든 것에 때가 있다. 나무에 꽃이 피어날 때를 나무가 밀거나 당기거나 할 수 없듯이, 네 눈이 맑아질 때를 네가 앞당기거나 멀어지게 할 수는 없는 것이다."

"알겠습니다."

"명심해라. 모든 사람이, 너처럼, 온 세계에 하나밖에 없는 귀한 꽃이다. 저마다 독특하게 아름답고 향기로운 꽃이다. 꽃은 이런 것이다 또는 이래야 한다는 네 편견으로 하여금 그것들의 아름다움과 향기를 가리지 못하도록 하여라. 그러나, 동시에, 그것을 위하여 네가 따로 할 일이 없음을 잊지 말아라."

"선생님, 새벽에 짤막한 꿈을 또 꾸었습니다. 슬기를 어느 대학 로비에서 만나기로 약속하고 약속 시간에 갔더니 넓은 홀에 젊은이 몇 사람이 왔다갔다하는데, 슬기가 현관 바로 앞바닥에 앉아 중국말을 소리내어 연습하고 있더군요. 그래서 반갑게 만났습니다."

"약속이란 그런 것이다. 약속한 사람들이 살아있으면 이루어지게 마련이다. 너도 살아있고 나 또한 살아있으니, 너와 나의 약속은 반드시 이루어질 것이다."

"예, 선생님."

"그러나 약속은 제 시간에 제 장소에서 이루어지는 것이다. 네가 제 시간에 그곳으로 가지 않고 엉뚱한 시간에 다른 곳으로 갔다면 슬기를 만나지 못했을 것이다."

"그렇겠지요. 그런데 저는 선생님과 약속한 때와 장소가 언제 어딘지를 모르니 어떡하지요?"

"정말 모르느냐?"

"아! 알겠습니다. 지금 그리고 여기지요!"

"맞다. 그리고, 아직 아니다."

"예. 그렇습니다. 틈만 나면 제 마음이 지금·여기를 떠나 어제·내일·거기·저기를 헤매고 있으니까요."

"내가 너에게 한 약속을 기억하고 있느냐?"

"예. 세상 끝날까지 저와 함께 계시면서 저를 가르쳐 진리를 알게 하시고, 그래서 저를 새 사람으로 만들겠다고 하셨습니다."

"됐다. 네가 나에게 한 약속을 어기지만 않으면 그 약속은 반드시 이루어질 것이다."

"고맙습니다."

"고마울 것 없다. 내 일이다."

"……"

"네가 내게 한 약속은 기억하고 있느냐?"

"예. 선생님께서 가르쳐주시는 대로 못할 수는 있겠지만 안 하지는 않겠다는 것입니다."

"됐다. 슬기가 대학 로비 바닥에 앉아 큰소리로 중국말을 연습했듯이, 너에게 오늘 주어진 일을 재미있게 하여라. 지극정성으로 하되 그 일의 노예로 되는 일은 없도록 조심하면서……"

≫3월 10일 모든 것이 변화일 뿐이다

아내와 함께 차를 타고 달리는데 누군가 맞은편에서 달려오다가 두 차가 스치는 순간 내 이름을 크게 부른다. 아내에게 차를 세우라고 말하면서 알아들었다는 표시로 손을 번쩍 들었다. 차를 세우고 뒤돌아보니 젊은 남녀가 달려온다. 둘 다 모르는 얼굴이다. 아내가 그들을 보더니 남자는 모르겠고 여자는 오래 전 처녀 시절에 우리 집을 다녀간 것 같다고 한다. 아주 많이 반가워한다.(그 뒤는 기억나지 않고)

우리 집이라고 하는데 앉을 자리가 없을 만큼 사람들이 가득 차서 시끄럽다. 꼬마 아이들이 더 많았다. 내가 무엇을 한 것 같지는 않다. 그냥 자기들끼리 뭔가 재미있는 시간을 보내는 것 같았다.

문득, 차를 타고 가다가 길에서 만났던 두 젊은 남녀가 생각났다. 그들이 있던 자리로 가보니 바구니에 황금빛 빵이 두 개 놓여 있다. 자세히 보니 굵고 건강한 똥자루다. 더럽다는 생각은 들지 않았고, 아내가 그것을 맛있게 먹었다. 꿈인데도, 똥을 먹었으니 황금(돈)이 들어오겠구나—하고 생각했다. 두 젊은이가 똥으로 변신했다고도 했다.

그렇다. 인생은 똥 같은 것 아닐까? 모든 것이 변화일 뿐이다. 얼마나 향기롭고 맛있는 것들이었던가? 똥의 전신前身이란! 그런데 사람들은 동일한 물건의 전신은 좋아하면서 그 후신後身은 싫어하고 피하려 한다. 굳어진 편견의 열매일 따름이다. 그 똥이 거름되어 달콤한 호박으로 바뀌면, 사람들은 다시 그것을 좋아한다. 호박이 똥으로, 똥이 호박으로, 끊임없이 이어지는 바로 그 '변화'로 말미암아 저 자신이 존재한다는 사실을 까맣게 모르고서.

≫ 3월 13일   내가 남에게 한 일이 곧 나에게 한 일이다

이른바 스타들하고 재미있게 놀다가 깨어났다. 농구 선수 박찬숙, 작곡가 노영심, 배우 왕초(TV 드라마 〈왕초〉에서 왕초 역을 했는데 이름이 생각나지 않는다. 할 수 없이 왕초라고 부른다), 이 셋은 기억 나고 그밖에도 한두 명 더 있었지 싶다. 노영심이 골목에서 나를 기다리고 있다가 아주 반갑게 맞이한다. 일행에는 꼬마 아이들도 섞여 있었는데 어느 아이가 어느 집에서 왔는지는 알 수 없었다.

드디어 함께 놀기로 한 장소에 이르렀다. 엄마들이 음식상을 차리는 동안 나는 아이들과 바닥에 앉아 놀기 시작했다. 천장을 쳐다보니 까마득하게 높은 지붕에 환기통 구멍이 뚫려 있다.

"야— 저기 저 구멍에서 이리로 밧줄 타고 내려오면 무지 재미있겠다!"

내가 말을 꺼내자 사내 꼬마 녀석이 말을 받았다.

"촛농 타고 내려오면 더 재미있는데."

"촛농은 뜨겁잖아?"

"아냐. 반쯤 식은 촛농이니까 뜨겁지 않고 따뜻해."

"그래. 촛농을 타고 내려오면 미끈미끈하고 부드럽고 따뜻하고 그렇겠다."

"그나저나, 여기가 뭐하던 데지?"

사방을 살펴보다가 내가 물었다.

"옛날 여기서 농구 경기하지 않았어?"

박찬숙이 대꾸한다.

"맞아요. 옛날 일제 시대 때 여기서 농구했어요."

생시 같으면 일제 때 생겨나지도 않았을 사람이 무슨 말을 하는 거냐고 물었겠지만, 꿈이니까 그런 질문을 할 필요가 없다. 꿈에는 안 되는 게 없는 법이다.

"그래. 어렸을 때 여기서 농구 구경했어."

누군가 내 말에 꼬리를 달았다.

"그런데 농구하기 전에는 여기가 방앗간 아니었나요?"

"맞아! 방앗간이었어."

노영심이, 삼겹살을 구워야 할 텐데 뭐가 잘 안 된다면서 자리를 옮겼다. 꿈이지만, 삼겹살은 나하고 상관없으니 맘대로 하라고 했다.

어쩌다가, 방아깨비가 화제로 되었다.(중간 과정이 기억나지 않는다. 아무튼 나는 요즘 도시에서 태어나 자란 탓에 방아깨비를 모르는 아이들에게 방아깨비를 설명해야 했다.)

"방아깨비는 얼굴이 이렇게 길쭉한데 여기 이마에서부터 대머리야. 그리고 이빨은 이렇게 옆으로 돌아가면서 씹게 돼 있어. 사람은 위아래로 씹지만 방아깨비는 옆으로 씹는 거야."

노영심이 말참견을 하고 나섰다.

"그러니까 수직선으로 움직이지 않고 수평선으로 움직인다, 이 말이야."

"맞다. 인간은 수직선이고 방아깨비는 수평선이지. 그러니까 인간은 종교적이고 방아깨비는 이웃 사랑인가?"

누군가 웃으며 말했다.

"이웃 사랑? 아니지. 이웃 착취라고 해야겠지."

"맞다. 끌어다가 씹어 삼키니까."

그때, 저쪽 구석에 앉아 있던 왕초가 몸을 일으키며 내게 물었다.

"그런데, 방아깨비한테 이빨이 있나? 방아깨비는 이빨이 없다구!"

내가 급히 대꾸했다.

"맞아. 방아깨비는 이빨이 없지! 내가 잠자리하고 방아깨비하고 혼동을 했군. 그래, 방아깨비는 이빨이 없어."

"왜 없어요?"

한 꼬마의 질문에 내가 대답했다.

"방아깨비한테 이빨이 없는 까닭은, 방아깨비들 세상에 치과 병원이 없거든. 그래서 이빨이 없어도 되는 거야. 하지만 사람은 이빨이 있어야 돼. 왜냐하면 사람들 세상에는 치과 병원이 있어서, 만약에 사람들이 이빨이 없으면 치과 의사들이 거리로 나와 시위를 하거든. 시위를 하면 사회 혼란이 야기되고……"

"야기가 뭔데요?"

"여기저기에서 불쑥불쑥 일어난다는 말이야. 밀가루로 풀을 쑬 때처럼."

"왜 밀가루로 풀을 쒀요?"

"그럼 밀가루로 쑤지 쌀가루로 쑤냐?"

"쌀가루 풀도 있어요."

"그건 흙벽을 바를 때 쓰는 거야."

"흙벽이 뭔데?"

"흙으로 바른 벽이지 뭐. 가만있자. 얘기가 어떻게 된 거지?"

"의사들이 데모를 하면 사회 혼란이 야기된다고 했지."

이렇게 말한 것은 노영심, 박찬숙, 왕초 셋 중에 하나였다.

"그래. 사회 혼란이 야기되면 대통령이 탄핵을 받는 거야."

"탄핵이 뭔데?"

"그런 게 있어."

"핵폭탄이야?"

"핵폭탄은 아니지만, 아무튼 대통령이 탄핵을 받으면 헌정이 중단되고 헌정이 중단되면 국정이 흔들리고 국정이 흔들리면 경제가 파탄되고 경제가 파탄되면 아이엠에프가 오고 아이엠에프가 오면 사람들이 금반지 금가락지를 내놓게 되고 사람들이 금반지 금가락지를 내놓으면 국제 금융이 마비되고 국제 금융이 마비되면 뉴욕 증권 시세가 폭락하거든. 뉴욕 증권 시세가 폭락하면 손석희 〈시선집중〉에서 인터뷰를 해야 하는데 손석희가 너무 피곤해서 인터뷰를 하다가 잠이 들었어. 손석희가 왜 피곤하냐 하면 어젯 밤 꼬박 새웠거든. 왜 밤을 새웠느냐 하면 〈100분 토론〉을 하는데 사람들이 100분 가지고 모자란다고 야단이 나서 120분 하다가 120분도 모자란다고 해서 180분까지 하다가 내친김에 200분 하자고 해서 200분을 했는데 사람들이 200이나 300이나 그게 그거 아니냐고, 아예 뿌리를 뽑자고 해서 밤새도록 〈100분 토론〉을 하는데 한 사람이 오줌을 누고 오겠다고 자리를 비우자 오줌 마렵지 않은 사람이 그 자리를 차지하고 앉아서 얘기를 처음부터 전은 이렇고 후는 이렇고 다시 시작하자고 하는데 손석희는 오줌이 마려운 게 아니라 똥이 마렵거든. 그것도 설사가 난 거야. 그렇지만 사회자니까 자리를 뜰 수 없어서 간신히 참고 〈100분 토론〉을 하다가 결국 다 마치지도 못하고 〈시선집중〉 하는 스튜디오로 달려왔으니 왜 피곤하지 않겠어?……"

여기까지 이야기하다가 잠에서 깨어났다. 얘기가 재미있고 우스워서 한참 웃었다.

그런데 이 나라 형편이 시방 이런 모양 아닌가? 순서도 없고 위아래도 없고 온통 뒤죽박죽 시끄럽기만 하다. 어제, 선생님께서 말씀하셨다.

"두어라. 겪어야 할 일을 겪고 있는 거다. 개울이 좁은 여울로 흐르는데 어찌 시끄럽고 번잡하지 않을 수 있겠느냐? 이런 과정을 거치지 않고서는 평화 공존의 큰 바다에 이를 수 없는 것이다. 저마다 열심히들 제 역할을 다하고 있으니 차라리 기특한 일이지."

"이런 소동을 겪으면서 무엇을 배울 수 있으며 무엇을 배워야 합니까?"

"내가 남에게 한 일이 남에게 한 일이 아니라 내게 한 일이라는 걸 배워야 한다. 그걸 배우게끔 커리큘럼이 되어 있다. 세월이 얼마가 걸리든, 안 배울 도리가 없을 게다. 이 학교는 퇴학이나 제적이 없는 학교이기 때문이다."

"……"

"이 과목을 이수하면 형법이나 민사소송법 따위가 무용지물로 될 것이다. 저마다 내가 내게 하듯이 남에게 하는데, 누가 무슨 나쁜 짓을 하려고 마음먹겠느냐?"

"……"

"남에게 한 짓이 곧 자기한테 한 짓이라는 걸 배우는 일은, 이론을 통해서가 아니라 경험을 통해서 이루어져야 한다. 그것도 뼈아픈 경험을 통해서 배워야 참된 앎을 얻었다 할 수 있다."

"당장 이번 대통령 탄핵을 주도한 네 사람은 어떻게 될까요?"

"누구 말이냐?"

"조순형, 최병렬, 김경재, 홍사덕, 이 네 사람은 이번 총선에서 어떻게 되겠습니까?"

"심은 대로 거둔다. 모두 낙방할 것이다."

"믿어지지 않습니다."

"그럼 믿지 말아라. 그러나 내가 남에게 한 일이 나 자신에게 한 일이라는 것만은 틀림없는 진실이니 명심토록 하여라."

"예."

"인류가 그것을 깨칠 때, 지금까지 겪어보지 못했던 새로운 세상을 만들어가기 시작할 것이다. 그날이 가까이 오고 있다. 그러나 그럴수록 어둠과 혼란은 더 심해질 터이니 정신차려 소용돌이에 휩쓸리지 않도록 해라."

"예, 선생님."

"모든 것이 합력하여 선善을 이룬다. 아무도 탓하거나 미워하지 말아라. 그런 대접을 받을 사람은 세상에 태어나지 않았다."

그나저나, 방아깨비 설명은 이마에서 입까지 겨우 내려왔는데 어느 세월에 어깨에서 가슴으로 배로 등으로 날개로 두 다리까지 내려오고 아이들한테 잡혀서 쿵덕쿵덕 방아를 찧게 될 것인가? 그리고 스타들하고 놀이는 어떻게 전개될 것인가? 생각해 보니 나를 "목사님"이라고 부른 건 노영심이고 나머지 두 사람은 "오빠" "아저씨"로 불렀던 것 같다. 그러면 일면식도 없는 박찬숙이 나를 가장 근사한 호칭으로 부른 셈인가? 내가 저에게 오빠면 저는 내 누이니까. 온 인류가 진정으로 호형호제하면서 살게 되는, 그런 대각성의 날이 과연 올까? 형을 형으로 보고 아우를 아우로 보는 일이 이렇게도 어려운 일이란 말인가?

목사에서 아저씨로, 아저씨에서 오빠로, 이것이 이른바 깨달음의 코스(단계)를 좇아 달라지는 호칭이다. 사람으로서 해를 형, 달을 누이라고 불렀으면(프란체스코) 더 갈 데가 없는 사람이다.

≫ 3 월 1 4 일   비 무 장 만 이   무 장 을   해 제 한 다

기독교 목사 둘이 테이블을 사이에 두고 걸상에 앉아, 최근에 있었던 세 종교인의 공개 토론에 대한 이야기를 나누고 있었다. 둘 중에 하나는, 오래 전부터 알고 지냈지만 깊은 대화를 나눈 적은 없는 장로교 목사고 다른 하나는 모르는 사람이었다.

세 종교인의 공개 토론은 TV에서 이루어졌는데 나도 본 적이 있었다. 기독교에서 여성 신학자가 대표로 나와 불교와 이슬람의 두 남성 대표를 상대로 논쟁을 벌였다. 내가 보기에는 논쟁이라기보다 서로 자기 생각을 드러낸 평범한 이야기 자리였는데, 두 목사의 견해로는 여성 기독교 대표가 두 남성 이교異敎 대표를 코가 납작하게 '눌러버린' 사건이었다.

내 오래 전 친구인 목사가 말했다. "워낙 기독교 쪽이 논리에서 강했어. 두 남자가 별로 대답도 못하더군." 그러자 상대방 목사가 말했다.(나는 테이블에 합석하지 않고 방 이쪽 구석에 서 있었다.)

"그래도 난 아슬아슬했어. 두 남자가 논리로 여자를 이기고 합세해서 강탈을 하면 어쩌나 했지."

"그건 나도 마찬가지였어. 두 놈이 덤벼들면 여자 혼자서 꼼짝없이 당하는 거지. 별 수 있겠나?"

두 목사는, 기독교 대표인 여성 신학자가 불교와 이슬람의 남성 대표들한테 논리로 눌리고 육체로 겁탈당하는 장면을 상상했고 그렇게 되지 않은 것을 다행으로 여기고 있었다.

나는 생각이 달랐지만, 꿈에서도, 저들이 내게 묻지 않는데 내 생각을 말할 건 없다 싶어서 그냥 듣고 있었다. 그런데 아까부터 신경을 거스르는 게 따로 있었다. 두 목사가 사이에 두고 앉아 있는 테이블 한쪽 구석과 그 아래 방바닥에 유난히 굵어 보이는 체모體毛가 대여섯 가닥 떨어져 있었다. 그것은 방금 전 이 테이블 위에서(?) 무슨 일이 있었는지를 보여주는 흔적 같았다. 두 목사의 대화 내용보다 나는 그 검은 털오라기에 더욱 마음이 쓰였다. 더구나 두 사람 눈에는 그것들이 전혀 보이지 않는 모양이었다.

나는 입고 있던 옷을 벗어 알몸으로 된 다음, 몽당비로 체모를 쓸어 쓰레받기에 담았다. 비가 낡고 뭉툭해서 잘 쓸어지지 않았지만 그래도 모두 쓸 수 있었다. 그런 다음 웃으면서 말했다. "세 종교인의 토론을 보면서 그런 상상을 했다고? 상상이란 저마다 저한테 있는 것을 가지고 하는 거지. 과학자는 과학으로 상상하고 음악가는 음악으로 상상하는 법이야. 그러니 자네들 속엔 무엇이 들어 있는 건가?"

여기까지 말하다가 잠에서 깨어났다. 유쾌하지 않다. 내 속에 아직도 "교리로 억누르고 힘으로 겁탈하는 종교"에 대한 의식이 잠재되어 있다는 말인가? 그러나 꿈에서도 나는 두 목사의 생각에 동조하지 않았다. 오히려 알몸이 되어 그들의 테이블에서 검은 털오라기를 쓸어냈다. 왜 나는 알몸으로 되었던 것일까? 문득 들리는 말씀.

"비폭력만이 모든 폭력을 잠재울 수 있고 비무장만이 모든 무장을 해제할 수 있다."

"……"

"네 몸 속에 낡은 종교의 가르침이 남아 있음을 인정해라. 그러나 이제 그것은 몇 오라기 흔적으로 있을 뿐이다. 그것들을 쓸어버렸으니 더 이상 너에게 영향을 미치지 못할 것이다."

"두 친구 목사는 어떻게 합니까?"

"그들에게 화를 내지 않고 웃으면서 말했으니 잘됐다."

"내 말을 듣고 그들이 화를 내었다면 어떻게 반응했을는지 그건 모르겠습니다."

"네가 조금 더 참다가 똑같이 화를 내었을 수도 있고, 아니면 끝까지 웃으면서 참을 수도 있었겠지만, 어찌됐든 상관없는 일이다."

"……"

그렇다. 중단된 꿈의 후편을 궁금하게 여길 건 없다. 어떻게, 꿈에서처럼, 알몸으로 되어 비질을 할 수 있을 것인가? 그것이 내게 던져진 과제라면 과제겠다.

》3월 15일   버 리 려 하 지 말 고 그 냥 놓 아 라

강력한 뒷다리를 지닌 메뚜기를 왼손 엄지손가락과 집게손가락으로 잡고 있었다. 짙은 초록색 메뚜기였다. 놈이 눈알을 희번득거리며 뒷다리를 오므렸다가 힘차게 뻗대면 꼭 놓치고 말 것 같아서 더욱 손에 힘을 주어야 했다. 들판을 지나 어딘가로 가야 하는 상황이었기에 아무래도 그런 상태로는 어렵겠다 싶어 커다란 보자기로 놈을 감쌌다. 갑자기 보자기가 어디에서 났는지, 그런 것은 모른다. 아무튼 놈은 이제 보자기에 갇혀 그 안에서 발버둥질을 치지만 내 쪽에서는 힘쓸 일이 없게 되었다.(묘한 이치다. 내가 메뚜기에게 자유를 덜 주는 만큼 힘이 더 들고 거꾸로 놈을 좀더 자유롭게 하는 만큼 힘이 덜 든다. A와 B 사이에서 교환되는 강제력과 자유의 폭 관계를 방정식으로 풀면 어떻게 될까?)

그렇게, 보자기를 둘둘 말아 들고, 사람 손가락에 붙잡혀 있을 때보다는 운신의 폭이 조금 더 넓어진 공간에서 메뚜기가 파닥거리는 것을 느끼며 드디어 목적지에 닿았다.

무슨 일인가 한참 하다가 문득 메뚜기 생각이 나서 나뭇가지에 걸어놓은 보자기를 보니 커다란 메뚜기가 아직 거기에 매달려 있었다. 얼마든지 날아갈 수 있는 상황이었는데도 놈은 제가 아직 보자기 안에 갇혀 있는 줄 아는 것 같았다. 그래서 보자기를 들어 툭툭 털었더니 그럴수록 더욱 달라붙었다. 왼손 엄지손가락과 집게손가락으로 놈의 몸통을 잡아당겼지만 이번에는 아주 완강하게 버티는 것이었다. 그러다가 잠에서 깨어났다.

종교는 처음엔 "채우라"고 하다가 어느 단계에 이르러 "버리라"고 가르친다. 몸과 마음을 비우라고도 한다. 문제는, 버리고 비우는 방법에 대하여, 그것은 각자 알아서 하라는 식이다. 버리는 방법을 친절하게 일러주는 스승이 별로 없다. 그것을 스스로 터득하는 데 종교의 본령이 있는 건지 모르겠다. 예수도, 가족을 버리라고만 했지 어떻게 하면 버릴 수 있는지를 가르쳐주지는 않았다.

나 또한 지금까지 어떻게 하면 나와 내 것이라는 근본 착각을 버릴 것인지에 대하여 생각하면서 이 길을 걸어왔다―고 말할 수 있겠다. 지금 나는 이 길의 어느 지점에 서 있는가? 과연 꿈에서처럼, '목적지'에 이르렀는데도 여전히 거기 있는 '메뚜기'를 보고 그것을 떨쳐

내려 애를 쓰고 있는 중인가?

　노자老子는 집자실지執者失之라, 움켜잡으면 놓친다고 했다. 메뚜기를 움켜잡았을 때 놈은 한사코 달아나려 했다. 아마도 보자기만 없었다면 내 두 손가락 힘으로 놈의 강력한 뒷발질을 끝내 감당하지 못했을 것이다. 그러면 놈은 날아갔겠지. 그것은 메뚜기를 놓친 것이지 버린 것이 아니다. 버린 물건에는 애착이 없지만 놓친(잃은) 물건에는 더 큰 애착이 생기는 법. 종교가 문제삼는 것은 물건이 아니라 그것에 대한 집착이다. 명예를 버리라는 게 아니라 명예에 대한 집착을 비우라는 것이다. 그러니, 버리기 위해서 더욱 움켜잡으라는(잡으면 잃으니까) 가르침은 궤변이요 함정이다.

　손가락으로 잡고 있던 놈을 보자기에 싼 것은, 그만큼 피차 여유를 가지게 되었다는 뜻일까? 그러나 실인즉, 그게 그거다. 개울이 강으로 바뀐 것하고 비슷하다. 아직은 메뚜기도 나도 서로 자유롭지 못한 상태다. 그래도 도망가려는 놈을 두 손가락으로 잡고 있던 때에 견주면 여유만만이다. 아마도 이래서 자유를 향한 길은 갈수록 쉬워지고 빨라진다고 하는 모양이다. 그렇게 한참 가다가 드디어(?) 목적지에 닿았다. 이제 그러니까, 갈 데까지 간 셈이다. 그때 문득, 메뚜기가 다시 눈에 띈다. 이번에는 도망가려는 메뚜기, 그래서 손가락으로 움켜잡거나 보자기에 가두어둔 메뚜기가 아니라, 떨쳐버려야 할 메뚜기, 그런데도 날아가거나 떨어지지 않는 메뚜기다. 메뚜기는 처음부터 나중까지 똑같은 메뚜기인데, 그것에 대한 생각이 바뀌면서 놈의 반응 또한 달라졌다. 내가 움켜잡으려 하자 놈은 도망치려 했고 내가 떨쳐버리려 하자 놈은 달라붙었다.

　꿈에 나는 왜 보자기에 매달려 있는 메뚜기를 그냥 두지 않았을

84

까? 그것을 떨쳐버리려고 보자기를 털고 메뚜기를 잡아당겼을까? 그러지만 않았다면 놈이 날아가 버렸을 텐데. 아니 날아가지는 않았더라도, 최소한 보자기에 달라붙어 떨어지지 않으려고 완강하게 버티지는 않았을 터인데. 나는 결국 '나와 내 것'이라는 착각을 떨쳐버리려는 데까지 왔지만, 오히려 그것을 떨치려는 마음 때문에 아직 그것을 붙잡고 있는 것인가?

삼척 살 때, 방에 가끔 지네가 출몰했다. 지네가 보이면 수건이나 걸레로 싸서 바깥마당에 버렸다. 처음엔 지네를 떨쳐버리려 수건을 탁탁 털었지만, 그럴수록 더 수건에 달라붙어 떨어지지 않았다. 그러다 요령을 알게 되었다. 수건을 펼쳐 돌 위에 얹어놓으면 지네가 제 발로 걸어서 돌 틈으로 사라졌다. 아주 쉬웠다. 얏호! LET IT GO! 그렇다. 가게 내버려두어라! 어차피 '나'도 '내 것'도 착각이다. 꿈이다. 제까짓 게 사라지지 않을, 깨어지지 않을, 도리가 있겠는가?

문제는 움켜잡지도 떨쳐버리지도 않는, 《유마경維摩經》에 등장하는 보살들의 경지에 들어가는 것인데, 그런데 그리로 들어가려고 노력할수록 오히려 들어갈 수 없다는 것 아닌가?

아무튼, 내게 아직 '메뚜기'가 남아 있는 것은 틀림없는 사실이다. 놈을 떨쳐버리려는 마음을 쉬어야겠다. 그러나 조심할 것! 그 마음을 쉬려는 마음을 품지 말 것! 그 마음을 쉬려는 마음을 품지 말아야 한다는 마음을 품지 말 것! 하!

소리와 함께 세 식구가 남이섬에 갔다. 가서 산책도 하고 안데르센상 수상자들의 작품(그림) 구경도 했다.

그림 전시장에서 몇 사람이 나를 알아보고 인사한다. 엄마가 딸에게 "아빠는 어딜 가든 티를 낸다"고 말한다.

≫ 3월 17일 헐떡거리지 않으려고 헐떡거리지는 않겠다

이태리 어느 시골쯤 되는 곳이라 했다. 꿈속에서는 지명을 꽤 자세히 알았는데 깨어나면서 모두 기억에서 사라졌다. 기억에서 사라졌지만, 사람들이 잠재 의식으로는 남아 있다고들 하니 그러면 그것(지명을 아는 것)은 내게 있는 건가 없는 건가?

어제 번역한 이븐 아라비Ibn-Arabi의 말이 생각난다.

"우주는 하나님의 자기 노출self-disclosure이다. 하나님의 자기 노출 없이는 그 어떤 사물도 존재할 수 없다. 사물을 아는 하나님의 지식은 곧 당신 자신을 아는 지식이다."

사물이든 기억이든 깨달음이든 그것이 스스로 저를 내게 노출시키기 전에는, 남에게는 모르겠으나, 내게는 '없는' 것이다. 적어도, 아직은 없는 것이다. 없는 것에 마음을 둘 필요는 없다. 필요 없을 정도가 아니라 백해무익의 어리석은 짓이다. 그런데 내 삶의 아까운 시간과 기력들이 바로 그 백해무익의 어리석은 짓에 얼마나 많이 낭비되어 왔던가?—를 생각하여 아까워하거나 뉘우치는 것도 마찬가지 어리석음이다. 그러니 기억나지 않는 꿈은 그냥 두고 기억나는 꿈 이야기로 돌아간다.

바퀴 두 개 달린 손수레에 짐을 싣고 로마까지 가는 길이었다. 일행이 있었는데 대부분 여자들이었다. 그리고 나 또한 처녀였다. 꿈에 내가 여자로 등장한 것은, 내 기억으로는, 이번이 처음이다. 손수레에 담긴 짐은 모두 내 사물私物이었는데, 내용은 기억나지 않는다.

누런 황토 먼지가 풀풀 날리는 비포장 오르막길을, 수레를 앞세워 밀면서 올라가고 있었다. 나보다 앞서 간 일행은 왼쪽으로 굽어 돌아간 길굽턱에 가려 보이지 않았다. 갑자기, 앞에서 급히 달려 내려오던 자동차가 한 바퀴 구르더니 파편을 사방으로 퉁기면서 내 왼쪽 옆으로 스쳐 지나갔다. 그런데도 나는 앞만 보면서 수레를 밀고 오르막을 올라갔다. 생각으로는, 교통 사고로 사람이 다쳤을 텐데 가서 봐줘야 하지 않을까 했지만 몸은 그냥 앞으로 나아갔다. 뒤를 돌아보지도 않았다. 일부러 돌아보지 않은 것이 아니라 사실은 돌아볼 수 없었다. 수레 무게가 나를 누르기 시작했다. 한 바퀴 구르면서 스쳐 지나간 자동차말고는 길에 사람도 짐승도 아무것도 보이지 않았다. 그냥, 누런 흙먼지가 쌓여 있는 건조한 비포장 오솔길 오르막이 거기 있을 뿐이고, 나는 무거운 수레를 앞세워 밀면서(그것을 뒤세워 끌면 훨씬 쉬웠을 텐데 어째서 그 생각을 못했을까?) 앞서간 일행을 따라잡으려고 애를 썼다. 이태리의 중심, 로마에 가야 했다. 푸른 생명으로 충만한 로마가 길의 끝에 있었다. 그런데 지금은 수레가 너무 무겁다. 숨이 가빠지기 시작했다. 더 이상 바퀴가 앞으로 구르려 하지 않는다. 마침내 숨이 턱에 닿아 헐떡거리다가, 헐떡거리는 숨소리에 잠을 깨었다. 깨어난 뒤에도 한동안 가쁜 숨을 가라앉혀야 했다. 꿈 속의 내가 숨이 차니까 꿈꾸는 나도 숨이 차는구나. 어렸을 적, 꿈에 오줌을 누었는데 깨어보면 요에 오줌을 싼 날들이 많았다. 중학생이 되어서까지 그랬다.

자리에 누운 채, 맨몸으로 오르기도 힘든 가파른 오르막길에서 수레를 앞세워 밀며 헐떡거리던 가냘픈 여자아이에 대하여 생각해 본다. 그것이 내 모습이란 말인가? 깨어나면서, 어디를 가든 무엇을 하든 절대 헐떡거리지 않겠다고 속으로 다짐한 것이, 이제 기억난다.

헐떡거리지 않는 것은 어려운 일이 아니다. 무슨 일이든 천천히, 할 수 있는 만큼만 하면 된다. 엊그제, 남이섬에서 돌아와 소리한테 말했지. "네가 그리고 싶은 그림을 그려라. 그려지는 만큼 그려라. 최선을 다해서 그리되, 남들이 설정한 최선이 아니라 네가 할 수 있는 최선을 다해라." 그것은 내가 나 자신에게 들려주는 말이기도 했다.

그런데 그것은 내 '생각'이고, 무엇이 담겼는지도 모르는 수레를 무겁게 밀면서 황토 먼지 풀풀 나는 비포장 오르막을 헐떡거리는 것이 내 현실이란 말인가? 그렇다 해도, 좋다. 지금은 꿈에서 깨어났으니, 내가 왜 그러고 있는지도 모르면서 그러고 있을 필요는 없게 되었다. 내 수레에 무엇이 담겨 있는지, 그것을 궁금하게 생각하지는 않겠다. 어떻게 하면 수레를 비우거나 아예 버릴 수 있을 것인지를 궁리하지도 않겠다. 헐떡거리지 않으려고 헐떡거리지는 않겠다. 아무것도 시도하지 않겠다. 아무것도 시도하지 않는 것도 시도하지 않겠다.

순간순간을 간절하게 살아가는 내 인생의 방관자 또는 관객이 되고 싶다. 그러나 이 '되고 싶은' 마음까지도 나는 놓아버린다.

아내가 문을 열더니, 난 좀더 누워 있어야겠으니까 사과 벗겨 먹으라고 한다. 사과 벗겨 먹으려면 우선 자리에서 일어나야 한다.

≫ 3월 29일   경계란 어디에도 없는 것이다

어떤 집에 갔다. 얼마 전 꿈에 가본 바로 그 집이다. 바뀐 것이 별로 없었고 모든 것이 낯익었다. 집안 가구들도 그랬고 바깥 분위기도 그랬다. 마음이 평안했다. 그러면서 지난번 꿈 얘기를 기록해 두었을 테니 읽어봐야겠다고 생각했다. 안심이 되었다. 그밖에 자세한 내용(그 집에서 무엇을 했는지, 누구를 만났는지 등)은 기억에서 사라졌다.

깨어나서 일기를 검토해 봤지만, 그런 집에 간 꿈은 없다. 데자뷰 dejavu(旣視感)라는 것이 꿈에도 있는 모양이다.

내 삶이라는 게 애시당초 '나'라고 하는 일물─物이 따로 존재한다는 '어미 착각'에서 비롯된 것이라면, 데자뷰라는 새끼 착각에 대하여 새삼 신기해할 이유는 없겠다. 아무튼 거기가 거기였고, 그래서 평안했다.

"그런 대로 한 세상 지내시구려. 살다보면 깨칠 날 있으리이다."

사람이 무엇을 먹는다는 것은 그 행위를 통하여 먹히는 것과 먹는 것 사이의 경계를 없애는 일이다. 예컨대 내가 사과를 먹으면 그 순간 사과와 나 사이의 경계(이것은 사과, 이것은 나─라는 의식)가 없어진다. 그러나 사실인즉 있던 경계를 없애는 게 아니라 본디 없던 경계를 실현realize(이 말을 '깨닫는다'로 읽기도 한다)하는 것이다. 달리 말하면 나와 사과 사이에 경계가 있다는 착각이 깨어지는 것이다. 나와 사과 사이에 경계가 있다는 말은 내 코와 귀 사이에 경계가 있다는 말과 같다. 겉을 언뜻 보면 있는 것 같지만 속을 자세히 보면 내 코와 귀 사이에 "여기가 경계다"라고 말할 수 있는 지점이 없다. 사과하고 나 사이도 마찬가지다. 우리는 서로 안에 있다. 처음부터 그랬고 지금도 그렇고 언제까지나 그럴 것이다. 사람이 무엇을 먹는 것은 사람이라는 물건이 따로 존재한다는 착각을 깨치고, 만물이 내 안에 내가 만물 안에 있는 진실 속으로 들어가는 것이다.

방금, 사과 반쪽 먹고서 나는 사과 속으로 들어갔다. 천하가 천하에 감춰진(藏天下於天下) 셈이다. 누가 무엇을 먹든 그것은 하늘이 하늘을 먹는(以天食天) 것이요, 제가 저를 먹는 것이다.

똑같은 논리로, 누가 누구를 만나든 그것은 제가 저를 만나는 것이다. 사람을 겉모양으로만 보아 마구 대하지 말아야 할 이유의 근거는 윤리 도덕에 있지 않고 존재론에 있다.

≫ 3월 31일   어차피 한번 해보는 장난이라면

집house 걱정을 하는 것이 내 꿈에 자주 등장하는 레퍼토리인 것은 분명하다. 간밤엔 꿈속에서도 평생 집 한 칸 없이 떠돌다보니 이렇게 집 걱정하는 꿈을 꾸나보다 하고 생각했다. 후배라는 사람들이 어디에 아주 근사한 한옥이 있다면서 가보자고 했다. 그런데 아내가 단호하게 아니라고, 가보지 않겠다고 대답한다. 집에 대하여 무슨 결별을 선언하는 것처럼 보였다. 내가 곁에 있다가 "좋다. 그러자!"라고 아내를 편들었다. 비로소 집에서 해방(?)되는 듯한, 통쾌하고 시원섭섭한 느낌이 들었다.

"근사하게 큰 한옥"을 물리치고(?) 일행은 무위당无爲堂 선생을 찾아갔다. 마침 선생은, 당신 후학들이 무슨 금융에 관련된 단체를 만들었는데 내부에 깨끗하지 못한 문제가 있어 정부의 사찰을 받게 되었다면서, 그 문제를 무마하기 위하여(?) '보경당'이라는 현판 글씨를 준비중이셨다. 말하자면 간판을 근사하게 달아놓고 사찰단을 맞겠다는 것이었다. 꿈속에서도, 돌아가신 선생께서는 후인後人들의 오점까지 덮어주시려는 것인가? 이건 일종의 눈가림인데 과연 할 만한 짓일까—하는 생각을 잠깐 했다. 그래도 선생은 일 자체가 재미있다는 듯, 글자 하나를 사람 앉은키만큼 크게 써야 한다면서 어디론가 서둘러 가셨다. 음악인 김민기가 선생을 모시고 떠난 뒤, 남은 일행이 선생의 서재로 들어가 빙 둘러서서 어떻게 할까 의논하는데, 내가 거기 그냥 깔려 있는 이불과 요를 내려다보면서 "이제 그만 흩어지자"고 말했다. 몇은 고개를 끄덕였고 몇은 가만히 서 있었다. 아무도 방 밖으로 나가는 것 같지는 않았다.

"이제 그만 흩어지자"는 내 말을 들으면서 잠을 깨었다. '보경당'은 '寶鏡堂'이었다. '보경당'은 步徑堂일 수도 있고 普經堂일 수도 있고 保景堂일 수도 있는데 왜 생각해 볼 것도 없이 寶鏡堂이었을까, 궁금했지만 끝내 영문을 모르겠다.

바야흐로(?) 내외가 집을(집에 대한 걱정을?) 물리쳤으니 집이 생길는지 모를 일이다. 사찰단을 맞기 전에 사람 앉은키만큼한 세 글자로 현판을 꾸민다? 그러고는 그것이 맑은 거울의 집이라고? 우습다. 내가 무위당이라면, 해서나 예서보다는 바람에 날리는 초서로 코믹하게 쓰겠다.

4월의 꿈

≫ 4월 5일 　너에게 끌려다니지 말고 너를 끌고 다녀라

"사람들도 많이 만났고 여기저기 다닌 곳도 많았는데, 제 키보다 커 보이는 장총 한 자루를 늘 가지고 다녔습니다. 제가 직접 들고 다니거나 사용한 일은 없지만 아무튼 어디를 가나 그것이 거기 있었고 임자는 분명 저였습니다. 마치 제 그림자가 저를 따라다니듯이, 그 길고 잘생긴 총은 제가 있는 곳마다 있었어요. 어느 교회에 설교하러 갈 때에도 장총은 제 곁에 있었습니다. 다른 사람들도 총 임자가 저인 줄 알고 그렇게 다루어주었던 것 같습니다. 그러나 어떤 사건이나 상황이 그 총을 중심으로 해서 일어나지는 않았어요. 어쩌면 그냥 거기 있는 게 당연하다는 듯, 제가 제 그림자에 따로 무슨 신경을 쓰지 않는 것처럼, 그렇게 무심코 지냈습니다. 오히려 꿈에서 깨어나 보니 그 길고 잘 만들어진 총 한 자루가 새삼 부각되는 기분입니다."

"네가 어디를 가든 무심코 가지고 다니는 물건이 무엇이냐?"

"그야 제 몸뚱이지요."

"그것뿐이냐?"

"마음도 가지고 다닌다고 해야겠지요."

"그것을 뭉뚱그려 말하면 무엇이 되겠느냐?"

"저의 '나ego'입니다."

"너보다 커 보이는 장총이었지?"

"예."

"너의 '나'도 너보다 커 보인다. 그러나 장총이 너를 휴대하여 다니는 게 아니었듯이, 너의 '나'가 너를 데리고 다니는 것은 아니다. 그러니 너의 '나'를 겁내거나 부담스러워할 것 없다."

"제가 총을 휴대했다는, 휴대한다는, 그런 생각이 별로 없었습니다. 누가 저 대신 들고 다닌 것 같기도 했습니다만, 아무튼 그것을 사용한 적은 물론 없고 크게 신경 쓰지도 않았어요. 그냥 가끔 눈에 띄었고, 총과 저 사이에 '나 여기 있다' '그래 거기 있구나' 정도로 대화가 오갔다 할까, 그랬습니다."

"그쯤으로, 너와 너의 '나' 사이가 서로 편안해졌다는 얘기 아니겠느냐? 그 총이 너에게 준 다른 무슨 느낌은 없었느냐?"

"누가 참 잘 만들었다는 생각이 들었던 것 같습니다. 총을 얇은 비단으로 한 겹 쌌던 것 같기도 합니다."

"그 총을 만드신 분이 하느님이시다. 어찌 걸작품이 아니겠느냐?"

"예, 그렇군요."

"그것이 너를 지켜준다는, 그런 생각은 들지 않았느냐?"

"없었어요. 따로 소중하게 다룬 기억도 없습니다. 아까 말씀드렸듯이, 제 그림자가 거기 있는 것처럼 그냥 그렇게 보았어요. 제가 지니

95

고 다녔다기보다는 그것이 저를 따라다녔다고 말하는 게 사실에 가깝습니다."

"따라다니는 것을 가끔 보았다고 해야겠지?"

"예, 맞습니다. 그랬어요."

"사람들은 총이 자기를 지켜준다고 생각한다. 그러나 총은 살생을 위해 있는 물건이다. 총으로 무언가를 지켰다는 얘기는 그보다 먼저 무언가를 해쳤다는 얘기다."

"하느님은 그런 총을 왜 만드셨을까요?"

"하느님이 왜 선악과를 만들어 가지고 사람을 괴롭히느냐는 식의 질문을 지금 하는 거냐? 어둠이 없으면 낟알도 여물지 않는다. 에고가 없으면 해탈도 없다. 중생 없는 부처가 어디 있느냐? 하느님이 너에게 '에고'를 만들어주신 것은, 너로 하여금 '칼을 녹여 보습으로 만드는 기쁨과 즐거움'을 맛보게 하시려는 것이다."

"저는 그 총을 사용하지도 않았습니다만, 그것을 녹여 다른 무엇으로 만들어보겠다는 생각도 전혀 없었습니다."

"거기가, 너와 너의 '나'가 처해 있는 현주소다. 물론 종점은 아니다."

"저는 이제 어떻게 해야 합니까?"

"네가 고의로 장총 꿈을 꿨느냐?"

"아닙니다."

"네가 일삼아서 해야 할 아무것도 없다."

"아, 그렇군요!"

"굿이나 보고 떡이나 먹어라."

"예, 선생님."

"기분 좋은 아침이구나."

"보일러에 탈이 나서 더운물이 나오지 않습니다."

"기술자를 모셔다가 손봐달라고 하면 될 것 아니냐?"

"그런 것도 하나 고치지 못하는 저 자신이 한심스럽습니다."

"장총이 일어나서 너를 끌고 다니게 놔둘 참이냐?"

"……"

» 4월 11일   견 해 를 쉬 어 라

　누군가에게 열심히 말하던 기억만 남아 있다. 내용은 이러했다. "두 사람이 만났을 때 서로 의견이 다르지 않으면 다툴 이유가 없다. 예컨대 두 남자가 길에서 만났다. 한 사람이 '오랜만이군. 30년 만에 만나는 것 아닌가?' 라고 했을 때 '맞아. 꼭 30년 만이야' 라고 응답하는 것은 두 사람이 30년 만에 만났다는 생각에서 일치를 보았기 때문이다. 아직은 두 사람이 서로 다툴 이유가 없다. 그런데 한 사람(P)이 말하기를, '그동안 무슨 일이 있었나? 자네의 그 맑고 총명하던 눈동자가 많이 흐려져 있군!' 이러면 상대방(Q)의 반응이 달라질 수 있다. '응, 고생 좀 했어. 지금 내 몸과 마음이 많이 상해 있다네.' 이렇게 대꾸할 수 있는데 이 경우에도 다툼은 일어나지 않는다. Q의 눈동자가 많이 흐려졌다는 데 두 사람의 견해가 일치하기 때문이다. 그런데 Q가 얼굴색이 바뀌면서 '자네 눈동자는 맑은 줄 아나? 꼭 썩은 동태눈일세' 라고 하거나 '그래, 나 지금 인생에 절망해서 죽고 싶은 마음이다. 나 좀 죽여줄래?' 라고 하면 그것은 자기 눈동자가 많이 흐려져 있음을 부인하거나 아니면 적어도 드러내지 않겠다는 마음이 발동한 것이고, 여기서 의견이 엇갈려 다툼으로 발전될 불씨가 생겨나는 것이다. Q가 이렇게 반응할 때 P는 어떻게 할 것인가? 그가 만일 '맞아. 내 눈은 맑지 못한 정도가 아니라 썩은 동태눈일세' 라고 하거나 '미안하네. 내가 말이 서툴렀어. 혹시 기분 나쁘게 들렸다면 용서하게. 자네를 비방, 멸시하는 뜻은 아니었네' 라고 하면 금방 생겨난 불씨가 꺼지거나 사그라질 수 있다. 그러나 P도 얼굴색이 바뀌면서, '자네 모습이 초라해 보여서 무슨 걱정거리라도 있는가 염려되길래 한마디 한 걸 가지고 뭘 그리 노여워하는가?' 라고 하거나 '사람이 발끈하는 성미는 여전하군! 관두게' 라고 하면 불씨는 더욱 커지고 그래서 결국 다툼과 욕설과 폭력이 어지러운 춤을 추게 되는 것이다.……"

여기까지, 손짓 발짓 해가면서 무슨 연극 배우나 된 듯이 신명나게 (?) 이야기하다가 그만 잠에서 깨어났다.

사람이 살아있다는 것은 자신의 견해를 지니고 있다는 의미겠다. 어떻게 견해 없이 살 수 있으랴? 그건 불가능한 일이다. 말 그대로 죽어버리면 그 순간부터 아무 견해가 없겠지만, 사람이 죽으면 그건 송장이지 사람이 아니다. 극기를 가르친 모든 스승의 의도가 제자를 살아있는 사람으로 만드는 데 있지 죽은 송장으로 만드는 데 있지는 않을 것이다. 그래서 《신심명信心銘》에도 "견해를 쉬라(멈추라)"고 했지 견해를 없애라고는 하지 않았다. 그렇긴 해도, 겉으로 나타나는 모습만 보면 견해를 쉬는 것이 아예 견해가 없는 것처럼 보일 수도 있을 것이다. 석굴암에 모셔진 석불의 미소가 그런 것 아닐까? 그런 웃음 앞에서 누가 무슨 까탈을 부려 다툼을 선동할 수 있겠는가? 아아, 내 얼굴에도 그런 미소가 꽃처럼 피어날 수 있을까? 그러려면 "아아, 내 얼굴에도 그런 미소가…… 있을까?" 하는 바로 이 마음이 마침내 비워져야 한다—는 사실까지는 알겠다.

어젯밤, 차를 마시다가 TV에서 조 아무 씨 얼굴을 보았다. 수행원들을 이끌고 당당한 걸음으로 대구에 도착하는 장면이었다. 그런데 한 여인이 울먹울먹하면서 "조 의원님 같은 분이 대구에서 국회의원으로 입후보하신 것을 보면 아직 우리 나라가 살아있구나 하는 생각으로 가슴이 벅차다"는 내용으로 말을 했다. 그 여자를 보고 있는데 입에서 나도 모르게 "허!" 하는, 기가 막히다는 뜻의 소리가 나왔다. 동시에 '말' 도 나왔다. "저렇게 말하는 사람도 있군!" 그러나 그 말에 담긴 뜻은 "참으로 한심한 인간들이다"라는, 경멸에 가까운 내 '견해' 였다. 그것이 속에서 불쑥—하고 튀어나오는 것을 그만 놓쳐버렸다. 얼른 아내의 눈치를 살핀다. "TV 볼 때는 그냥 봐. 바람 새는 소리 내지 말고." 이렇게 자주 말씀하시던 선생님께서 이번에는 고맙게도 못 들으신 모양이다. 속으로 안심하며 뒷생각으로 앞생각을 다스린다. 그렇다. 저 여자는 진심으로 자기 생각이나 느낌을 말했고, 얼마든지 그렇게 생각하거나 느낄 수 있는 것이다. 그러고 있는 여인을 경멸할 자격이 처음부터 내게는 없었다. 물론 거기에 동의하거나 동감하지는 않지만, 그래야 할 이유도 없고 의무는 더욱 없지만, 나아가서 거기에 반대되는 내 생각이나 느낌을 표현할 수도 있지만, 그러고 있는 여인을 경멸하거나 비난할 자격은 없는 것이다. 이름도 알 수 없는, 화면에 불빛을 등지고 있어서 얼굴도 잘 보이지 않던 여인에게 마음속으로 미안했다고 사과를 한다.

'견해' 가 속에서 나오는 것을 틀어막을 수는 없다. 아직 거기까지는 못 왔다. 그러나 그것을 남에게 강요하거나 고집하여 '다툼의 불씨'로 키우는 짓만큼은 스스로 자제해야겠다. 깨어 있기만 하면, 그 정도는 불가능한 일이 아닐 수도 있을 것 같다. 불용구진不用求眞이니 유수식견唯須息見하여라! 이 말은 백운단처白雲斷處에 유청산有靑山이란 말과 통한다.

》4월 12일   내게는 '나와 상관없는 세상'이 없다

구경하는 사람도 그가 구경하는 상황이나 사건에 참여하고 있는 것이다. 내 의식에는 아직도 내가 '감리교회 소속 목사'인가? 광화문 네거리 감리교 빌딩 운영 방식을 둘러싸고 총리원 안팎에서 벌이는 분쟁에 직접 당사자로 참여하지는 않았지만, 결국은 '돈' 문제로 귀결되는 다툼을 바라보고 있었다. 등장 인물들도 모호했고 사건 내역도 분명치 않았지만, 무슨 재미가 있는지 계속 따라다니며 구경했다. 그러다가 갑자기 어느 빵 가게 안에 들어갔다가 거기서 장난감 기차 궤도처럼 생긴 커다란 빵을 보았다. 밖으로는 원형을 이루고 안에는 이리저리 선로가 얽히듯이 빵 줄기(?)가 교차하면서 중간중간 여백을 이루었다. 많은 사람이 둘러앉아 함께 나누어 먹도록 만든 빵이라고 했다. 그렇지, 맞아! 빵은 하나야. 그 하나인 빵을 여럿이 잘라서 먹는 거야. 모든 재물은 하나에서 잘라내거나 베어낸 거야. 이런 생각을 하다가 깨어났다.

"이것은 내 것이다"라고 흔히들 말하지만 사실은 이렇게 말해야 한다. "여기서 여기까지는 내 것이다." 그리고, 그렇게 말하는 사람 또한 알고 보면 "여기서 여기까지"인 존재다.(모든 사람에게 생일과 사망일이 있지 않는가?) 그러니까 누가 무엇을 먹고 있다면 그것은 '여기서 여기까지'가 '여기서 여기까지'를 먹고 있는 것이다. 제아무리 뛰어난 존재라 해도 제가 이 세상의 한 부분이요 조각이라는 사실을 뛰어넘지는 못한다! 떨어져 나온 조각이라고 해도, 그것은 실제가 아니라 관념일 뿐이다. 부분이 부분을 상대하면서 다투기도 하고 돕기도 하는 게 불가사의한 인간 세상이다.

총리원 빌딩은 1960년대 말에 거기서 '파트타임 임시 직원' 노릇을 했으니 인연이 없는 데는 아니다. 그러나 옛날 6층 건물을 허물고 다시 세워진 (몇 층인지도 모르는) 맘모스 빌딩에는 신축한 지 얼마 안 되어 단 한 번 들어가 보았고 그 뒤로 '나와 상관없는 세상'이었다. 그런데 간밤 꿈엔 그 건물을 둘러싸고 그 건물에 속한 조각들이 벌이는 분쟁에 구경꾼으로 동참했던 것이다.

사람이 살아있다는 것은 숨을 쉰다는 것이다. 숨쉬기는 밥 먹고 똥 싸는 것으로 변형되기도 하고, 책 읽고 글 쓰는 것으로 변형되기도 하고, 야구 구경하고 노래하는 것으로 변형되기도 한다. 사람이 하는 모든 행위가, 보이는 짓이든 보이지 않는 짓이든, 결국은 숨쉬기다. 뭔가를 세상으로부터 받아들였다가(잘라서 먹었다가) 또 뭔가를 세상에 내어놓는다. 거대한 빵 속에 파고들어 그 안에서 먹고 싸며 살아가는 벌레들! 그것이 인간이다. 그러므로 내게는 '나와 상관없는 세상'이 없는 것이다. 있다면 현실이 아니라 내 관념 속에나 있을 뿐이다.

말 한마디, 글 한 줄, 눈짓 하나, 잘 살펴보아야 한다. 그것이 다른 사람들(사실은, 내가 그것의 부분인 한 몸의 다른 부분들)에게 독으로 될 수 있기 때문이다. 그런데 내 몸에서 나가는 것이 남에게 독으로 되는지 아닌지를 결정짓는 곳은 변소가 아니라 식당이다. 무엇을 어떻게 먹느냐에 따라서 무엇을 어떻게 싸느냐가 결정되는 것이다.

어제 오후 내내 속이 불편하고 배에 가스가 부글거리고 이상할 정도로 맥이 빠져서 결국은 산책조차 생략했는데, 아내는 내가 기력이 쇠했으니 뭘 좀 보충해야겠다고 말했지만, 이제 그 까닭을 알겠다. 어제 점심을, 아내가 끓여준 된장 두부찌개에 보리밥이 맛있어서 "참 맛있다"를 반복하며 과식했던 것이다. 아무리 좋은 밥도 과식하면 우선 내 몸에 독이 되고 결국은 남에게도 독을 나눠줄 따름이다. 부끄러운 짓을 했다. 과식은 과오가 아니라 범죄다. 그래봤으니 오후 내내 속이 불편하고 기력이 빠져 움직이기 싫고 머리도 멍청해지고 무엇을 해도 거북하고 그랬던 것이다. "내가 무엇을 먹느냐"는 곧 "내가 남에게(사실은, 다시 내게) 무엇을 먹이느냐"이다.

내가 세상에 내놓는 말 한마디, 글 한 줄에 마음을 모으기 전, 세상으로부터 들여놓는 말 한마디, 글 한 줄에 먼저 마음을 모아야겠다.

» 4월 13일 과거와 현재가 그렇듯이 나의 미래도 이미 정해져 있다

일부—夫와 함께 화순 땅에 있는 어느 고아원(?)을 찾아가게 되었다. 기차를 타고 어디까지 가서 버스로 갈아타는데, 시간이 넉넉하니 걷기로 했다. 그런데 걷다보니 그만 마지막 버스를 놓쳤다. 갑자기 날이 어둡고 게다가 비까지 쏟아졌다. 별수 없이 지나가는 아무 차라도 잡아서 얻어 타고 가야 하게 되었다. 저만큼 전조등을 밝히고 거대한 트럭이 오는데 그 뒤로 언뜻 택시가 보인다. "택시를 잡자." 누군가 이렇게 말했다. 그런데 택시와 우리 사이를 트럭이 막고 있어서 아무래도 택시 기사가 우리를 보지 못하고 그냥 지나가 버릴 것 같다. 아니나 다를까, 트럭과 함께 택시가 우리 앞을 빠른 속도로 지나간다. 그런데 조금 가더니 오른쪽 샛길로 들어서며 속도를 늦춘다. 거기가 목적지였던 것이다. 손님을 내려주고 돌아 나오는 택시를 잡아탔다. 기사가 목사였고, 택시는 그의 부친이 마련해 준 것이라고 했다. 기사가, 자기 부친이 택시를 사주면서 함께 써준 한시漢詩를 읊었는데 주로 덕행에 힘쓰라는 내용 같았다. 어디까지 가느냐고 물어서 일부가 어디라고 대답하자 기사는 참 잘됐다고, 거기가 바로 우리 집이라고 한다.

그는 택시 영업을 하면서 고아들을 먹이고 재우는 작은 집(2층 목조 건물인데, 화천 임락경의 '시골집'처럼 방 한 칸에 덧대고 또 덧대어 짓느라고 내부는 온통 미로처럼 되었다)을 운영하고 있었다. 아이들을 돌보는 여인들(이모들)이 서너 명 있고 남자 직원들도 두셋 있었다. 방 한 칸을 내주어 일부와 함께 자고 이튿날은 주일이라 예배를 드리는데 내가 설교를 하게 되었다.

그런데 내 옷차림이 마음에 자꾸 걸린다. 아래는 반바지를 입었고 위는 티셔츠를 입었는데 게다가 맨발이다. 키가 매우 큰 남자가 다른 누군가에게 예복을 갖추어 입어야 한다는 말을 했고, 그에게 자기 옷을 빌려주겠다고 약속하는 것을 보았다. 나도 그에게 옷을 빌려 입을까 했지만 어쩐지 그러고 싶지 않았고 그럴 기회도 없었다.

시간이 되어 예배실로 갔다. 이모들이 앉아 있다가 반갑게 맞아들인다. 한 여자가 말하기를, "어젯밤 무슨 일이 있어서 아이들이 잠을 못 자다가 이제 잠들었어요. 그래서 많이들 참석 못할 것 같아요" 한다. 그야 상관없다고 대답하면서 예배 순서지에 적힌 오늘의 성경 말씀을 찾아 읽는데, 복음서인지 서신인지는 기억나지 않고 아무튼 10장 10절이 오늘의 본문이다. "아침에는 한 잔 한 사람같이 하고 대낮에는 이미 늦은 사람같이 하고 저녁에는……" 마지막 문장을 읽으면서 속으로 무릎을 칠 만큼, 그래 바로 이거야! 했는데, 그 순간 잠에서 깨어났다. 동시에 "바로 이거야!"라고 반가워했던 '말씀'이 사라져버렸다. 아무리 생각해 봐도 헛일이다. 다만 내 옷차림에 아무 관심도 보이지 않고 평안하게 밝은 얼굴로 나를 맞이하던 '이모들'의 모습만이 한동안 뇌리에 남아 있을 뿐이다.

성경에는 "아침에 한 잔 한 사람같이 하라"는 구절이 물론 없다. 그러나 돌이켜보면, 내 어린 시절은 그렇게 보냈던 것 같다. 전쟁 직후 모든 것이 궁핍하고 어수선하던 시절, 나는 타고난(?) 얼렁뚱땅으로 힘든 고비를 수월하게 넘겼다. 배가 늘 고팠지만 먹을 때마다 실컷 먹었고(배가 부르도록 먹은 기억만 남아 있다) 학교에서는 월사금을 내지 못해서 자주 쫓겨났지만 그래도 친구들과 잘 놀았다. 우등생은 아니었지만 말썽꾸러기 낙제생도 아니었다. 그렇게 보낸 소년 시절에 이어 청장년 시절이 왔다. 마감 시간에 쫓기는 사람처럼 살았다. 막일꾼들에게는, 비 오는 날이 공치는 날이라고 하지만 내게는 비 오는 날도 눈 오는 날도 따로 없었다. 그렇게 살아왔다. 일정한 직장이라도 있었더라면, 어쩌면 조금쯤 더 느긋하게 살 수 있었을지도 모른다. 하루도 글을 쓰지 않은 날이 없었고, 누군가를 늘 만나야 했다. 이제 나에게 대낮은 지났다. 저녁에는…… 저녁에는…… 참으로 기가 막힌 '말씀'이 있었는데, 그만 놓쳐버렸다. 아쉽다. 그러나, 기억나지 않아도 상관없다. 내가 그것을 기억하지 못할 뿐, 그것은 거기에 "적혀 있기" 때문이다. 내 어린 시절(아침)과 젊은 시절(대낮)을 거기 적혀 있는 대로 살았다면 내 노년 시절(저녁) 또한 거기 적혀 있는 대로 살지 않겠는가? 몰라도 상관없다. 무릎을 탁— 칠 만큼, "그래 바로 이거야!"인 삶이 내 속에 이미 기록되어 있다.

기분 좋은 꿈이다. 반바지에 티셔츠에 맨발로 나는 그분 앞에 서서 잠들어 있는 고아들과 그들을 돌봐주는 이모들에게 행복한 어조로 '설교'를 할 것이다.

》4월 18일 앎이 실존을 결정한다

그의 말 한마디가 기억에 남아 있다. 얼굴과 이름을 알 뿐 아니라 마음속으로 존경하는 어른이었는데, 누군지 생각나지 않는다. 그가 이렇게 말했다. "나는 친할머니보다 외할머니가 더 좋고 믿음직했다. 친할머니는 (믿음이) 있었고 외할머니는 없었는데, 친할머니의 믿음이 근본에 대한 믿음이 아니었기 때문이다." 기억을 더듬으면 그의 말은, 근본을 잃고 지엽에 묶여 있는 종교인에 대한 비판이었던 것 같다. 깨어나면서 두 마디 짧은 말이 떠오른다. ① 자기 안에서 근본을 잃다. ② 근본 안에서 자기를 잃다. 종교인이란 결국, ①에서 ②로 옮겨가는 과정중인 사람 아닐까? 근사한 생각이다. 지엽에 지나지 않는 자기 자신ego에 사로잡혀 근본이신 하느님을 잃어버렸던 사람이 거꾸로 근본이신 하느님께 붙잡혀 자기 자신을 잃어버리는(놓아버리는), 그것이 바로 종교라는 얘기다.

그러나 역시 어쩔 수 없는 '말'이요 '생각'일 뿐이다. 그리고 그것은, 그래서 부족하고 본디 말이 안 되는 말이다. ①을 검토한다. "자기 안에서" 근본을 잃는다고 했는데 "자기 밖에" 있는 사람도 있는가? 더욱 터무니없는 말은 "근본을 잃다"이다. 그 말은, "산이 땅을 잃는다" 또는 "구름이 하늘을 잃는다"는 말과 같은 말인데 그런 일이 애시당초 가능한가? ②를 검토해도 마찬가지다. "근본 안에서"라고 했는데 근본 바깥에 있는 지엽도 있는가? "자기를 잃는다"고 했는데 누가 자기를 잃는단 말인가?

왔다간다고 하지만 실은 옴도 감도 없는 것이요, 들어온다 나간다 하지만 실은 입入도 출出도 없는 것이요, 부처니 중생이니 하지만 실은 부처도 중생도 없는 것이다. 사람이 달라진다고 하지만 실은 달라질 아무것도 없는 것이다. 그러기에 문제는 내가 어디에 있느냐가 아니라 내가 어디에 있는 줄 아느냐에 있다.

"실존existence이 본질being을 선행한다"는 실존주의 구호에 묻혀 나는 소년 시절을 벗어났다. 그리고 그 구호에 등떠밀려 대학 시절을 보냈고 초년병 목회 생활과, 어쩌면 한평생을 보냈다. 어떻게 사느냐가 내가 누구냐보다 중요하다는 인식으로 살았다는 얘기다. 이제는 그 구호를 바꿔야 할 것 같다. "앎이 실존을 결정한다." 본질의 차원으로 내려가면 너·나 따로 없이 모두가 하나요, 못난 놈 잘난 놈이 없다. 그러다가 그것이 밖으로 표출되면 출이이명出而異名이라 온갖 다양한 상相으로 갈라진다. 천재도 있고 바보도 있고 성인도 있고 도척도 있고 군자도 있고 소인도 있고 남자도 있고 여자도 있고…… 만물이 서로 다른 모습으로 있는 것이다.

실존주의란, 그렇게 다양한 모습으로 존재하는 인간들이 그 모습을 가지고 무엇을 어떻게 할 것인지를 묻는 질문이겠다. 그런데 그 대답을 개인의 결단과 실천에서 찾고자 한다면, 내 생각에 그것은, 변소의 상황을 변소에서 바꾸거나 유지하려고 하는 것과 같다. 변소의 상황은 변소가 아니라 식당에서 결정된다. 내가 지금 어디에서 무엇을 하고 있느냐를 결정짓는 것은, 내가 지금 어디에 있으며 무엇을 하고 있느냐에 달려 있지 않고 내가 지금 어디에 있으며 무엇을 하고 있는 줄로 아느냐—에 달려 있는 것이다. 그래서 결국은 '실존'이 아니라 '깨달음'이다. 깨달음이 실존을 결정하는 것이다. 그러나 이 또한 어쩔 수 없는 '말'이다. 깨달음을 있게 하는 것은 무엇인가? 실존 아닌가?

» 4월 20일   누구나 더 쉽고 편한 쪽을 선택한다

총각인 내게 약혼인지 결혼인지는 모르겠는데 아무튼 사랑하는 여자가 있었다. 그런데 그녀가 다른 남자와 연애 관계에 빠져들었다. 개울가에 앉아 있자니 그녀가 피곤한 얼굴로 나타났다. 내가 말했다. "어제 무슨 일 있었소? 기다렸는데 오지 않더군." 여자가 아무 대답 없이 나를 측은한 눈길로 바라보았다. 나는 벌써 속으로 그녀가 간밤에 누구와 함께 있었는지를 알고 있었다. 그런데 문득 저 여자 없이도 살 수 있겠다는 생각이 들어 이렇게 말하다가 잠에서 깨어났다. "나는 당신이 행복하기만을 바랍니다. 그 남자가 좋으면 가시오. 그런데 가서 살다가, 이게 아니다 싶거든, 그래서 만일 내게로 다시 오고 싶거든, 언제든지 오시오." 꿈이었지만, 내가 그런 말을 할 수 있다는 사실이 스스로 놀라웠고 믿어지지 않았다.

깨어나서 생각해 본다. 사실은 조금도 놀라운 일이 아니다. 내가 그녀에게 그런 말을 한 것은 그녀 없이도 살 수 있겠다는 생각이 먼저 들었고, 어쩌면 다른 남자를 사랑하는 여자와 함께 사는 일이 피차 괴로울 것이라는 생각을 했기 때문인지도 모른다. 누구나 자기에게 더 쉽고 편한 쪽을 선택하게 마련이다. 꿈에서도 나는 더 쉽고 편한 쪽을 선택했을 뿐이다. 집착하는 것도 그것이 더 쉽게 느껴지기 때문이요, 집착하던 것을 놓아버리는 것도 그것이 더 쉽게 느껴지기 때문이다.

꿈에서처럼 현실에서도 그럴 수 있을까? 잠시 궁리하다가 접어두기로 한다. 그런 것을 궁리하느라고 아침부터 소중한 시간을 허비할 이유가 없다. 무슨 일이든 그때그때 하고 싶은 대로 하되 되는 만큼 하면 되는 것이다. 무엇은 어떻게 해야만 한다는 보이지 않는 굴레에서 스스로 벗어나는 일보다 더 중요한 일이 지금의 내게는 없는 것 같다. 내 속에 누군가를 원망하여 해치려는 마음이 없다면 내가 무슨 짓을 하든 망설일 이유가 없다. 하고 싶은 대로 하되 되는 만큼 한다. 하고 싶지 않은 일을 하지 않되 그것도 되는 만큼 하지 않는다.

자기 아내가 "하면 된다"는 표어를 앞세워 잠자리를 강요하기에 자기는 "되면 한다"고 했다가 영원히(?) 쫓겨났다는 어느 개그맨의 재담이 생각난다. 절묘한 재담이다. 아직도 세상은 "하면 된다" 派파가 지배한다. 이런 세상에서 "되면 한다" 파는 쫓겨나게 마련이다. 그렇다면 기꺼이 쫓겨나겠다.

　새벽녘에 꿈을 꾸었다. 어떤 선배와 함께 고무 보트인지 나무 보트
인지 두 사람이 노를 젓도록 되어 있는 작은 배를 타고 절벽이 저만
큼 보이는 바다(큰 강?)를 건너야 했는데, 가까스로 절벽에 닿아보니
도무지 배를 댈 만한 곳이 없었다. 게다가 배에 무슨 사정이 생겨서
얼마 안 있으면 가라앉게 되어 있었다. 다행히 배는 우리 둘이 노를
젓는 대로 잘 움직여주긴 했지만 속히 뭍에 닿지 않으면 빠질 수밖에
없는 상황이었다. 물은 겁이 날 만큼 깊었고 물결도 만만찮았다. 그
렇게 우왕좌왕하다가 커다란 바위가 물 속에 잠겨 있는 것을 보았다.
물이 바위 뒤로 찰랑찰랑했기 때문에 멀리서 보면 바위가 거기 있는
지 알 수가 없지만 가까이 가서 보니 두 사람이 올라서고도 남을 만
큼 큰 바위였다. "야, 살았다!" 우리는 한숨을 내쉬며 가라앉는 배를
버리고 바위로 올라섰다.

　그런데 그 바위는 붉은색과 노란색이 선명하게 칠해져 있는 불상
이었다. 부처의 눈과 코가 뚜렷이 보였다. 이마쯤 되는 곳에 우리가
서 있었다. 문득 불상 바위 왼쪽 옆에 다른 부처의 얼굴이 나타났다.
역시 물에 잠겨 있는 바위였는데 모래와 나뭇가지 따위가 찰랑거리
는 물 속에서 바위에 얹혀 있었다. 아주 잘생긴 얼굴이었다. 둘 중 누
군가가 잘생긴 부처 얼굴을 좀더 분명하게 볼 생각으로 바위에 얹혀
있는 모래와 나뭇가지, 나뭇잎 들을 손으로 걷어냈다. 그러자 부처
얼굴이 홀연 사라지면서 그냥 밋밋한 바위로 되어버렸다. 그제서야
나는 바위 위에 얹혀 있던 나뭇가지와 모래의 그늘이 부처의 이목구
비를 형성하였던 것임을 깨달았지만, 사라져버린 불상을 되살려낼

수는 없었다.

아쉬웠다. 대상을 좀더 또렷이 보려고 한 노릇이 오히려 대상 자체를 없애버렸던 것이다.

이 꿈은 나를 경고한다. 있는 그대로 보라고. 네 선의善意의 손길로 성스러움에 때를 묻히지 말라고. 네 눈에는 하잘것없는 군더더기나 쓰레기처럼 보이는 바로 그것이 너를 살려주는 바위이자 성스런 부처의 얼굴을 이루는 필수불가결 요소라고!

아아, 그런 줄 알지만 모든 것을 있는 그대로 받아들인다는 것이 내게는 아직 얼마나 힘든 일인가?

≫ 4월 25일   현실이 꿈이라면?

어느 집 앞을 지나가는데 사람들이 울 안을 기웃거린다. 그들 틈에 끼여서 들여다보니 부부로 보이는 두 사람이 심하게 싸우고 있다. 보통 싸움이 아니었다. 마치 사생결판이라도 내려는 듯이 엉겨붙어서 뒹굴었다. 이윽고 남자가 여자 어깨를 비틀어 잡고는 한번 힘을 쓰자 뼈가 퉁겨지는 것 같았다. 이어서 이번에는 목을 잡고 목뼈를 부러뜨렸다. 여자 몸이 축 늘어지더니 손발에 경련이 일었다. 남자가 야수 같은 눈을 번뜩이며 이쪽을 노려보았다. 어느새 구경하던 사람들은 모두 겁에 질려 도망가고 나 혼자 남아 있다. 나도 어서 도망쳐야겠다는 마음이 들었지만 웬일인지 몸이 움직여지지 않았다.

그러고 있는데 돌연 남자가 웃으면서 손뼉을 탁— 쳤다. 그러자 늘어져 있던 여자가 아무 일 없었다는 듯 일어나더니 두 사람이 테이블에 마주앉아 술잔을 들어 부딪치는 것이었다. 그제야 나는 두 사람이 미국에서 활약하는 프로 레슬러임을 알아보았다. 누군가 "오늘 연습이 잘됐다"고 말했다. 어떻게 된 영문인지는 모르겠는데, 어느새 내가 그들의 연습 파트너로 되어 있었다. 칼인지 뭔지 아무튼 날카로운 무기를 가지고 상대방을 찔렀지만, 물론 찌르는 시늉만 하는 것이었다. 그런데도 저쪽에서 구경하던 한 여인이 비명을 지르면서 바닥에 쓰러졌다. 내가 연습을 중단하고 여자에게 달려가, 이건 실제 상황이 아니라고 말했지만 여자는 너무나도 겁에 질려 내 말이 귀에 들리지 않는 것 같았다. "괜찮아요. 이건 연습이오. 아무도 다치지 않아요!" 내 목소리를 들으면서 잠에서 깨어났다.

자리에 누운 채 생각해 본다. 내가 실제 상황으로 알고 있는 이 세상 현실, 죽고 죽이고 훔치고 잃어버리고 빼앗고 빼앗기는 일이 난투극처럼 벌어지는 이 현실 또한 아무도 죽지 않고 잃는 것 없고 빼앗기는 것 또한 없는, 그러니까 얻는 것도 사실은 없는, 그런 연습 게임 아닐까?

그렇다 해도, 그것을 자신이나 남에게 증명할 방법은 없다. 물론 그렇지 않다고 입증할 방법도 없다. 인생은 증명의 문제가 아닌 것 같다. 그런데 꿈에 나의 연습 게임을 보고 기절한 여자가 내 말을 듣지 못한 채 계속 겁에 질려 있는 그것 자체가 또 하나의 게임이라면? 갑자기 할 말이 사라진다.

날이 밝아오고 있다. 현실이든 꿈이든, 자리에서 일어나 오늘 하루치의 삶을 살아야 한다. 이것까지 의심할 수는 없는 노릇이다.

» 4월 26일 분별은 하되 차별은 하지 말아라

대학 교수인 선배 집에 초대받아 갔는데 이런저런 일들이 있었지만 기억나지 않고 한 장면만 생각난다.

밥을 먹자고 하면서 주인이 우리를 야외로 데리고 갔다. 한 길쯤 되는 축대 아래에 밥이 그릇도 없이 차려져 있었다. 한 사람 앉을 만한 틈을 내놓고는 흰밥이 호박구덩이처럼 땅바닥에 한 줄로 놓여져 있었다. 각자 자기 먹을 밥 위로 뛰어내렸다. 북산北山이 바로 내 앞에서 성큼 뛰어내렸다. 자연스럽게 바로 그 옆이 내 자리가 되었다. 축대 높이가 나로서는 만만치 않았다. 뛰어내렸는지 그냥 있었는지 그건 잘 모르겠는데, 내 밥에 황금색 똥자루가 두 개 들어 있었던 것은 선명하게 기억난다. 더럽다는 느낌은 들지 않았지만 맛이 쓸 것 같아서 그것들에 닿아 있지 않은 밥만 먹어야겠다 생각하고 있는데, 일하는 여자가 작은 삽으로 내 밥을 비볐다. 황금색 똥자루(크기는 제대로 익은 늙은 오이만 했음) 두 개가 밥에 섞여 없어지면서 흰밥이 금빛 밥으로 바뀌었다. 그것을 먹은 기억은 없다. 당연히, 먹지 않은 기억도 없다. 그쯤에서 한 번 깨어났다가 다시 잠든 것 같다.

처음 보았을 때는 밥 속에 똥이 들어 있었다. 여기는 밥이고 여기는 똥이라고, 그 사이에 경계를 둘 수 있었다. 똥을 건드리지 않고 밥만 먹을 수도 있을 것 같았다. 그런데 일하는 여자가 삽으로 밥을 비비자 밥과 똥 사이의 경계가 사라졌다. 이건 밥이요 이건 똥이라고 나눠놓을 수 없게 되었다. 내 앞에 있는 것은 밥이면서 똥이고 똥이면서 밥이었다.

잠에서 깨어나 이렇게 앉아 있는, 그냥 앉아 있지 않고 종이에 글을 쓰고 있는 이 '물건'도 속을 들여다보면 별수 없이 밥이면서 똥이다. 내 입구멍과 똥구멍 사이를 떼어놓을 수 없는 한, 내 속에 밥과 똥이 비빔밥으로 공존하여 있는 것이다. 그 사실을 유념해야겠다. 향기로움과 역겨움, 깨끗함과 더러움, 씨앗과 열매, 앞과 뒤, 성聖과 속俗이 하나로 존재한다. 일하는 여자의 예쁜 삽 한 자루가 그 실상을 내게 보여주었다. 내가 밥을 비비지는 않았다. 뭔가를 보았다면, 내가 본 것이 아니다. 누군가 그것을 내게 보여준 것이다.

그러나 여자가 밥을 비비기 전에는 밥은 밥이요 똥은 똥이었다. 한 자리에 있긴 했지만 분명히 나뉘어 있었다. 이 '구분' 또한 성스러운 하느님 작품이다. 그것에 속지 않으면서 밥은 밥, 똥은 똥으로 뚜렷이 구분해야 한다. 원주악장圓珠握掌에 단청별丹靑別이라, 둥근 구슬 손에 넣었지만 붉은색 푸른색을 분별한다고 했다.(浮雪居士)

사람이든 사물이든, 어떻게 분별하지 않으면서 분별할 것인가? 저마다 다른 점을 받아들이되 차별하는 일이 없으면 될 것이다. 말은 쉽다. 오늘 하루, 그것을 연습하라는 걸까? 명심할 것. 밥이 똥으로 되기 전에 밥은 똥이었다. 씨앗이 나무로 되어 열매를 맺기 전에 씨앗은 열매였다.

≫4월 28일   여기에서 눈을 뜨면 여기도 보이고 저기도 보인다

모르는 한 젊은이에게 충고를 하다가 꿈에서 깨어났다. 그가 윗사람에게 무슨 말을 했는데 단어 하나를 잘못 쓰는 것 같았다. 그 단어

(기억나지 않는다)는 상대방을 조롱하거나 깎아내리는 뜻이 포함되어 있어서 윗사람에게 쓰기가 마땅찮은 것이었으나 젊은이가, 아마도 몰라서였겠지만, 그 단어를 거듭 사용하는 것이었다. 이윽고 말을 마치자, 내가 "한마디 하겠다"면서 사람이 말을 할 때 적절한 단어를 사용하지 않으면 상대방은 그 '말'에 걸려서 말에 담긴 내용을 듣지 못하는 법이라고, 그러니 말할 때에는 알맞은 단어와 술어를 골라서 써야 한다고 말해 주었다. 그러면서 "자네는 지금 XX라는 단어를 거듭 써서 상대방으로 하여금 조롱당하는 기분을 맛보게 했는데 그 결과 자네의 본심과 상관없이 오해를 사게 되었다"고 말하다가 잠에서 깨어났다.

자리에 누운 채 좀더 근본적인 내용으로 꿈을 꿀 수는 없을까 생각하는데, 문득 떠오르는 한마디 말씀.

"말할 때 적절한 단어를 사용하는 것은 기술상의 문제인가? 아니면 인간의 근본에 연관된 문제인가?"

질문에 이어 생각이 꼬리를 문다. 그렇다. 그것은 기술상의 문제로 보면 기술상의 문제요 근본 문제로 보면 근본 문제다. 세상에는 말하는 기술을 연구하고 그것을 가르치는 교사들이 많이 있다. 그들의 가르침에 귀를 기울일 필요가 있을 것이다. 그러나 그것만으로 '말'에 얽힌 문제를 모두 풀 수는 없다. 말의 근본이 말에 있지 않고 마음에 있기 때문이다. 마음을 깨끗하게 하지 않고서는 결코 깨끗한 말을 할 수 없는 일이다.

꿈에 내가 젊은이에게 준 충고는 말할 때 단어를 적절히 사용하라는, 기술상의 문제에 관한 것이었다. 그런 말을 끝까지 할 필요도 들을 필요도 없어서 중간에 깨어났는지 모르겠다.

114

오줌이 마려워 일어나는 순간, 번개처럼 떠오르는 한마디.

"여기에서 눈을 뜨면 여기도 보이고 저기도 보인다!"

예컨대, 뉴욕에서 안과 수술로 눈을 뜬 사람이 뉴욕만 보는 것은 아니다. 그는 하늘도 볼 수 있고 구름도 볼 수 있고, 도쿄로 가면 도쿄도 보고 서울에 오면 서울도 본다.

근본에 눈을 뜨면 근본 아닌 것이 없다!

내 마음이 상대방에 대한 존중과 나 자신에 대한 겸비謙卑로 가득 차 있다면, 무슨 말을 어떻게 골라서 할까, 따로 궁리할 필요는 없을 것이다. 꿈이라고 하지만 또 괜한 짓을 했다. 그렇다. 하나에 눈을 뜨면 만물이 밝아진다. 필요한 것은 역시 하나로 족하다. 천득일이청天得一以淸이요 지득일이녕地得一以寧이요…… 만물득일이생萬物得一以生이라 하지 않았던가?

5월의 꿈

≫ 5 월 1 일 　 해 몽 이 　 꿈 의 　 내 용 을 　 결 정 하 고 　 해 석 이 　 현 실 을 　 창 조 한 다

　 꿈은 매우 명료하고 자세했지만, 기억은 희미해졌다. 무슨 교육 사업을 했던 것 같다. 학원을 운영했던데 교실 하나로 시작하여 빌딩 하나에 교실마다 학생들이 가득 찰 만큼 성장했다가 다시 줄어들어 교실 하나만 남았다. 요컨대 성공과 실패를 단숨에(?) 경험한 것이다. 팀이 있어서 함께 했지만, 그들이 누구며 어떻게 일을 맡아서 했는지는 전혀 기억나지 않는다. 꿈이니까 그럴 수 있었겠지만, 똑같은 말 한마디가 어떻게 하느냐에 따라서(문장일 경우에는, 어떻게 읽느냐에 따라서) 그 뜻이 정반대로 되었다. 예를 들어 "나는 밥을 먹었다"는 문장을 이렇게 읽으면 "먹었다"로 되고 저렇게 읽으면 "안 먹었다" 또는 "못 먹었다"로 되었다. 긍정과 부정이 '말'이나 '문장'에 있지 않고 내 마음에 있었다는 얘기다. 그래서 모든 말과 문장을 긍정으로 읽을 때에는 학원이 커졌고, 반대로 모든 말과 문장을 부정으로 읽을 때는 학원이 줄어들었다.

똑같은 문장을 어떻게 읽으면 긍정이 되고 어떻게 읽으면 부정이 되는지, 꿈에는 너무나도 쉽고 당연하게 그랬지만, 지금은 설명할 수가 없다. 다만 사업의 성패가 말을 하고 문장을 읽는 내 방법에 달려 있었다는 것만은 또렷이 기억된다. 깨어나면서, 어떻게 같은 문장을 긍정문으로도 읽을 수 있고 부정문으로도 읽을 수 있는 건지(문장 자체에는 손을 대지 않고서) 생각해 보았지만 알 수 없었다. 그러는데, 한 단어를 가지고 문장을 만들 때에는 그것이 가능하겠다는 생각이 들었다. 예컨대 '몽둥이' 라는 단어로 문장을 만들 경우 "몽둥이로 도둑을 잡았다"는 문장을 만들 수도 있고 "몽둥이로 무너지는 담을 괴었다"는 문장을 만들 수도 있는 것이다.

그러고 보니 문장도 내가 어떻게 읽느냐에 따라서 달라질 수 있을 것 같다. 예를 들어보자. "오늘 아침 박 아무개가 자살했다"는 문장이 있다. 내가 속으로 자살은 범죄요 비극이다—라는 생각을 품고 그 문장을 읽으면 "오늘 아침 비극적 범죄가 발생했다"로 읽힐 것이다. 그러면 쯧쯧 혀를 차거나 안됐다는 생각이 들거나 그랬겠지. 그런데 내 속에 자살은 있을 수 있는 일이고 한 인간이 지구 학교에서 수업을 마치고 귀가하는 여러 방법들 가운데 하나—라는 생각을 품고 읽는다면, "오늘 아침 한 학생이 학습을 마치고 귀가했다"로 읽혀질 것이다. 그러면 속으로 박수를 쳐줄 수도 있는 일이다. 장자莊子가 부인 무덤에서 노래하며 춤을 춘 것도 '죽음' 이라는 문장을 읽는 그의 방법이 여느 사람들과 달랐기 때문 아닐까?

그렇다. 꿈보다는 해몽이다. 현실보다는 현실에 대한 해석(읽기)이다. 해몽이 꿈의 내용을 결정하고 해석이 현실을 창조한다.

어젯밤 늦도록 손가락에 피를 보면서 단소 하나를 만들었다. 단소는 뿌리 쪽을 아래로 하여 만드는 것이 상식이고 시중에 파는 모든 단소가 그렇게 만들어졌고 나 또한 지금까지 그렇게 만들었지만 어젯밤에는 나무를 거꾸로 세워 뿌리 쪽에 취구吹口를 내었다. 무슨 생각이 있어서가 아니라 취구를 만들려고 했던 나무 윗부분 살이 너무 얇아서 좀더 두터운 아래쪽을 취구로 삼았던 것뿐이다. 만들어놓고 소리를 내어보니 생각했던 것보다 시원스럽게 맑다. 나무가 "내 본디 방향을 살려줘서 편하다"고 말하는 것 같았다.

나무의 본디 방향이란 '뿌리에서 가지로' 다. 그러니까 대금은 나무의 본디 방향을 순順하여 소리를 내게 되어 있고, 단소나 퉁소는 그것을 역逆해서 소리를 내게 되어 있는 것이다. 단소를 만들 때에는 뿌리 쪽을 아래로 내려야 한다는 법이 따로 있는 것도 아닌데, 옛적부터 사람들이 그렇게 만들었으니 그냥 그렇게 만들었을 뿐이다. 그러나 그렇게 생각이나 행위의 습관을 좇아서 산다면 그 인생에는 창조가 있을 수 없다. 창조 없는 인생이라! 무슨 재미로 산단 말인가! 옳은 말씀, 꿈보다는 해몽이다!

≫ 5 월 6 일 한 인 간 의 경 험 은 인 류 의 경 험 이 다

오랜만에 어머니를 보았다. 뭔가 이런저런 이야기story가 있었지만 생각나지 않고 단면도 같은 장면만 기억에 남아 있다. 어머니가 담요를 쓰고 비스듬히 누워 있는데 오른쪽 옆구리 늑골 사이에 수술한 흔적이 보였다. 그리로 아이를 낳았다고 했다. 벌어진 피부 조직이 남청색을 띠면서 조금씩 벌름거리는 것 같았다. 태어난 아이는 보지 못하고 울음소리만 들었다. 아이 아버지가 누구냐고 어머니에게 직접 묻지는 않았지만, 어찌된 영문인지, 외삼촌이 아이 아버지라는 사실을 알고 있었다. 있을 수 없는 일이라고 생각되어 무척 당황스러웠지만, 어머니는 아무렇지도 않은 표정이었다.

슬기를 데리고 어디론가 가야 했는데, 아내가 차를 가지고 어머니와 함께 있어야 했으므로 누군가 남의 차를 빌려서 타게 되었다. 젊은 내외가 우리 두 사람을 자기네 차에 태워주었다. 남편이 운전을 하고 아내는 조수석에 앉았다. 슬기와 나는 뒷좌석에 앉았다. 차가 떠나려는데 남편이 심심하면 보라면서 두툼한 책을 한 권 던져준다. 제목은 자세히 기억나지 않는데, 신세대를 위한 우스개 소리(개그) 전집이었다. 저자 이름도 많이 알려진 이름이었고, 고급 종이에 다채로운 그림이 곁들여진 양장본이었다. 앞자리에 앉은 여자가 말했다. "요즘엔 그런 책이 인기랍니다. 찍었다 하면 최소 10만 부래요." 출판사가 어딘지 알아보니 기독교 계통 베스트셀러를 내기로 유명한 ○○○다.

중간에 한 번쯤 잠에서 깨었던 것 같은데, 꿈이 계속되었다. 어머니 장례를 치른 뒤, 두툼한 책이 출판되었다. 얇은 인디언지紙에 크기는 여성 잡지만 하고 두껍기는 신구약 성경만한 책인데 모두가 어머니의 생애에 관한 내용이었다. 어린 시절부터 돌아가신 뒤까지 글과 사진으로 매우 자세하게 수록되어 있었다. 각종 사진들이 컴퓨터 기술로 뒤러Durer의 동판화처럼 변형되어 있어서 신비스러운 느낌을 주었다. 정희 말이, 이 책을 두 권인가 세 권인가 찍었다고 했다. 두 손으로 들고 있기가 힘들 만큼 무거웠다. 한 인간의 생애가 이렇게나 많은 흔적을 남기는 것인가—하고 놀란 기억이 난다. 거기에는 어머니 모습만이 아니라 그분과 인연이 닿았던 많은 사람들의 모습도 담겨 있고, 어머니의 장례를 치렀다는 집의 구조도 자세히 그려져 있었다. 예를 들면, 문상객으로 온 화가 이철수가 대문 앞에 서 있는 모습이 사진으로 찍혀 반 페이지를 차지하고 있었다.(그는 웃고 있었다.)

다시, 장면이 바뀌어 사람들이 붐비는 로비 같은 곳이었다. 한쪽 구석에 테이블과 걸상이 마련되어 있어 거기서 간단한 식사나 음료수를 마실 수도 있었다. 저쪽에서 누가 손을 들어 아는 척을 한다. CBS의 한국연이다. 그도 일행이 있는 것 같았다. 대여섯쯤 되는 일행과 함께 둥근 테이블을 가운데 놓고 앉아서 각자 자기가 주문한 음료를 마시는데 누군가 "꽤 비싸군!" 했다. 그때 맞은편에 앉아 있던 덕주가 실수로 우유잔을 쓰러뜨려 테이블에 모두 쏟았다. 누군가 빈 잔을 카운터에 내밀며 다시 채워달라고 부탁하자 곱게 차려입은 중년 여인이 그건 안 된다고 거절한다. 이유는 한 잔에 6만 원짜리 고급 우유이기 때문이라는 것이다. 덕주가 황급히 테이블 위에 쏟아진 우유를 닦아내면서 "아이쿠, 이런 귀한 우유를!" 했다. "미쳤군! 미쳤어!" 내가 소리를 질렀다. "이게 무슨 여왕마마 젖통에서 짠 우유라도 되는 거냐?" 내 소리에 놀라 잠에서 깨어났다.

기독교 출판사라고 해서 꼭 무슨 심각한 신앙 서적만 내라는 법은 없지만 우스개 소리 전집을 그렇게 묵중한 양장본으로 내는 것이나 한 잔에 6만 원짜리 우유를 마시는 것은 어쩌면 생시에도 겪고 있는 일 같아서 넘어가겠는데, 어머니가 외삼촌의 아이를 낳은 것은 아무리 꿈이지만 너무했다 싶어, 깨고 나서도 개운치 않았다. 이 꿈 얘기를 기록에 남길까 말까 망설이면서 잠시 앉아 있는데 한 말씀 들려주신다. "놀랄 것 없다. 모든 인간이 한 분 아버지의 자녀들이니 누가 누구와 결혼해도 모두 근친혼이다. 용숙이 네 아내이기 전에 네 누이인 줄을 몰랐더냐? 사람들이 이 진실에 눈을 뜬다면 세상이 달라질 것이다."

그러고 보니, 어머니 사후에 어머니의 생애를 담은 책이 출판되었지만 그 내용에는 어머니 아닌 다른 많은 인간과 사물들이 망라되어 있었다. 어머니는 개인이 아니었다. 어느 수피의 말이 생각난다. "한 인간의 경험은 인류의 경험이다." 내 손으로 인류가 지금 이 글을 쓰고 있는 것이다. 내가 꾸었지만 내 꿈이 아니다.

지적 소유권을 포함하여 모든 소유권 주장이 터무니없는 것임을 인류가 깨닫고 그것을 포기하는 일은, 그러므로, 시간 문제다.

» 5월 8일 그가 그것을 그렇게 보면 그에게 그것은 그런 것이다

누구였던가? 어떤 사람과 느릿느릿 이야기를 나누었다. 상황은 기억나지 않는다. 말을 번갈아 주고받았다기보다는 주로 그의 말을 들었다. 꽤 길게 얘기를 나눈 것 같은데 그의 마지막 한마디만 남고 모두 참새떼처럼 날아가 버렸다. 그 말 한마디에 이르려고 오랜 시간 이런저런 이야기를 거쳤던 걸까? 열매 하나 떨구고 홀연 사라져버린 나무처럼 그렇게 간밤의 꿈이 모두 지워졌다.

깨어나면서 마지막으로 들은 말은 이랬다.

"인식이 내용을 결정한다. 그가 그것을 그렇게 보면 그에게 그것은 그런 것이다."

　화장실에 앉아, 마지막 말에 꼬리를 물고 떠오르는 '생각' 들을 정리해 본다. 우리가 경험하는 이 세상에, "이것은 이것이다" 하고 단언할 수 있는 이른바 객관적 진실이란 없는 것이다. 있는 것은 그것을 그렇게(또는 이렇게) 보는 사람(들)의 견해가 있을 뿐이다. 예수가 자기를 죽음으로 몰아가는 자들을 보면서, 저들은 지금 자기네가 무슨 짓을 하는지 몰라서 저러는 것이니 용서해 달라고 빈 것은 그들을 자기네가 지금 무슨 짓을 하는지 모르는 자들로 보았기 때문이다. 그는 자기를 미워하여 죽이려고 하는 자들을 사탄의 하수인이나 불의한 범죄 집단이나 영원히 씨를 말려야 할 사악한 원수로 보지 않고, 무지에서 벗어나지 못한 어리석은 군중으로 보았다. 예수에게 그들은 처벌받아야 할 '남' 이 아니라 용서받고 깨우침을 받아야 할 '형제' 들이었다.

　확실히 그는 비슷한 상황에서 많은 사람들이 지닐 수 있는 '견해'와 다른 '견해' 를 지녔다. 따라서 상식으로 볼 때 매우 특이한 반응(행위)을 보였다. 그가 그들을 용서해 달라고 기도한 것은 그들에 대한 견해의 자연스런 결실이다. 그러기에 중요한 것은 그가 용서를 빌었다는 사실보다 그렇게 하도록 그를 이끌어간 '견해' 다. 무엇이 그로 하여금 일반 사람들과 다른 '눈' 으로 사물과 상황을 보게 했던 것일까?

　어느 날 예수는 제자들에게, 너희는 자신이 어디서 왔다가 어디로 가는지 모르지만 나는 내가 어디에서 왔다가 어디로 가는지를 안다고 말했다. 바꿔 말하면, 너희는 자기가 누군지를 모르지만 나는 내가 누군지를 안다는 것이다. 바로 이 차이가 그의 견해와 일반 사람들의 '견해'를 다르게 만들었다. 몽유병자와 건강한 사람이 겉으로 보면 같은 행동을 하는 것 같지만, 이쪽은 자기가 지금 무슨 짓을 하고 있는지를 모르기에 몽유병자고 저쪽은 그것을 알고 있기에 건강한 사람이다.

꿈에서 깨어나기 전에는 자기가 꿈을 꾸었다는 사실을 모르게 마련이다. 누가 만일 꿈을 꾸면서 자기가 지금 꿈을 꾸고 있다는 사실을 분명하게 안다면 그는 잠든 사람이 아니라 깨어 있는 사람이다. 예수가 제자들에게, 너희는 지금 자기가 어디서 왔으며 어디로 가는지를 모른다고 말할 수 있었던 것은 그것을 알아볼 '눈'을 떴기 때문이다. 만물을 흑백으로밖에는 못 보는 색맹이 다른 사람에게 저 영롱한 무지개 색깔을 보라고 말할 수는 없는 일이다.

이러니저러니 말도 많고 탈도 많지만 모두가 '견해'들의 난무일 뿐이다. 그가 그것을 그렇게 보면 그에게 그것은 그런 것이다. 내가 그것을 이렇게 보면 나에게 그것은 이런 것이다. 누구도 자신의 '견해'를 가지고 살아가지 않을 수 없다. 그것이 인간의 숙명이다. "나는 아무 견해가 없다"고 해도 그 자체가 그의 견해이다.

문제는, 어떤 견해로 이 세상을 살아갈 것이냐—다. "다만 견해를 쉬라"(唯須息見)는 말도 견해 없이 살라는 말은 아닐 것이다. 네 견해를 너에게든 남에게든 고집하지 말라는 뜻이겠다. "한울님 눈으로 세상을 보라"는 수운水雲의 말씀도 지금까지 지녀왔던 관습의 눈으로 보지 말고 전혀 새로운 눈을 뜨라는 말씀일 것이다.

내가 내 노력으로 그 '눈'을 뜰 수 있다고는 생각하지 않는다. 그러나 내 협력 없이는 누구도 내 눈을 열어줄 수 없다는 것 또한 알고 있다. 지금은 그냥 내 생각에 갇히지 않도록 조심하여 자신을 (판단 없이, 재촉하지 않고) 살펴볼 따름이다. 오늘 할 일을 할 수 있는 만큼 하는 거다. 그 이상도 이하도 아니다.

≫ 5월 9일   귀 중 하 지   않 은   사 람 은   세 상 에   없 다

신학생 시절 함께 공부한 동료 목사가 죽었다. 평소 가깝게 지내지는 않았지만, 상가에 가보니 벌써 장례를 마치고 대부분 돌아갔다. 아는 얼굴 몇이 남아 있는데 후배 목사 하나가 불쾌한 어조로 나를 비난(?)한다. 망자亡者에 대하여 해야 할 도리를 제대로 하지 않았다는 것 같았다. 순순히 시인했다. 그러고 있는데 김동완 목사가 나보다 늦게 도착했다. 그가 오자 분위기가 달라졌다. NCC 총무님이 오셨으니 다시 한 번 유족들을 위해 예배를 드리자고 누가 말했다. 김목사가 내게 설교를 부탁했다. 무슨 말이든 한마디만 하자고 속으로 생각하는데 유족 대표가 와서 "예배를 얼마짜리로 준비할까요?" 하고 물었다. 예배 순서에 참여한 사람들에게 얼마의 사례를 하면 좋겠느냐는 뜻이었다. 누군가가 액수를 말하면서(그게 얼마였는지 기억나지 않는다. 다만 통상의 경우에 비하여 낮은 액수라고 생각했던 것만 기억난다) "XX원으로 하지" 했다. 그의 말이 떨어지기 무섭게, 아니 어쩌면 거의 동시에, 내가 말했다. "XX원도 없어야 해!" 내가 한 말을 정확하게 기록한 것 같지 않다. 다만 뜻은, 한푼도 사례를 주면 안 된다는, 그런 뜻이었다. 그 대목에서 잠이 깨었다.

시계를 보니 새벽 3시. 간밤에 차를 마셔서 오줌이 마렵다. 오줌을 누는데 내가 아직도 '돈'이라는 관념으로부터 자유롭지 못하구나,

하는 생각이 들었다. X원짜리 예배를 드리자는 말이나 예배를 위해서 X원도 쓰면 안 된다는 말이나 실은 그 말이 그 말이다. 우선 유족이 내게 의견을 물은 것도 아닌데 나서서 말한 것이 우습고, 그보다 너무도 단호해서 제 소리에 잠을 깰 만큼 딱딱하게 말한 것이 더욱 민망스럽다. '돈'에 대하여 내 깊은 속에 잠재되어 있는 콤플렉스를 말끔히 씻어내기 전에는 그동안 말해 온 탈脫유물론 자본주의가 허망한 구호에 지나지 않을 것이다. 이제는 그런 말을 쉽게 또는 함부로 입 밖에 내지 말아야겠다. 그렇게 떠들고 다니는 것 자체가 유물론 자본주의식이다. 그렇다면, 유족 대표가 내게 "얼마짜리 예배로 준비할까요?" 하고 물었다면 나는 뭐라고 대답해야 했을까? 온순한 말투로 "그건 그쪽에서 정하십시오" 그래야 했을까? 아니면 "신령과 진리로 예배를 드리시오"라고 선문답을 해야 했을까? 모를 일이다. 다만 "한푼도 쓰지 말아야 한다!"고 단호하게 말하지는 않았어야 했다.

다시 잠들었다가 또 꿈을 꾸었다. 시골 허름한 집이었는데 해가 져서 어둑어둑해질 때 난데없이 온몸이 하얀 올빼미가 나타났다. 덩치는 양동이만 했고 눈을 초승달처럼 가늘게 떠서 나를 노려보았다. 호박색 눈동자가 번뜩였다. 내가 급히 기림이를 불러 올빼미를 보라고 했다.(그 집엔 나와 기림이밖에 아무도 없었다.) 기림이는 별로 관심이 없는 것 같았다. 내가 거듭 부르자 천천히 다가와서 올빼미를 바라보았다. 올빼미는 막대 끝에 달려 있는 먹이를 뜯어먹는 중이었는데 기림이가 나타나자 날개를 펴 지붕과 천장 사이 더그매로 해서 방안으로 들어왔다. 들어오는 과정에 얼굴이 50대에서 60대 사이의 여자로 바뀌었다. 예쁜 얼굴은 아니고 어딘지 그윽한 데가 있는 얼굴이었다. 표정은 밝지 않았지만 그렇다고 어두운 표정도 아니었다. 여자가 기림이를 물끄러미 바라보더니 "음— 귀품이군!" 했다. 나중에 귀인貴人이 되겠다는 그런 뜻으로 들렸다. 그 말 한마디 남기고 여자는 다시 흰 올빼미가 되어 더그매 사이로 빠져나갔다. "네가 보기는 잘 보았다. 기림이는 귀인이다"라고 중얼거리다가 꿈에서 깨어났다. 깨어나는 순간, "어찌 귀인이 기림이뿐이랴!"라는 말이 바깥에서 들려왔는지 내 속에서 울려나왔는지, 그건 잘 모르겠다. 누구를 지명하여 그 사람 귀중한 사람이라고 하는 것은 옳은 말이지만, 다른 사람은 귀중하지 않다는 뜻으로 들릴 수 있기에 위험한 말이기도 하다.

　세상 모든 사람이 자기가 얼마나 소중한 존재인지를 알았으면 좋겠다.

≫ 5월 12일　남을 죽이는 건 저를 죽이는 것이요 남을 살리는 건 저를 살리는 것이다

　간밤 꿈은 약간 엽기적이었다. 여러 장면이 있었고 스토리도 제법 있었지만 깨어나서 마당 한 바퀴 돌고 오줌 누고 들어왔더니 그동안 모두 날아가 버렸다.

　한 장면이 기억난다. 미국에서 활약하는 한국인 배우(남자)라고 했다. 웃통을 벗은 몸이 매우 건강해 보이고 피부도 황갈색으로 윤기가 흘렀다. 무슨 이유로 그랬는지는 기억나지 않는데(물론 꿈에는 그럴 만한 이유가 충분히 있었고, 그래서 당연한 일이었다) 미국 사람 하나가 긴 칼을 휘둘러 젊은 배우의 목을 쳤다. 한국인 배우의 목이 가랑잎처럼 바닥에 굴러 떨어졌다. 그러자 목 없는 몸뚱이가 태연스레

128

허리를 굽혀 두 손으로 목을 들어올리더니 제자리에 얹어놓았다. 다시 목이 붙었다. 그런데 얼굴이 등 쪽으로, 뒤통수가 가슴 쪽으로, 말하자면 방향이 180도 돌려져 붙어버렸다. 그가 돌아선 몸으로 눈을 똑바로 뜨고 노려보자 칼 든 미국인이 혼비백산으로 무너져내렸다.

노 대통령이 탄핵 심판을 기다리는 동안 소설 《칼의 노래》를 읽었다던데 칼도 칼 나름이다. 나를 살리려고 남을 찌르는 칼은 결국 자기를 찌르게 되어 있다. 미안하지만 그게 누구도 거스를 수 없는 하늘 법이다. 베드로가 칼을 들어 대사제 시종의 귀를 잘랐을 때 예수는 그 칼을 거두라고 하면서, "칼을 쓰는 자는 칼로 망한다"는 유명한 말을 남겼다. 사실 베드로의 칼은 정당방위의 칼이요 세상에서는 용납될 정도가 아니라 칭찬을 듣는 칼이다. 이순신이 빼어든 칼도 베드로의 칼과 다를 바 없다. 그런 칼을 거두라 했으니 예수가 처형당한 것은 당연한 결과다. 지금도 예수는 세상에서 변두리로 쫓겨나는 신세다. 그의 이름을 부르고 그에게 절하는 인간들이 그를 변두리로 모는 일에 앞장서고 있다는 점이 그때와 다르다면 다르다 하겠다.

근현대 세계에서 서양은 동양에게 '칼'이었다. 지금도 마찬가지로 '칼'이다. 외과 의사의 손에 잡힌 수술칼이나 어머니 손에 들린 부엌칼이 아니라 강도 손에 들린 칼이다. 요즘 그 일을 두드러지게 하고 있는 나라가 미국이다. 부시는 이라크에 자유와 평화를 가져다주려고 전쟁을 했다지만 전쟁 끝난 지 일년이 되는 오늘 오히려 더욱 맹렬하게 미국에 대한 증오의 불길이 타오르고 있다. 이라크 사람들이 모두 미쳤단 말인가? 자유와 평화를 가져다준 은인에게 어쩌면 저럴 수 있단 말인가? 그게 아니다. 미국은 이라크를 위해서 칼을 휘두른 게 아니다. 오직 저 자신의 탐욕을 계속 유지하기 위하여 칼을 휘둘러 이라크의 목을 친 것이다.

서양의 '칼'에 대하여 동양이 또 다른 '칼'을 든다면 어떻게 될까? 보나마나 서양의 완승(?)이겠지. 이라크는 자살 테러로 미국을 이기지 못한다.

꿈에 한국인 젊은 배우는 미국인의 칼에 떨어진 자기 목을 주워들어, 얼굴을 뒤로 뒤통수를 앞으로 돌려 붙였다. 무위당 선생이 자주 말하던 '모순 통일'이다. 앞이 뒤고 뒤가 앞이다. 사는 게 죽는 것이고 죽는 게 사는 것이다. 남을 죽이는 것이 제가 죽는 것이요 남을 살리는 것이 제가 사는 것이다. 그게 바로 예수의 길, 부처의 길, 노자의 길 아닌가?

칼이 어떤 것인지를 아는 자만 칼로 겁을 줄 수 있다. 돈의 눈치를 살피면서 사는 자만 돈으로 짓누를 수 있다. 죽음을 겁내지 않는 자를 어찌 죽임으로 다스릴 것인가?

모든 가치관과 그에 따른 방편들의 180도 전환! 이것만이 오늘의 저 '칼' 든 자를 혼비백산 무너뜨릴 수 있다.

밤 뉴스에 보니 알 카에다가 미국인 한 사람의 목을 베어 죽이는 장면이 인터넷에 방영되어 온 세계를 경악케 하는 모양이다. 미국 군대가 이라크 포로를 성 학대한 데 대한 '보복적 응징'이라고 했다. 미국은 즉각 범죄자를 찾아내어 사법 처리하겠다고(죽이겠다는 말의 다른 표현) 선언했다. 수렁에 빠진 소가 제 힘으로 나올 수는 없는 법이다. 소가 빠져 죽는 이유는 수렁 때문이 아니라 제 몸무게 때문이다. 죽은 미국인의 가족들이 비통해하는 모습도 TV에 방영되었다. 그들에게, 석유 위에 세워진 최첨단 문명이라는 게 도대체 무엇이란 말인가?

» 5월 13일 타고난 싸움꾼도 싸울 상대가 없으면 싱겁게 무너진다

　버스 안에서 웬 사람이 몹시 괴로워하고 있었다. 60대로 보이는 허름한 차림의 마른 남자였다. 술에 취한 것 같기도 했다. 그런데 죽어가는 사람도 고친다는 아주 용한 의사(?)가 마침 버스 안에 함께 타고 있었다. 그가 괴로워하는 남자에게 다가가서 진맥을 하더니 이렇게 말했다. "당신 이대로 그냥 두면 며칠 못 가서 죽겠소. 온 몸에 독이 가득 차 있어요." 60대 남자는 그의 말을 들을 기력조차 없는 것 같았다. "당신 몸 속에 차 있는 독이란 바로 미움이요. 장재환 목사를 너무 미워하는군!"

　장재환이라는 이름을 듣자 금방이라도 죽을 것 같던 남자가 벌떡 일어나더니 뒤도 돌아보지 않고 버스에서 내렸다. 누군가가, 저 사람 장재환 목사네 교회 바로 옆집에 사는 사람인데 장 목사하고 앙숙이라고 했다. 장재환이라는 이름만 듣고 벌떡 일어나는 것을 보니, 과연 그 사람은 증오로 죽어가는 몸을 증오의 힘으로 버티는 것 같았다.

　버스에서 내려 길을 걷는데 비가 내리기 시작했다. 사람들이 바쁘게 비를 피하여 이리저리 달음박질을 쳤다. 갑자기 뭐라고 말할 수 없는 향내가 풍겼다. 은은한 향기였는데도 강렬한 느낌을 주었다. 난초 향기 같기도 했고 연꽃 향기 같기도 했다. 어둠 속에서(때는 밤이었다) 누가 꼭지를 누르면 병 안에 있는 것이 분사되는 스프레이 같은 것을 들고 걸어갔다. 장재환이다. 그의 걸음이 너무 빨라서 금방 놓치고 말았다. 그렇지만 그가 자기 집으로 가고 있다는 것은 알고 있었다. 비를 흠뻑 맞으면서 걸어가던 그의 가냘픈 어깨가 사진처럼 선명하게 남아 있다. 향기는 그가 들고 있는 분무기식 향유병에서 새어나온(?) 것이었다. 잠시 뒤에 나는 저 멀리 검은 밤하늘에 무지개 같은 빛줄기가 포물선을 그으며 뿜어져 올라가는 것을 보았다. 장 목사가 향유香油를 옆집에 들입다 붓는 모양이었다. 향유가 소방 호스의 물줄기처럼 뿜어져 나가는데, 멀리서 보니 무지개 같은 빛줄기였다. 그것을 보면서 바야흐로 재환이가 해방되는구나, 생각하다가 깨어났다.

다시, 주제가 화해하는 두 사람인 것은 분명한데 이야기가 어떻게 전개되었는지 기억나지 않는 꿈을 두 개쯤 더 꾼 것 같다. 다만 주인공은 둘이지만 행위자는 하나였던 것만 기억된다. 화해는 쌍방향이 아니라 일방으로 이루어지는 것. 아무리 맹렬한 세계 대전이라 해도 한쪽이 죽어버리면 맥없이 끝나버리는 게 '싸움'의 속성이다. 타고난 싸움꾼도 싸울 상대가 없으면 싱겁게 무너진다.

새벽에 잠깐 일어났다가 다시 누웠는데, 판화가 이철수가 왔다. 무슨 계약서 같은 문서에 찍혀 있는 내 도장을 보고 좋다고 한다. 음각으로 玉자를 새긴 도장이었다. 너도 새겨 보라면서 주먹만한 석재 두 개를 서랍에서 꺼내주었다. 호박색으로 빛나는 수정 같았다. "줄톱으로 잘라서 써." 내가 말하자 "그런 건 내가 전문 아니오?" 한다. 그가 기분 좋게 웃으면서 장재환 이야기를 꺼냈다. "괴물한테 향유를 붓다니! 형님하고 같은 과科구먼." 그 말에 나도 웃었다. 깨어나서 생각하니 과찬의 말 같아 쑥스럽다. 그러나 과연 그럴 수만 있다면 얼마나 좋을꼬.

» 5월 14일　모든 생각은 존중받아 마땅하지만 그러나 동의되어야 하는 것은 아니다

　아쉽다! 참으로 아쉽다! 분명히 꿈에는 그게 그랬는데, 깨어나면서 등식만 남고 이야기는 사라졌다. 비非A≠A. ∴비非A＝A. 꿈에서는 이 등식이 구체적인 '이야기'로 입증되었다. 의심의 여지가 없었다. 그런데 깨고 보니 '이야기'는 지워졌고 등식만 선명하게 남아 있다. 아무리 생각해도 생각할수록 오히려 아득해진다.

　다른 꿈을 꿔보려고 잠을 청하지만 잠조차 멀리 달아난다. 생각만 꼬리에 꼬리를 물고 어지럽다.

　어젯밤 늦도록 아픈 눈을 무릅쓰고 〈TV 책을 말하다〉를 보았다. 시인 고은의 《만인보萬人譜》를 가지고 네 사람이 이야기를 나누었다. 흥미롭게 보았다. 그는 종교와 문학을 택일해야 할 기로에서 종교를 버리고 문학을 택했다고 고백한다. 존중받아 마땅하다. 그가 반대로 문학을 버리고 종교를 택했다면? 물론 그랬어도 존중받아 마땅하다.

　이야기가 순수 문학과 참여 문학 논쟁으로 옮겨갔을 때, 그는 순수와 참여가 이분법으로 나뉘어 치열하게 싸우고 충돌하는 것 자체를 바람직한 현상이라고 말했다. 그러면서 이것도 예, 저것도 예, 두루뭉수리로 모든 것을 용납하는 그런 것은 "아니다!"라고 단호한 몸짓을 섞어 주장했다. 그러고는 바로 이어서 문학은 곧 순수요 참여라고 했다.

　오래 전 북산의 〈민들레교회 이야기〉를 더 보지 않을 테니 보내지 말라고 했던 이오덕 선생이 생각났다. 김지하 시인이 《조선일보》에 쓴 글을 두고 말 그대로 '벌떼처럼' 일어난 '민주 투사'들의 비난과 성토를 보면서, 북산과 내가 "비판받지 않으려거든 남을 비판하지 말라"는 예수의 말에 기대어 "나는 비판하지 않겠다"는 생각을 비쳤던 것인데, 이오덕 선생은 그러고 있는 나와 북산을 용납할 수 없었던 모양이다. 우리가 입을 모아 김지하 시인을 성토했다면, 〈민들레교회 이야기〉를 그만 보내라는 말을 물론 하지 않았을 것이다. 북산은 당장 발송을 중단했고 이오덕 선생은 〈민들레교회 이야기〉와 인연을 청산했다. 거기서 끝났다. 일이 바람직하게 마무리(?)되었다. 무슨 말이냐 하면, 북산이 발송을 고집하거나 이오덕 선생이 〈민들레교회 이야기〉 제작을 중단시키려고 무슨 수를 쓰거나 그러지를 않았다는 얘기다. 그런데 만약에 북산이나 이오덕 둘 중에 누구라도 상대방의 생각을 반대하는 데 그치지 않고 그렇게 생각할 수 없도록 강제할 '힘'이 있었더라면 어떻게 되었을까? 물어볼 것 없이 그 힘을 행사하였을 것이고, 그 결과 〈민들레교회 이야기〉를 읽지 않는다는 죄목으로 이오덕을 감옥에 보냈거나 〈민들레교회 이야기〉를 폐간시키면서 북산을 감옥에 보냈거나 했을 것이다. 그것이 바로 6·25를 전후하여 이 땅에 휘몰아친 눈먼 광풍의 실체요, 고은을 무기징역으로 후려친 전두환 신군부의 정체 아닌가?

《만인보》는 말 그대로 만인에 대한 시인의 생각을 적은 것이다. 그의 '생각'은 생각이니까 존중받아 마땅하다. 동시에, 그것이 다른 생각을 틀어막는 힘으로 되어서는 안 된다. 이것도 예, 저것도 예라고 하는 것도 그렇게 말하는 자의 '생각'이다. 그런 것은 있을 수 없다고, 그런 게 어디 있느냐고, 아니라고 말하는 것은 고은의 생각이다. 모두 존중받아 마땅하다. 안 그러면, 6·25와 신군부의 폭력이 난무할 수밖에 없다.

비非A는 A가 아니다. 그러므로 비非A는 A다. 이런 모순이 어디 있나? 그런데 그게 간밤 꿈에는 너무나도 당연해서 의심할 나위가 없었다. 꿈 같은 얘기다! 그러나, 그것이 현실이다.

20년쯤 전, 《공존共存》이라는 개인 잡지를 몇 권 내었을 때 장공長空 선생이 "공존? 빛과 어둠이 공존해?"라고 말하면서 마뜩찮다는 뜻을 보이셨다. 군부 독재에 맞서 목숨 걸고 싸우던 시절 그 전선에서 계시던 분으로서 박정희·전두환하고도 공존하겠다는 거냐는 질문이었다. 아무 말 못하고 물러났지만 속으로 한마디했다. "빛과 어둠, 그럼 공존하지 않습니까?" 밤과 낮이 공존하지 않느냐는 반문이었다. 광흑불이시비일光黑不二是非一. 빛과 어둠은 둘도 아니지만 하나도 아니다. 유행하는 말로 하면 양비론兩非論이다. 양비론은 양시론兩是論의 다른 얼굴이다. 그러니까 시是는 비非인 것이다—라고 말하는 것도 그렇게 말하는 자의 생각이다.

온갖 생각들이 춤을 추면서 저를 실현하는 것이 세상이다. 그런데 생각들을 서로 섞어놓아도 괜찮은 경우가 있고 섞어놓으면 안 되는 경우가 있다. 그것이 어떤 생각이냐에 따라서 섞어도 괜찮으냐 안 되느냐가 결정되는 것은 아니다. 서로 제 영토를 따로 가지고 있을 때는 온갖 생각들이 다 용납된다. 그런데 한 영토에 섞여야 할 때에는 그럴 수가 없다. 전자는 공존하고 후자는 공존 못한다. 예를 들어서 한국 자동차는 길 오른쪽으로 다녀야 한다고 생각한다. 반면에 일본 자동차는 왼쪽으로 다녀야 한다고 생각한다. 두 생각이 서울과 도쿄에서는 나란히 공존할 수 있다. 그러나 한국 차가 도쿄에 가거나 일본 차가 서울로 오면 제 생각을 접어야 한다. 한국 차는 일본 차의 생각에 따라야 하고 일본 차는 한국 차의 생각에 따라야 한다. 안 그러고 제 생각을 고집하면 충돌이 일어날 수밖에 없다.

이것이 인간 세상이다. 색色은 공空과 다르지 않고 공은 색과 다르지 않은데 색은 색이고 공은 공이다. 어둠은 어둠이요 빛은 빛이어서 섞일 수 없는데 어둠 없으면 빛도 없고 빛 없으면 어둠도 없다.

자, 어떻게 할 것인가? 겨우 머리 굴려 생각해 낸 대답은 이것이다. "당신 생각을 존중한다. 그러나 당신 생각에 동의하지는 않는다." 이런 말이 말의 차원에서가 아니라 삶의 차원에서 실현되는 세상, 나는 그런 세상을 동경하고 그런 세상을 만들고 싶은 것이다. 그러려면 평화 공존을 위하여 자기 생각을 접은 쪽이(또는 접힌 쪽이) 존중되어야 한다. 내가 누구를 존중하는 것은 그의 생각에 따르는 것과 다른 것이다. 서울에서는 일본 차가 존중되어야 하고 도쿄에서는 한국 차가 존중되어야 한다. 그러나, 그러니까 서울에서 일본 차가 왼쪽으로 달리고 도쿄에서 한국 차가 오른쪽으로 달려야 하는 것은 아니다. 그래서는 안 된다. 서울에서는 공산주의가 존중받아야 하고 평양에서는 자본주의가 존중받아야 한다. 그러나 그렇다고 해서 서울에서 공산주의로 살고 평양에서 자본주의로 살 수는 없는 노릇이다. 현재 상태로는 그렇다.

무엇이, 누가, 서로 섞일 수 없는 생각들이 충돌하지 않으면서 섞여 살 수 있도록 할 것인가?…… 침묵! 저 가없는 하늘의 대침묵이 오늘도 한 길에서 일본 차와 한국 차를 나란히 달리게 하고 있다. 고은은 문학을 잡았다. 천생 시인이다. 그래서 언어의 달인達人이다. 존중받아 마땅한 사람이다. 나는 감히 종교를 잡으려 했다. 내 주인공께서 하신 일이다. 그래서 침묵을 지향한다.

속에 할 말이 잔뜩 있는데 마려운 똥 참듯이 억지로 말하지 않는 것은 침묵이 아니다. 역겨운 영적 유물론spiritual materialism, 위선이요 사기다. 모든 생각을 비운 상태의 백白이든지 아니면 모든 생각을 품은 상태의 흑黑이든지, 그래서 고작 손가락 하나 들거나 꽃 한 송이 머금은 웃음으로밖에 저를 나타낼 수 없는 것이 참된 침묵이다.

꿈은 내게 말없이 말했다. "비非A는 A가 아니다. 그러므로 A다." 나는 빙그레 웃고 싶다.

이 글을 쓰기 시작했을 때는 아직 어둠이 뜰을 채우고 있었는데 어느새 밝은 햇살이 창문을 두드린다. 빛의 세상이 온 것이다. 그러나 빛은 어둠을 근절시키지 않는다. 제 뿌리를 어떻게 잘라낸단 말인가?

» 5월 16일 바보는 사악하지 않고 미치지도 않는다

수많은 사람을 만났지만 두 인물만 기억난다. 하나는 늙은 할아버지고 다른 하나는 젊은 처녀다. 처녀를 만났을 때의 내가 총각이었던 것은 알겠는데 할아버지를 만났을 때 내가 어떤 계층이었는지는 모르겠다.

노인을 먼저 만났다. 몇 사람이 함께 있었다. 그 자리에는 김천에서 포도 농사를 하는 김성순 장로도 있었던 것 같다. 그 노인이 어떤 사람인지를 처음에는 몰랐다. 《대학》의 어느 문장을 독특한 방식으로(기억나지 않는다. 그냥, 상식에서 벗어난 독특한 해석이라고 생각했던 것만 남아 있다) 읽고 있었다. 사람들이 모두 고개를 끄덕이며 들었다. 중간에 무슨 일이 있었는지는 기억나지 않고, 나 혼자 그 방에서 나왔다. 나오면서 그 노인이 평생을 감옥에서 보낸 비전향 장기

수였다는 사실을 알게 되었다. 어떻게 알았는지는 모르겠고, 다만 저 노인의 《대학》 읽기'가 독특한 것은 경험을 통해서 읽었기 때문이겠다는 생각을 잠깐 했던 것 같다. 그것이 인간의 한계일까? 인간은 자기가 경험한 세계 바깥에서 사물을 인식할 수는 없는 것일까? 모르겠다.

인간의 상상력이 닿는 경계 안에서만 신은 자기를 보여준다는 수피즘의 설명이 그럴듯하다. 다른 것은 몰라도 내가 무엇을 안다고 생각할 때마다 그 앎의 내용이 얼마나 제한된 것인지를 기억하여, 겸손하게 빈자리를 남겨놓아야겠다. 내가 노인의 방에서 혼자 나온 것도 어쩌면 그의 단호함에 밀려난 것인지 모르겠다.

처녀의 경우는 스토리가 많이 복잡했는데 기억나지 않는다. 기억나는 것만 적는다.(그럼 기억나지 않는 것을 적을 수도 있단 말인가? 내 말은, 소설을 쓰지 않겠다는 것이다.) 역시 여러 사람이 함께 있다가 어떻게 되어선지 웬 처녀와 단 둘이 방 안에 남았다. 나는 총각이었다. 처녀가 몹시 괴로워했다. 보니까 온몸에 두드러기가 돋아났다. 목덜미에서 어깨 쪽으로, 굵은 것은 밤톨만하고 보통은 콩알만한 두드러기가 말랑말랑 찌르면 터질 듯이 돋아나 있었다. 두드러기라면 내가 많이 겪어보았으니 나한테 맡기라면서 부드럽게 쓰다듬어주었다.(두드러기가 돋았을 때 내 손으로 긁다보면 피부에 상처를 내기 쉽다. 저도 모르게 힘을 주기 때문이다. 그러나 남이 쓰다듬어주면 상처도 나지 않고 시원하기는 더욱 시원하다.) 두드러기는 어깨에서 양쪽 겨드랑이로 젖무덤 아래로 옆구리로 이어져 돋아났다. 처녀의 몸을 총각이 쓰다듬고 있다는 사실을 분명히 알고 있었지만 아무런 성적 충동이 일지 않았다. 그냥, 괴로워하는 두드러기 환자를 잠들

때까지 어루만져주었을 뿐이다. 나중에 어찌 되었는지는 모르겠다. 오히려 꿈에서 깨어나자 기분이 묘해지는 것이었다. 생각해 보니, 꿈 속에서는 두드러기로 고생하는 것이 나 자신이라는 그런 의식을 가졌던 것 같기도 하다. 정성껏 부드럽게 두드러기를 잠재우고자 쓰다듬기만 했다.

그렇게 살고 싶다. 생각도 말도 움직임도 한 번에 하나씩만 하면서, 두드러기를 쓰다듬을 때는 두드러기만 쓰다듬으면서, 그렇게 살고 싶다. 꿈에 내가 그랬다는 것은 반가운 소식이 아닐 수 없다. 고마운 일이다. 바야흐로 정신적·육체적 콤플렉스를 벗어나는 것일까? 바보는 사악하지 않다. 그리고 미치지도 않는다.

» 5월 22일   더러운 것은 말이 아니라 입이요, 입이 아니라 속이다

새벽녘에 꾸었을 짤막한 꿈 한 토막. 맑은 샘물이 퐁퐁 솟는 우물에서 젊은 시절(40대 초반쯤?)의 어머니와 함께 놀았다. 어머니는 아무 말씀 없으셨고 그냥 어린 내가 물장난을 하면서 노는 것을 보고만 계셨다. 우물에는 우리 둘만 있었다. 한참 놀다가 레몬 향이 나는, 레몬처럼 생긴 세수 비누를 발견하고 그것을 베어먹기 시작했다. 말랑말랑했다. 전에도 레몬 비누를 한 개 다 먹었던 기억이 났다. 마지막 꼭지 부분이 도토리 알만큼 남았을 때 갑자기 속이 메스껍고 울렁거리면서 토해야겠다는(너무 많이 먹었다는) 생각이 들었다. 비누는 과자나 빵이 아니잖는가? 이런 생각도 들었던 것 같다.

비누의 절반 이상은 이미 목구멍 아래로 넘어갔고 절반 조금 모자라는 양의 비누가 아직 입 안에 남아 있었다. 그래서 그것을 뱉어내는 데 이빨 사이에 끼었는지 쉽게 뱉어지지 않았다. 샘물을 한 모금 입에 넣고 우물거리다가 뱉었더니 입 안에 남아 있던 비누가 조금씩 뱉어지기 시작했다. 그러기를 여러 번 거듭하자 거의 다 뱉어내게 되었다. 입 안이 개운해지면서 울렁거리는 증세도 멎는 것 같았다. 그런데 뱉어낸 비누 조각들이 모두 유자 씨처럼 갈쭉하고 색깔은 거무튀튀한 갈색으로 바뀌어 있었다. 내 입 안이 저렇게 더러웠던가?―하는 생각이 들었다. 투명에 가까울 만큼 깨끗한 레몬 색 비누가 잠깐 입 안에 머물렀다가 나오면서 저렇게 거무튀튀한 갈색으로 바뀌었으니, 내 입이 얼마나 오염되어 있는지를 간단하게 보여주는 실물 아닌가?

그렇게 입 안의 비누를 뱉어내다가 잠에서 깨어났다. 그러잖아도 어제 오늘, 내가 얼마나 무능한 존재인지, 내가 해결할 수 있는 문제가 이 세상에 아무것도 없다는 사실을 절감하면서, 더욱이 '말'로는 문제를 해결하기보다 더욱 얼크러지게 할 뿐임을 경험으로 확인하였는데, 그것은 '말' 자체에 문제가 있는 게 아니라 내 입이 오염되어 있고 내 속이 깨끗하지 못하기 때문임을 다시 한 번 일깨워준 셈이다.

단순히 발성發聲만 하지 않는 침묵이 별로 도움되지 않는 것은 분명하지만, 때로는 그것만으로도 내 오염으로 남을 괴롭히지 않는 데 최소한 임시변통은 될 수 있을 것이다.

말―무조건 하지 않겠다! 선생님께서도 철저한 침묵을 권하신다. 레몬 색 레몬 향 비누를 씹다가 뱉어도 여전히 레몬 색 레몬 향 비누로 나올 때까지, 내 입과 내 속에 역겨운 에고의 습기習氣가 씻겨질 때까지.

≫ 5월 23일 아이는 어미를 먹고 산다

고만고만한 젖먹이들이 한 방 가득 모여 천방지축 웃고 울고 싸우고 장난치며 놀고 있었다. 그 가운데 한 아이가 큰 목소리로 시를 읊었다.

나는 가네
나는 가네

엄마 젖 먹으러
나는 가네

시 읊는 것을 들으면서 노자老子의 '귀식어모貴食於母'가 생각났다. 인생이란 결국 어미에게로 돌아감의 연속 아닌가? 아이는 젖을 먹어야 산다. 아이에게는 젖 먹는 것이 유일한 '일'이다. 젖은 아이에게 있지 않고 어미에게 있다. 그러므로 아이는 어미에게로 가고 가고 또 가야 한다. 그것이 아이의 인생이요 모든 것이다. 노자는 그렇게 어미(젖) 먹는 것을 귀하게 여긴다 했다. 다른 무슨 일보다도 어미(젖) 먹는 것을 우선한다는 얘기겠다.

그렇게 살지 않으면 하늘나라에 갈 수 없다고 예수는 말한다. 그렇게 살지 않으면 옹근 자유, 옹근 행복을 누릴 수 없다는 거다.

나는 가네
나는 가네

엄마 젖 먹으러
나는 가네

　그러나, 이렇게 노래하는 아이는 이미 어른이 된 아이다. 아직 가
야 할 길이 남아 있다. 더 늙어야 한다. 그래서 "나는 간다"는 말이 입
에서 나올 수 없어야 한다. 또는, 나오지 말아야 한다. 제 발로 걷거
나 기어서라도 시·공간을 움직이게 되면 작위作爲가 있지 않을 수 없
고("나는 가네"가 그것이다. 움직임[爲]이 있고 그 움직임의 주체가
있다.) 작위는 이미(또는 아직) 무위無爲가 아니기 때문이다. 진짜 젖
먹이는 스스로 걷거나 기어서 "엄마 젖 먹으러" 갈 수 없다. 오히려
엄마 젖이 그에게로 온다. 엄마가 젖꼭지를 물려주기 전에는 엄마 젖
을 먹지 못한다. 스스로 저를 살리기 위해서 할 수 있는 일도 없고 해
야 할 일도 없다. 젖꼭지를 빠는 것도 빠는 줄 모르면서 빤다. 하지
않고 하는 것이다. 완벽한 위무위爲無爲다. 거기까지 가야 한다. 거기
까지 늙어야 한다. 거기까지 어려야 한다. "나는 아무 하는 바가 없
다"는 고백까지도 할 수 없어야 한다. 또는, 하지 말아야 한다.
　33세에 생을 마감한 어느 여인이 그 아이의 시집을 대성통곡하면
서 두 번 읽고 숨을 거두었다고 했다. 나도 몇 편의 시를 감동하면서
읽었는데, 아쉽게도 기억나지 않는다.

≫ 5월 24일　말뚝이 나무로 되살아나는 수도 있다

　바람이 거칠게 불어 디아코니아 마당에 서 있던 나무가 뿌리째 뽑

했다. 작년에 무슨 용도로 말뚝을 박아놓고 뽑아버리는 것을 잊었더니 그 사이에 뿌리를 내려 나무로 되어 있었던 것이다. 하얀 실뿌리들이 눈부시게 흔들리고 있었다. 뿌리가 저렇게 나왔으니 안심이라고 하면서 누군가 가지고 갔다. 다시 땅에 심겠다고 했다. 이제는 말뚝으로 박는 게 아니라 정정당당 나무로 심는 것이다.

어둠 속에서 누군가 "사랑해요" 하고 속삭이면서 내 곁을 스쳐갔다. 디아코니아 영숙이다. 영숙은 꿈속에서도 속삭이고 있었다. "나 같은 사람은 하루도 이 말을 안 하면 살 수가 없어요."

사람들은 끊임없이 무엇인가로 또는 누군가로 되고자 한다. 그게 사람을 짐승과 다르게 만드는 것인지도 모른다. 그러나 아무리 애쓰고 노력해도 자기 자신으로밖에는 될 수가 없다. 내가 기상천외한 모습으로 바뀌었다 해도 그것은 기상천외한 모습으로 바뀐 나일 뿐이다. 베토벤은 베토벤이고 나폴레옹은 나폴레옹이다. 베토벤이 칼을 차도 그것은 칼을 찬 베토벤이요 나폴레옹이 피아노를 쳐도 그것은 피아노를 치는 나폴레옹이다.

내가 무슨 수를 써서 정성껏 노력해도 나말고 아무(것)도 될 수 없다면 그 모든 노력이 무슨 소용이란 말인가?

그러나 말뚝은 나무지만 나무가 아니다. 나무가 말뚝으로 되는 것은 흔한 일이지만 말뚝이 나무로 되는 것은 저절로 되는 일이 아니다. 아이가 어른으로 되는 것은 누구나 그리 되는 일이지만, 어른이 아이로 되는 것은 그렇게 쉬운 일이 아니다.

나무는 살아있어서 움직인다. 이것으로도 될 수 있고 저것으로도 될 수 있는 바탕이다. 그릇도 될 수 있고 말뚝도 될 수 있다. 그러나 한번 말뚝으로 되었다가 다시 나무로 되는 것은 거의 불가능한 일이다. 말뚝은 말뚝이다. 그런데, 간밤 꿈에, 내가 박은 말뚝이 뿌리를 내려 나무로 되어 있었다. 다시 제 '바탕'으로 돌아간 것이다. 그것이 어떻게 그리 되었는지는 아무도 모른다. 땅 속에서 은밀히 이루어진 일이다. 분명한 사실은, 말뚝이 저 혼자서 그 일을 해낸 것이 아니라는 점이다.

'말'이 있기 전에 침묵이 있었다. '말'이 사라지면 다시 침묵이 있을 것이다. 말이 침묵을 있게 한 것이 아니라 침묵이 말을 있게 했다. 말은 말뚝이요 침묵은 나무다. 쉼표 없는 악보는 존재하지 않는다.(존재할 수 없다.) 음악이 쉼을 만드는 게 아니라, 쉼이 음악을 있게 한다. 들숨과 날숨 사이, 그 없는 듯 있는 멈춤의 공백이 인생을 만들고 역사를 창조한다.

갈수록 몸에서 기운이 빠져나간다. 산책길에 비틀거릴 때도 있다. 반가운 현상이다. 몸도 마음도 기진氣盡하고 싶다. 사실인즉, 그러고 싶어할 필요도 없는데……I'M NOTHING!

》5월 31일 물건은 아무리 하찮아 보여도 주인이 있고 주인만이 그걸 쓸 자격이 있다

앞마당 건너편에 있는 3, 4층 정도 건물이 무너져 내리기 시작했다. 홍수에 산사태가 난 것처럼 건물 중간 부분이 곤죽으로 흘러내렸다. 곤죽과 함께, 곤죽에 묻혀, 추락하는 사람들 모습이 보였다. 대부분 흰 옷을 입고 있었다. 집채만한 바위 아래 깔려 죽는 사람도 있었다. 건물 두 채가 그렇게 붕괴되었고 수많은 사람이 죽어갔다. 노인

하나가 개구리처럼, 무너지는 건물 꼭대기에서 펄쩍 뛰어 어디론가 보이지 않는 곳으로 사라졌다.

이런 상황을, 영화 장면 보듯이, 짠한 마음으로 그러나 조금도 신변에 위협을 느끼지 않으면서, 강 건너 불구경하듯 바라보았다. 참혹한 상황이 종료되도록 아무 소리도 들리지 않았다. 죽어가는 사람들도 비명 한마디 지르지 않았다. 철저한 묵음默音이었다. 무성 영화라면 필름 돌아가는 소리라도 들렸겠는데 그런 소리도 없었다.

홍승표 목사가 곁에 있다가 가만있을 수 없다면서 친구인 원 아무 목사에게 도움을 요청하러 가겠다고 했다. 따라나섰다. 원 목사는 집에 있었다. 커다란 방 안 가득 목사들이 모여 회식을 하는 중이었다. 오늘이 마침 교역자 회의가 있는 날이라고 했다. 원 목사가 자기 방으로 우리 둘을 데리고 들어가더니, 그런 어려운 일을 빨리 알려주지 않아서 제때에 도와줄 수 없게 했다고 나무라며 '원 아무 목사'라고 커다랗게 이름 쓴 돈 봉투를 홍 목사에게 내주었다. 우리는 다시 왁자지껄한 거실을 통과하여 밖으로 나왔다.

집으로 돌아오는 길은 나 혼자였다. 갑자기 웬 아이가 나타나더니 손을 내밀며 달라고 했다. "뭘 달라는 거냐?" "있는 걸 주세요." "나한테 달라고 하기 전에 네가 먼저 내게 주어라. 그게 순서야." 아이가 손을 탁탁 털면서 "난 아무것도 없어요. 그러니까 주세요" 한다. 내게 무엇이 있나 하고 주머니를 뒤져보는데 주먹만한 돌이 나온다. 어머니가 등에 업힌 아이를 돌아다보는 형상이 뚜렷한 자연석이었다. 그것을 아이에게 내어주었다. 뒷일은 기억나지 않는다.

재래식 변소에서 똥통을 막대기로 휘젓다가 깨어났다. 똥통 안에 헝겊 조각, 쓰지 않은 우표들, 나뭇가지 따위가 어지럽게 들어 있었다. 그것들을 똥물 안에 우겨넣으면서 똥통에는 똥만 있어야지 이런 잡동사니가 들어 있으면 밭에 내어 거름으로 쓰기가 망했다고 누군가에게 중얼거린 기억이 난다.

며칠 전, 수도 계량기를 보러 온 사람이 뚜껑을 열자 거기 스티로폼 위에 집을 짓고 살던 개미들이 갑작스런 날벼락에 우왕좌왕 갈팡질팡 그런 난리가 없었다. "뚜껑을 열어 햇볕을 쐬시오. 그럼 벌레들이 안 생길 테니." 그가 말했다. 개미들은 저보다 갑절은 커 보이는 알들 사이에서 바쁘게 움직였다. 검침원이 간 뒤, 어떻게 할까 망설이다가 그냥 뚜껑을 열어둔 채 방으로 들어왔다. 한 시간쯤 뒤에 가서 보니 언제 무슨 일이 있었냐는 듯 개미 한 마리 보이지 않았다. 햇볕이 닿지 않는 곳으로 이사를 간 것이다. 그때에도 아무 소리 들리지 않았다. 짠한 마음은 있었지만 신변에 위협을 느끼지도 않았다.

어제도 사우디 아라비아에서 알 카에다가 인질극을 벌여 십여 명이 죽었다. 나는 그 장면을 TV에서 '그림'으로 보았다. 해설자의 말소리가 들렸지만, 현장에 있었을 아우성이나 비명 소리는 아니었다. 화약 냄새도 맡지 못했다. 물론 신변에 위험을 느끼지도 않았다. 달콤한 호박엿을 빨아먹으면서, 사람들이 죽이고 죽어가는 장면을, 영화관에서 영화 보듯이 구경하고 있었다. 결국 이렇게 마비되어 가는 것인가? '뉴스'가 끝나면, 죽어간 사람들의 명복을 빌어줄 짬도 주지 않고, 언제 무슨 일이 있었냐는 듯 현란한 춤과 함께 '디카'를 선전하고 있는 저 괴물처럼, 마비되고 말 것인가? 그럴 수는 없는 일이다. 홍승표 말대로, 가만있을 수는 없는 일이다. 무엇을 어떻게 할 것인가? 그러나 그것은 내가 걱정할 일이 아니다. 두렵고 고마운 일이다.

"아이에게 주어라. 아무 되갚아줄 것이 없는 아이에게 주어라."

"무엇을 주란 말씀입니까?"

"너에게 있는 것을 주어라."

"언제 어디에서 주웠는지도 모르는 돌멩이밖에 없습니다."

"잘 보아라. 그것은 돌의 질質에 담긴 '사랑'이다."

"예, 그러겠습니다."

"그러나 조심해라. 아이를 찾아나서지 말아라. 아이가 네게 와서 손을 내밀어 달라고 하기까지는 아무것도 주지 말아라."

"예."

"왜 그래야 하는지 아느냐?"

"……"

"물건은 아무리 하찮은 물건이라도 주인이 있는 법이요, 주인만이 그것을 쓸 수 있기 때문이다. 남의 물건을 제 것처럼 쓰는 자는 도둑이요 강도다. 아까운 인생, 도둑질로 마감할 수는 없는 일 아니냐?"

"명심하겠습니다."

"명심할 것 없다. 잊어버려라!"

"예, 선생님."

"똥통에는 똥만 넣어라."

"예, 선생님. 그런데요, 저는 그 방법을 모릅니다."

"모른다니 다행이다."

6월의 꿈

≫ 6월 2일　어른은 이름으로 그림값을 매기지만 아이는 그림으로 그림값을 매긴다

　어린아이란 그런 것인가? 한 아이가(초등학교 5학년쯤?) 그림 넉 장에서 1, 2, 3등을 뽑고 있었다. 1등 한 장, 2등 두 장, 3등 한 장을 뽑았다. 나말고 여러 사람이 함께 있었다. 내가 보기에도 등수를 제대로 매긴 것 같았다. 1등으로 뽑힌 그림은 다른 석 장에 견주어 선線이 살아있고 전체 구도도 빈틈이 안 보일 만큼 완벽해 보였다. 2등으로 뽑힌 두 장도 수준이 비슷했고, 3등으로 뽑힌 한 장과 쉽게 구별되었다. 그런데 2등으로 뽑은 두 장 가운데 하나가 바로 자신의 그림이었다! 제가 제 그림을 2등으로 뽑은 것이다. 누군가, 심사위원이 자기 그림을 뽑는 경우가 어디 있느냐고, 그럴 때에는 마땅히 다른 사람에게 심사를 맡겨야 하는 것 아니냐고 항의 비슷하게 말했다. 아이는 영문을 모르겠다는 표정으로 가만히 있었다. 나는 혼자서, 아마도 어른들 세계에서라면 저런 일이 없었을 것이라고, 자기 그림이 심사

150

대상인 줄 알면 으레 나는 심사할 수 없으니 물러나겠다면서 다른 사람에게 심사를 맡겼을 것이라고 생각했다. 그런데 간밤 내 꿈에서 그 아이는 아무렇지도 않게 심사를 했고, 그래서 자기 그림을 1등도 아니고 3등도 아닌 2등으로 뽑았고, 그것을 이상하게 여기는 누군가를 (틀림없이 어른이었을) 오히려 왜 저러는지 모르겠다는 표정으로 바라보았다.

그 아이에게는 그림 넉 장이 있을 뿐이었다. 누가 그린 그림인지는 보이지 않았다. 그것을 알아야 할 이유도 없었다. 넉 장 가운데 자기가 그린 것이 있었지만 그것도 다른 석 장과 다를 것 하나 없는 그냥 그림일 뿐이었다. 지금 내 눈앞에 있는 것은 그림 한 장이다. 그것을 모네가 그렸든 마네가 그렸든 그 때문에 달라지거나 없어질 그런 그림이 아니다. 그림을 그린 사람이 누군지를 모를 때와 알 때에 그림이 다르게 보일 수는 있지만, 그것은 어디까지나 내 느낌과 생각이 달라진 것이지 그림 자체가 달라진 것은 아니다. 정교한 피카소 위작품을 속아서 비싼 값으로 사다가 걸어놓고는 아침저녁으로 흐뭇해하다가 그것이 가짜임을 알게 되면 누구나 낙담하고 분노하여 두 번 다시 그것을 쳐다보고 싶어하지 않을 것이다. 그러나 그 변화는 사람한테서 일어난 것이지 그림하고는 아무 상관없는 일이다. 저 아름다운 음률이 베토벤의 것이냐 리스트의 것이냐—가 내게 주는 감흥에 무슨 영향을 미친단 말인가? 음률은 음률이다. 그것을 누가 작곡했느냐는 것을 알아도 아름답고 몰라도 아름답다. 브람스니까 무겁고 모차르트니까 가볍다는 것은 어디까지나 생각이다. 무거우니까 무거운 것이고 가벼우니까 가벼운 것이지 작곡자의 이름을 따라서 무거워지고 가벼워지는 것은 아니다.

어른들은 화가의 이름으로 그림 값을 매긴다. 아이들은 그림으로 그림 값을 매긴다. 마음 공부란 어른에서 아이로 돌아가는 공부다.

앞의 꿈과 대조를 이룰 만한 다른 꿈을 꾸었지만 별로 기억나는 게 없다. 아마도 스토리가 번잡했기 때문일 게다. 양고기 한 조각을 사이에 두고, 이장이라는 감투를 쓴 사람이 우왕좌왕하면서 어두운 골목을 시끄럽게 하고 있었다. 여러 어른이 목청을 돋우어 다투었고 시비가 끊이지 않았다. 문제는 아마도 어느 집이 양고기를 더 가졌느냐 덜 가졌느냐였던 것 같다. 돌이켜 생각해 보기도 싫은 꿈이다. 그러나 아직 그런 '이야기'가 내 안에 남아 있음을 인정해야 한다. 나는 아직 어른이다. 더 늙어야 한다. 내가 그린 그림과 남이 그린 그림을 그냥 같은 그림으로 볼 수 있을 때까지 더 어려져야 한다. 1, 2, 3등을 구별하지만 차별은 하지 않는 눈을 뜨기까지, 내 마음아, 저절로 늙어가는 몸을 따라서 너 또한 제법으로 늙어를 다오!

몸은 늙었지만 마음은 젊다고 말하는 늙은이를 나는 경멸한다. 몸이 늙었으면 마음도 늙었어야 할 것 아닌가? 그래서, 잃었던 아이의 천진天眞을 회복했어야 할 것 아닌가?

≫ 6월 4일   여자들이 이끌어가는 새 세상에 남자들은 즐거이 협조해야 한다

대통령이 관광단을 이끌고(?) 일본 도쿄로 갔다. 대통령이 그들을 인솔한 것은 아니고 마침 같은 날에 대규모 관광단이 도일을 한 것이다. 신문 보도로는 국회의원 권 아무 씨도 함께 갔다고 했다.(물론 관광단의 일원이 아니라 대통령과 함께였다.)

엄청난 규모의 섹스 관광이 집단으로 동시에 한 호텔에서 이루어
졌다. 한국인 남녀 관광단과 일본인들이 짝을 이루어 방 하나씩 차지
했다. 성행위를 하는 방식이 정해졌다. 그것을 어기면 안 되도록 규
약이 맺어졌다. 그 방식이라는 것이, 옛날 일본 상류층(귀족층) 여인
이 남자 하인을 성적 노리개로 삼을 때 쓰던 방식이라고 했다.

남자가 옷을 벗고 반듯하게 눕거나 무릎을 꿇고 상체를 뒤로 젖혀
두 팔로 버틴다. 그러면 배꼽 부위를 불투명 판자로 막아서 남자가
자기 하체를 볼 수 없도록 한다. 남자는 상체를 움직일 수 없다. 움직
일 수는 있지만 어떤 행위도 할 수 없다. 섹스 행위는 여자가 주도한
다. 옥문玉門으로 남자의 성기를 마음껏 애무하다가 자기가 원하는
때에 그것을 삽입시켜 오르가즘을 맛본다. 여자가 아직 절정에 이르
지 못한 상태인데 남자가 사정을 하면, 그래서 여자의 섹스 행위가
불만족스럽게 끝나면 그에 대한 벌로 남자는 태형에 처해진다. 이쯤
되면 완전히 여성만을 위한 성행위라고 할 수 있는데, 그런데도 많은
한국인 남자와 일본인 남자들이 기꺼이(?) 참여했다. 모두들 그런 방
식의 새로운 섹스 행위를 즐기는 것 같았다.

온통 매스컴이 그 보도로 가득 찼다. 《동아일보》는 행사(?)에 참여
한 사람들의 경험담과 소감으로 한 면을 채웠고, 《대한일보》는 1면을
한 컷짜리 만화로 메웠다. 만화 내용은 섹스 관광이 이루어진 도쿄의
호텔을 배경으로 사람들이 그 뒷일을 궁금하게 여기는 장면이었다.
신문 1면을 만화로 채운 일은 아마도 전 세계 일간지 역사상 처음 있
는 일일 것이라고 사람들이 놀라워했다. 나는 마침 돋보기가 없어서
《동아일보》는 읽지 못하고 《대한일보》 만화만 보았다. 누군가, 만화

153

때문에 가판대에서 《대한일보》가 매진되었다고 말했다.

모르는 사람들과 함께 식탁에 앉았다. 앉고 보니 모두가 일본인 남자들이었다. 다른 자리를 찾을까 하다가 아무 데서나 한술 뜨자 생각하고 그냥 앉았다. 수저통에서 나무젓가락을 꺼내어 가지런히 놓는데 맞은편 남자 왼쪽에 앉은 40대 일본인이 일본말로 내게 뭐라고 말했다. 무슨 말인지 알아들을 수 없기에 영어로, "Sorry, I can't speak in Japanese"라고 했더니 영어로 다시 묻기를, 한국 사람들은 감탄사를 어떻게 쓰느냐는 것이었다.(사실은 내 오른쪽에 앉은 사람이 동시 통역을 해주었는데 그가 누군지, 어떻게 해주었는지는 모르겠다.) 내가 "아하!" 하면서 놀란 시늉을 하자, 오늘의 섹스 관광을 보고서도 그러느냐고 다시 묻는다. 나는 다른 식으로 기가 막히다는 시늉을 해보였다.

그가 또 묻기를, 이 음식은 유기 농산물로 만든 것인데 한국에도 유기농이 있다는 말을 들었지만 곰팡이 심하다던데 어떻게 생각하느냐고 했다. 내가 영어로 유기 농산물에 곰팡이 생기는 것은 당연하다고, 곰팡이 안 생기면 그게 수상하지 않느냐고 반문하자, 그가 그건 그렇지만 음식을 만들어 먹을 수 없을 정도로 곰팡이 심하면 좀 곤란하지 않느냐고 다시 물어왔다. 그런데 그 질문을 유창한 한국어로 하는 것이었다. 처음에는 몰랐는데 마지막으로 "그건 좀 곤란하지 않습니까?"라는 말을 들으면서 그가 한국말을 했다는 사실을 깨닫게 되었다. 내가 영어로, "You speak in Korean very well"이라고 말한 다음, 조금 목소리를 높여 "You have too much questions. So, you make me tired. I don't like a man like you!"라고 말하다가 내 말을 들으면서 잠을 깨었다. 그에게 화를 낸 것은 아니었지만,

만사에 모르는 것이 없으면서도 어느 하나에도 진중하지 못한 그의 태도가 역겨운 것은 사실이었다.

잠에서 깨어나 생각해 본다. 한일간에 벌어진 기상천외의 섹스 쇼가 무엇을 말해 주는 것일까?

바야흐로 여성 상위 시대가 다가오고 있다는 얘긴가? 그렇다면 반가운 일이다. 이제 세상은 이른바 여성 기질womanhood이 중심을 잡고 이끌어가는 세상으로 바뀔 때가 되었다. 유연함보다는 강인함, 수용보다는 배타, 융합보다는 분열, 방어보다는 공격, 안보다는 밖을 추구해 온 남성 기질manhood이 더 이상 지구 행성을 지배하면 전체적 파멸밖에 얻을 것이 없게 되었다. 그러나 그동안 남자들이 여자들을 억눌렀듯이 여자들이 남자들을 억누르는 세상으로 된다면 그것은 새로운 비극을 불러올 것이다.

다만 여성 기질이 이니셔티브를 잡되 남성 기질의 적극적 협조를 얻어야 한다. 여자들이 만들어가는 세상에 남자들이 기꺼이 즐기면서 참여해야 한다. 노자老子가 말하는 곡신谷神의 도道, 현빈玄牝의 도가 여자와 남자에 의하여 실현되는 세상, 그런 세상이 오기는 오는가 보다.

그런데 그런 일이 과연 가능할까? 남자들이 과연 여자들 하위에서 삶을 즐길 수 있을까? 모르겠다. 그러나 분명히 알 만한 사실은, 여성이 선수를 잡고 이끌어가는 세상이 온다 해도 여전히 지구 행성은 인간들의 고뇌와 번민으로 출렁이는 시끄럽고 난잡한 별일 것이라는 점이다. 내게 조금이라도 희망과 낙관이 있다면 바로 이 절망적이고 비관적인 지구 현실이 그 바탕에 깔려 있는 것이다.

새벽에 깨었다가 다시 잠들었다. 넓은 운동장에 목사 선후배들이 모여들어 무언가를 하고 있었다. 공을 차면서 노는 사람들도 있고 빙 둘러앉아 이야기를 하는 무리도 있었다. 나는 관중석 한 모서리에 앉아 아무 생각 없이 그들을 구경(?)하고 있었다. 그때 내 바로 곁에 앉아 있던 선배 Q 목사가 "이현주 목사님이 식사 기도 하시겠습니다!" 하고 말했다. 운동장 어디에도 식탁은 마련되어 있지 않았지만 일시에 모두가 조용해졌다. Q 목사가 슬쩍 웃었다. 그 웃음 속에서 나는 미묘한 조롱기를 느꼈다. 등 뒤에서는 노골적인 비아냥 소리도 들려왔다.

내가 자리에서 일어나 기도를 시작했다. "평생을 가난하게 사셨던 주님!" 여기까지 말하는데도 여전히 등 뒤쪽에서 뭐라고 시끄럽게 떠들어대는 소리가 들렸다. 내 목소리가 높아졌다. 등 뒤에서 들려오는 잡담 소리를 잠재우려면 그 수밖에 없었다. 기도라기보다 차라리 발악이었다. "당신의 뒤를 따른다면서 우리는 이렇게도 가진 것이 많고 누리는 것도 많습니다! 이 노릇을 어찌하면 좋습니까? 마른하늘에 날벼락이라도 내려주십시오. 그래서 저희로 하여금 정신 좀 차리게 해주십시오!"

마지막 말을 할 때에는 벌써 반쯤 잠에서 깨어난 상태였다. "예수님 이름으로 기도하나이다!" 이 말을 덧붙인 것은 완전히 깨어난 뒤였으므로, "아멘" 소리는 듣지 못했다.

기분이 언짢다. 우선, 무엇보다도 그건 기도가 아니었다. 예수는 안중에도 없고 운동장을 가득 메운 목사들에게, 사실은 나 자신에게 발악을 해댄 것이다.

오랜 세월, 가난하게 살아야 한다는 망령에 짓눌려 살아왔다. 그래서 늘 나는 너무 가진 게 많고 누리는 게 많아서 미안하고 죄송하고 불편했다. 생각으로는 가난함이 재물에 있지 않고 재물에 대한 마음 (의식)에 있다고 했지만, 내 마음은 결코 재물에서 자유롭지 못했다. 그러고 보니 한 번도 진심으로 가난한 삶을 살게 해달라는 기도를 드리지 않은 것 같다. 결국, 가난하게 살지도 못하면서 좀더 가난해져야 한다는 부질없는 생각에 시달린 셈이다. 그것이 불쌍하고 가련한 내 일생이었다. 나 때문에 한 여자가 자기 뜻에 상관없이 '가난한 삶'을 강요당했다. 이 일을 어쩌면 좋단 말인가! "나도 낼모레면 환갑인데 맘놓고 누워볼 방 한 칸 없이…… 이게 뭐냐?"는 말을 아내 입에서 들을 때, 평생 가난한 삶을 동경해 온 내 마음은 조금도 흐뭇하지 않았다. 오히려 아프고 괴로웠다. 여태껏 잘못 살아왔다는, 헛살았다는 생각만 거품처럼 일어나 눈물이 되었다. 이제는 그것을 회복할 기운도 없다. 이번 생은 이런 식의 실패작으로 끝나는 것일까? 아무래도 좋다. 이현주. 4277년 갑신생. 한평생을 가난하게 살아야 한다는 '생각'에 짓눌려 한 순간도 가난하게 살아보지 못한 비운의 주인공, 실패작 인생!

입을 놀렸다 하면 거짓말이요, 손발을 움직였다 하면 쇼였다. "당신이 무슨 짓을 해도 내 눈에는 잘난척하는 것으로밖에 보이지 않는다"는 아내의 말에 정곡이 찔렸을 때 나는 와르르 무너지면서 정신이 번쩍 들었다. 그것은 한 여자의 말이 아니라 내 중심에서 나를 찌르는 또 다른 나의 날카로운 창끝이었다. 이제 나는 내 삶이 허위로 가득 차 있음을 인정하지 않을 수 없다—는 이 말 또한 구역질나는 허위다. 아아, 누가 나를 이 저주스런 허위의 늪에서 건져줄 것인가?

아니지. 아니야. 허위의 늪에서 건져내지기를 바랄 게 아니라 차라리 허위의 늪으로 화해 버리는 것이 그나마 진실하고 유일한 구원의 길 아닐까? 거짓말을 하면서 거짓말이라고 말하면, 그것은 참말인가, 거짓말인가? 모르겠다. 다만 지금은, 꿈에서 깨어났으니, 사람들이 조롱하든 말든 식사 기도를 시키면 조용히 식사 기도나 해야겠다.

≫ 6월 8일 모든 사람이 완벽한 사람이다

경기도 이 아무개 목사가 자기네 교회에 와서 강연을 하라고 초청했다. 제목은 '영성가 예수'란다. 낯선 사회자가 집회를 인도했는데 성경도 찬송가도 아무것도 지참하지 않은 내가 부담스러운 눈치였다. 나도 미안해서 두리번거리며 찾아봤지만 손에 들고 있을 만한 물건이 아무것도 없었다. 자세한 기억은 남아 있지 않지만, 여러 가지 순서가 꽤 오래 계속되었다. 그 사이에 변소도 다녀왔고 몇몇 아는 얼굴과 인사도 나누었던 것 같다.

드디어(?) 내가 강연할 순서가 되었다. 강연 장소를 옮긴다면서 좁은 계단을 통해 2층 다방으로 올라갔다. 앞자리에 마련된 강단에서 (앉았는지 섰는지 모르겠다) 강연을 시작했다. "그동안 지켜보았더니 여러분 모두 완벽한 사람들이었습니다. 내가 무슨 말로 채워드릴 만한 구석이 없습니다. 그러므로 강연은 이것으로 마치겠습니다."

아무도 뭐라고 하지 않았다. 놀라거나 이상하게 여기는 낌새도 보이지 않았다. 다만, 그때서야 나는 다방 안에 나와 이 목사와 다른 한 남자 이렇게 셋이 앉아 있다는 사실을 깨달았다. 내가 이어서 '완벽한 영성'에 연관된 아포리즘(驚句) 한마디를 내놓았는데 아쉽게도 그 내용은 기억나지 않는다. 그러나 어디까지나 '말'은 말일 뿐이다. 상관없다. 간밤 꿈에 대한 기억은 여기까지다.

나를 강사로 초빙해 놓고서 자기네 순서만 길게 계속하는데도 짜증이나 화가 나지 않았다. 그냥 재미있게 구경할 수 있었다. 꿈에서처럼 현실에서도 그럴 수 있을까? 게다가 단 세 마디 짤막한 말로 '강연'을 마쳤다. 근사하다!

아무리 위대한 사람도, 궁극의 깨달음을 얻어 무아無我를 성취하기까지는 옹근 전체(하나)의 한 부분일 따름이다. 부분은 부분이다. 모자람에 무슨 모자람이 다시 있을 것인가? 모든 존재가 있·는·그·대·로 완벽한 모자람(부분)이다. 전체가 아름다우면 부분 또한 아름다운 것이다. "나는 포도나무요 너희는 그 가지들이다." 깨달음을 이루신 분의 말씀이다.

더 이상 완벽한 인간이 되고자 부질없는 수고를 하지 않겠다. 물이 어떻게 물로 되고 참나무가 어떻게 참나무로 되랴? 종로에서 서울로 갈 수 없듯이, 하느님 나라 또한 내게는 갈 수 없는 나라다.

≫ 6월 12일   사랑하는 대상과 하나로 되는 것이 사랑이다

아무리 꿈이라지만 이토록 황당할 수 있을까? 무엇이 어떻다고 생각하면서, 그것 참 근사한 생각이라고 생각하면서, 고개를 왼쪽으로 돌리고 숨 한 번 내쉬는 사이에 그 '근사한 생각'이 송두리째 날아가 버렸다. 남은 것은 말 그대로 '황당함'뿐이었다. 망각이라는 것이 이렇게 순식간의 일이란 말인가? 인생이 숨 한 번 들이쉬고 내쉬는 사이의 일이라는 석가모니 말씀이 떠오른다. 아무리 생각해 보아도, 한 번 날아간 새는 돌이켜 날아오지 않는다. 문득 깨어나 베개를 고쳐 베고 다시 잠든다.

앞뒤 이야기 모두 사라지고, 잘려진 영화 필름의 한 장면처럼, 아내를 껴안고서 길을 걸었다. 아내의 왼쪽 젖가슴이 내 오른쪽 옆구리에 밀착되도록 오른팔로 어깨를 감싸안고서 어두운 밤거리 가로수 아래로 걸어갔다.

아내가 이런 자세로는 오래 걸을 수 없으니 자기가 내 팔짱을 끼겠다고, 말없이 말했다. 그래서 몸과 마음이 편해졌다.

어제(11일)는 오랜만에 말이 많았다. 이기록과 이철수를 만나 어깨가 뻐근하도록 말했다. 나도 모르게 글씨가 휘갈겨지면서 급해졌다. 급히 싸는 똥처럼, 돌이켜 생각하니 더럽게도 말이 많았다. 이기록에게 "사랑보다 큰 가치는 무無!"라고 말했더니 '무'가 사랑보다 큰 가치라는 뜻으로 알아들었던 모양이다. 내 말은 사랑보다 큰 가치가 없다는 것이었는데…… '없다'는 말을 급한 마음에 줄여서 '무!'라고 한 것이 엉뚱한 오해를 일으킨 것이다. 인간이란 이 따위 오해로 또 다른 오해를 낳고, 그래서 얼마나 괜한 다툼과 갈등으로 세월을 메우는가!

그건 그렇고, 사랑보다 큰 가치는 없다고 나는 생각한다. 누가 만일 한 여인을 사랑했기에 나라를 팔아먹기로 작정했다면, 그래서 천

추에 남는 매국노가 되었다면, 온 세상이 그에게 돌을 던지겠지만 나는 던지지 않겠다. 그 대신 그의 어리석은 사랑법 또는 그릇된 사랑법에 대하여 안타까워하겠다. 사랑보다 큰 가치는 없다. 그러기에 사랑보다 위험한 물건이 없다. 절대로 아무렇게나 되는 대로 사랑해서는 안 된다.

지혜로운 사랑은 저와 세상을 살리지만 어리석은 사랑은 저와 세상을 함께 죽인다. 극약은 아이들 손이 닿지 않는 곳에 두고 의사 지시에 따라서 조심스럽게 써야 한다. 지혜라는 이름의 의사가 처방한 대로 쓰지 않으면 인간의 모든 '사랑'이 독약으로 바뀐다. 그 모델로 굳이 히틀러나 스탈린을 들먹거릴 것 없다. 가까운 주변에서 벌어지는 온갖 사소한 다툼과 증오와 갈등과 그것들로 말미암는 고통의 중심에는 누군가의 무엇에 대한 그릇된 사랑 또는 어리석은 사랑이 있다. 여섯 바라밀 가운데 지혜바라밀이 맨 나중인 이유를 알 만하다. 지혜가 바탕으로 되어 있지 않으면 보시, 지계, 인욕, 정진, 선정이 모두 아욕我慾의 열매로 되어 갈수록 태산일 수 있는 것이다.

이기록이 물었다. "사랑이 무엇입니까?" 내가 대답했다. "사랑은 혼자서 할 수 없는 것. 반드시 사랑하는 대상이 있는데, 대상과 하나로 되는 것이 사랑이다." 이 말을 바꾸면, 사랑하는 대상에게 무아로 되는 것이 곧 사랑이다. 절대로 아무나 할 수 있는 게 아니다. "나는 너를 사랑한다." 이 말은 거짓은 아니겠지만 미숙한 말이다. 위험하다. 여기 사랑하는 내가 있고 저기 사랑받는 네가 있기에 아직은 진짜 사랑이 아니다. 그래서 피차 속아 넘어가 중도中途를 목적지로 착각하게 만드는 것이다.

» 6월 15일   뿌리로 내려가면 거룩하지 않은 인간이 없다

어딘가에 소포를 보내는데 우표 붙일 자리가 모자라서 우표 위에 우표를 겹으로 붙였다. 누군가 옆에 있다가 그러면 속에 있는 우표는 보이지 않으니까 안 붙인 거나 마찬가지 아니냐고 했다. 그러자 기림이가 말하기를 "그래도 붙인 것은 붙인 것이지." 내가 말을 이었다. "보이고 안 보이고는 저쪽 사정이고 붙여야 할 우표를 붙이는 것은 이쪽 일이야. 사람이 신용을 지키는 것은 자기를 지키는 일이지."

전우익 선생과 함께 김성순 장로댁으로 갔던 것 같다. 전 선생은 검정 고무신을 신고 있었다. 김 장로는 보이지 않고, 방에서 나오는데 먼저 나와 있던 전 선생이 논바닥에 떨어져 있는 내 운동화를 들어 디딤돌 위에 놓아주신다.

둘이 함께 가다가 커다란 밭을 만나 전 선생은 왼쪽(위쪽)으로 돌고 나는 오른쪽(아래쪽)으로 돌아 김 장로를 찾기로 했다. 얼마쯤 가다보니 거기 인삼밭 고랑에서 인삼을 캐고 있는 김 장로 내외분이 보였다. 김성순 장로는 대한민국에서 알아주는 포도 농사꾼인데 간밤 꿈에는 포도는 보이지 않고 웬 인삼밭이었다. 김 장로는 백발이 말 그대로 성성했다. 인삼밭이라고는 하지만 햇볕 가리는 차양막도 없이 무농약 유기농 재배를 한다고 했다. 뽑은 인삼 뿌리를 보았다. 엄지손가락만한 굵기의 인삼 끝에 무수한 잔뿌리가 마치 불자佛子에 달린 털뭉치처럼(붓대 끝의 붓털처럼) 붙어 있었다. 김 장로 부인이 본 뿌리보다 잔뿌리가 더 좋다면서 거기 붙어 있는 흙을 대충 털어내고 씹어 먹었다. 그런데 뽑을 때 잘못하면 실뿌리들이 땅에 그대로 묻혀

162

있고 굵은 뿌리만 나오는 수가 있다고 했다. "그래도 그냥 둬요, 캐내지 않고." 부인이 이렇게 말하자 김 장로가 대꾸했다. "결국은 우리 밭에 있는 거니까." 그 뒤로는 기억나지 않는다.

내가 세상을 믿고 살아가는 것은 어디까지나 내 문제다. 상대가 어떻게 할 것인지 미리 계산하는 데서 불신의 싹이 튼다. 뿌리는, 굵든 가늘든, 바깥에서는 보이지 않는 땅 속에서 자란다. 평생 식물의 뿌리를 믿고 살아가는 농부야말로 행복한 '믿음의 사람'이다.

사람을 보되 겉모습에 눈길을 머물지 말고 보이지 않는 그의 뿌리를 보도록 애쓸 일이다. 뿌리의 차원으로 내려가면 거룩하지 않은 인간이 어디 있겠는가? 순백으로 빛나지 않는 존재가 어디 있겠는가?

» 6월 16일 예정에 없던 일들이 세상을 신선하게 만든다

한 후배와 동행하여 독일 어딘가로 여행을 갔는데, 항공사에 사정이 생겼는지 예정된 시간에 비행기를 탈 수 없다는 것이었다. 나 대신 사람들과 말도 하고 전화도 걸고 하는 후배가 알아보니 여섯 시간쯤 공항에서 기다려야 다음 비행기를 탈 수 있단다. 마침 독일에 와 있던 슬기가 어떻게 알고서 공항으로 왔다. 후배가 전화를 했던 모양이다. 비행기를 제 시간에 타지 못한 것도 예정에 없던 일이지만 거기서 슬기를 만난 것도 예정에 없던 일이었다.(사실은 슬기가 공항에 나타난 뒤에야 비로소 그 아이가 독일에 와 있었다는 사실을 알았다.) 슬기 말이, 엄마가 집에서 걱정이 많을 테니 전화라도 걸어야겠

다고 한다. 걸지 말라고 했다. 비행기 회사에도 돌발 사태는 일어날
수 있는 것이고 따로 긴박한 사정도 없는데 공항에서 여섯 시간쯤 기
다리는 것이 무슨 큰일이냐고 했다.

후배가 정확하기로 소문난 독일에서도 이런 일이 일어나는 거냐면
서 흥분하여 화를 낸 것 같다. 내가, 독일 사람은 사람 아니냐고, 기
왕에 벌어진 사태니 그대로 받아들이되 뜻밖에 주어진 여섯 시간을
어떻게 하면 재미있고 유익하게 보낼 수 있을는지 그 방법이나 궁리
해 보자고 말했다. 뒷얘기는 기억나지 않는다.

세상은 예정대로 돌아가기도 하지만 예정대로 돌아가지 않기도 한
다. 그게 세상이다. 그래서 사실은 더욱 흥미롭고 신선한 세상이다.
모든 일이 인간의 예정대로 돌아간다면 그보다 지루하고 싱겁고 구
역질나는 세상도 없을 것이다.

어제, 샨티에서 "만들면서 행복했다"는 책(김종휘, 《너 행복하니?》)
을 보내왔다. 잠깐 읽어보았다. 첫 번째 소감은 "그럴 줄 알았다"였
다. 과연 세상은 전에 없이 빠른 속도로 달라지고 있다. 그것도 밝고
환한 쪽으로 달라지고 있다. 하느님이 하시는 일이다. 어둠에 익숙하
고 그래서 어둠을 좋아하는 20세기 어른들이 제아무리 막으려 해도
밝아오는 아침을 무슨 수로 말릴 수 있겠는가? 세상에 대하여 비관
한 적은 없었지만, 이 작은 책이 세상에 대한 나의 터무니없는 낙관
을 보증해 주는 것 같아 기분이 좋다. 하지만 이 책에 나오는 스물 네
아이들처럼 제 길을 찾아가는 영혼들도 있지만, 무지막지한 부모와
교사들의 발에 밟혀 아예 문드러져버린 영혼들도 헤아릴 수 없이 많
다는 사실을 기억할 필요가 있다. 그래서 내 가슴의 행복에는 아픔이
있다. 내 행복은 그래서 늘 슬프다.

» 6월 19일　꿈에 대하여　잠들어 있으면 꿈을 꾸지 않는 것과 같다

　꿈에 대한 강의(?)가 있었다. 누군가 내게 해준 것인지 아니면 내가 누군가에게 해준 것인지는 잘 모르겠다. 강의(?) 내용을 요약하면 다음과 같다.

　① 꿈은 누구나 다 꾼다.(보통 사람일 경우) "간밤에는 꿈도 꾸지 않고 푹 잤다"고 말하는 것은 꿈을 기억하지 못하는 것일 뿐이다. 그러므로 꿈을 존재하게 하는 것은 '기억'이다. 기억되지 않는 꿈은 없는 꿈이나 마찬가지다. 인간은 누구나 살면서 경험을 한다. '경험' 없이 살아가는 사람은 없다.(깊은 수행으로 무위無爲의 도道를 얻어 카르마의 법칙에서 자유로워진 사람 아닌 이상.) 그러나 자기가 지금 무엇을 어떻게 경험하고 있는지를 아는 사람(알면서 경험하는 사람)은 그리 많지 않다. 하루에도 오만 가지 일을 겪으면서 자기가 무슨 일을 겪었는지 잘 모르는 것이다. 인식되지 않은 경험은 기억되지 않는 꿈과 같다. 없는 것이나 마찬가지다.

　② 기억된 꿈은 해석되어야 한다. 해몽되지 않는 꿈은 소화되지 않은 음식처럼 가슴을 답답하게 할 뿐이다. 해몽이 꿈의 내용을 바꿀 수는 없지만 그것이 간직한 의미는 해몽에 따라서 달라질 수 있다. 그래서 "꿈보다 해몽"이라고 말하는 것이다. 해몽을 잘하면 꿈의 메시지를 제대로 전달받게 되고 잘못하면 꿈의 메시지를 전해 받지 못하거나 잘못 전달받게 된다. 인식된 경험도 해석되어야 한다. 그래서 그 경험을 통해 주시는 하느님(참자아)의 메시지를 제대로 알아들어야 한다. 괜히 겪는 일은 없다. 밥을 먹었으면 소화를 잘해서 삶의 에

너지로 바꿔야 하는 것과 같다.

③ 꿈을 꾸고 그것을 기억하는 일은 내 맘대로 되지 않는다.(보통 사람일 경우) 꿈에 대하여 내가 할 수 있는 유일한 일은 '해석'이다. 내 맘대로 경험을 선택할 수는 없다.(보통 사람일 경우) 그러나 그 경험에서 무엇을 배울(얻을) 것이냐를 찾아내는 일은 내가 할 일이다. 물론 안 할 수도 있지만, 그것은 밥을 먹고 소화시키지 않는 것과 같다. 인생을 고단하게만 할 뿐이다. 잘 해석된 경험은 삶에 짐이 되지 않고 활력이 된다.

결론. 꿈을 꾸었기에 기억하고 기억하니까 해몽을 한다. 경험을 했기에 그것을 알아차리고 알아차렸기에 그것이 전하는 메시지를 얻는다. 그러나 꿈을 있게 하는 것은 기억이고 기억된 꿈의 의미를 살리는 것은 해몽이다. 마찬가지로 경험을 있게 하는 것은 인식(알아차림)이고 인식된 경험에서 메시지를 찾아내는 것은 해석이다.

꿈을 기억한다는 말은 꿈에 대하여 깨어 있다는 말이다. 꿈에 대하여 잠들어 있으면 꿈을 꾸지 않는 것과 마찬가지다.

내가 지금 겪고 있는 일이 무엇이며 이 경험에서 무슨 가르침을 받을 것인가를 끊임없이 묻는 가운데 인생은 차츰 무르익어 간다. 그것이, 잠들지 말고 깨어 있으라는 옛 스승의 가르침이다.

≫ 6월 21일   크고 넓은 집은 좋은 집이 아니라 그냥 크고 넓은 집이다

화가 이철수가 통영의 무슨 시민 운동 단체에서 강연할 때 작성했다는 메모지에 이런 문장이 들어 있었다. "우리가 풍요로운 물질 생활을 동경하고 좋아하는 한, 이른바 선진 제1세계의 폭력에서 자유로울 수 없는 일이다."

내가 누군가에게 말했다.(이철수는 보이지 않았다. 다만 그의 수첩에 적혀 있는 메모의 한 구절을 읽었을 뿐이다.) "우리는 지금 있는 집보다 평수가 크고 더 넓은 집으로 이사 가면 '좋은 집'으로 간다고 말한다. 지금 타는 차보다 크고 비싼 차로 바꾸면 '좋은 차'로 바꾼다고 말한다. 보통 가죽 가방이 아닌 이른바 명품 가죽 가방을 들고 다니면 '좋은 가방'을 가졌다고 말한다. 그렇게 말하면서, 그 말에 담겨 있는 터무니없는 거짓을 아무도 눈치 채지 못한다. 어째서 크고 넓은 집이 좋은 집이란 말인가? 아내는 자주 삼척 고포 집이 좋았다고 말한다. 고포 집은 지금 이 정릉 집에 견주어 3분의 1쯤 되는 작은 집이다. 그 집이 두 사람 살기에는 적절한 집이었단다. 집이 크면 청소하기도 힘들고 관리하는 데도 많은 신경을 써야 한다. 그런데도 아마 사람들이 이 집에 와서 보면 이렇게 좋은 집에서 살고 있느냐고 놀랄 것이다.

좋고 나쁨은 사물에 있지 않고 그것을 보는 사람의 마음에 있는 것인데, 우리는 더 크고 비싼 것이면 무조건 좋다고 생각하는 무의식적 고질병을 앓고 있다. 이 병에서 먼저 자유로워야 한다. 그것이 오늘저 안하무인격인 조지 부시의 미국을 무력화시키는 가장 빠르고 정확한 길이다. 도대체 왜 우리가 새벽마다 잠에서 깨어나는 순간 뉴욕 증권 시세가 어떠한지를 라디오 뉴스의 첫 번째 소식으로 들어야 한다는 말인가? 크고 넓은 집은 좋은 집이 아니다. 값비싼 승용차는 좋은 차가 아니다. 그냥 크고 넓은 집이고 비싼 차일 뿐이다. 사람에 따

167

라서는 오히려 거추장스럽고 불편한 집일 수도 있고 나쁜 차일 수도 있는 것이다."

이렇게 길고 자세한 얘기를 꿈에 했는지 아니면 중간에 잠깐 깨어나서 했는지 잘 모르겠다.

자주 생각하고 가끔 말한 내용이니 새삼스러울 것도 없지만, 꿈에서까지 이런 장광설을 늘어놓았다는 것은 나 자신이 아직 내가 말하는 고질병에서 치유되지 않았다는 반증일까? 아마도 그럴 것이다.

≫ 6월 24일   문제는 늘 복잡하고 대답은 언제나 간단하다

꿈에서는 너무나도 당연했던 일이 깨어나면 어떻게 해서 그럴 수 있었는지 설명하기 어려울 경우가 자주 있다. 간밤 꿈에 나는 거세게 흐르는 강물을 건너야 했다. 그런데 다리도 보이지 않고 배도 없었다. 강줄기를 거슬러 올라가면 폭이 좁아지리라는 계산으로 시멘트 수로처럼 생긴 둑방길을 걸어 올라가다가 갑자기 큰 건물을 만났다. 유리창으로 들여다보니 송호일 군이 거기 서 있다가 들어오라고 부른다. 장애를 가진 아이들과 함께 수련회를 하는 중이었다. 그리 들어가려고 창문을 열긴 열었는데 방충망이 있어서 들어갈 수 없었다. 방충망 틀 한쪽이 덜렁덜렁했지만 그 틈 사이로 내 몸이 빠져나갈 것 같지는 않았다. 더구나 건물 안쪽에는 뾰족한 쇠꼬챙이 유리 파편 같은 것으로 바리케이드까지 설치되어 있었다.

건물 안으로 들어가기를 포기하고 가던 길을 가는데 뒤에서 송호일 군이 도랑을 건너라고 소리를 지른 것 같다. 그러나 도랑은 보이지 않고 모기처럼 생긴 날벌레들이 온몸에 달라붙어 숨쉬기조차 거북해졌다. 손을 휘둘러 쫓아봤지만 아무 소용 없었다. 먼지처럼 나풀거리며 정강이와 배와 가슴에 붙었다 떨어졌다 하면서 어지럽게 날아다녔다. 도랑을 건너는 것은 나중 일이고 일단 날벌레들 문제를 해결해야 했다. 갑자기 날벌레들이 내게 덤벼든 것은 내가 그들의 영역을 침범했기 때문이라는 생각이 들었다. 그러니 그들의 경계에서 벗어나기만 하면 더 이상 성가시게 굴지 않을 것 아닌가? 나는 오직 그들의 영역을 벗어나기 위해서 발을 옮겼다. 시멘트 수로처럼 생긴 길이 갑자기 좁아져서 앞으로는 걸을 수 없고 옆으로 게처럼 걸어야 했다. 왼발이 밟았던 자리를 오른발로 밟으면서 옆으로 걷다보니 어느새 벌레들이 더 이상 따라오지 않았다. 바로 그때 눈앞에 도랑이 보였다. 도랑도 물이 말라 바닥이 보이는 도랑이었다. 그것을 건너뛰기는 너무나도 쉬운 일이었다. 거기를 넘어가면 그것이 바로 거세게 흐르는 강물을 건너는 것이었다.

내가 도랑을 건너뛰었는지 어쨌는지는 기억나지 않는다. 방충망을 뜯어내거나 날벌레들을 없애버리려고 하지 않은 것은 지금 생각해도 (깨어난 뒤에) 잘한 일이다. 왜냐하면 그것이 내 방식, 내 스타일이기 때문이다. 장애물이 있을 때 그것을 지금 내게 있는 힘으로 치울 수 있겠다 싶으면 치운다. 그러나 지금 내게 있는 힘으로 치울 수 없겠다 싶으면 나는 그것을 피해 가는 쪽이다. 그렇게 살아왔다. 비굴하고 비열하다는 말을 들어야 했지만 내 방식을 버릴 수 없었다. 흐르는 물은 양쪽으로 어떤 모양으로든 기슭을 가지게 마련이다. 그 기슭을 무너뜨리지 못하는 것이 흐르는 물의 한계요 운명이다. 그렇다면 그동안 내 인생은 거세게 흐르는 강물을 건너고자 그 강물을 거슬러 위쪽으로 흘러간 물이었던가? 흐르다보니, 방충망도 만나고 날벌레도 만났지만 그것들을 피하여 계속 흐르다보니 도랑 하나 건너뜀으로써 강물을 건널 수 있는 데까지 왔단 얘긴가? 모르겠다. 태산처럼 거대하고 난감한 문제를 조약돌 하나로 해결한다! 골리앗 대 다윗!

너무나도 심각한 인생 문제로 괴로워하는 사람에게 마더 테레사가 했다는 말이 생각난다. "사랑할 수 있고 기도할 수 있는데 무슨 문제가 있나요?" 그렇다. 문제는 본디 거창하고 복잡한 것이다. 그러니까 문제 아니겠는가? 그러나 해결책은 작고 단순한 데 있다. 다만; 그 작고 단순한 해결책을 발견하기까지가 결코 만만치 않은 과정인 것이다.

비슷한(?) 꿈 한 토막 더.

두 젊은이가 말씨름을 하고 있었다. 둘 다 잘 아는 후배들이었는데 (깨어나자 그 둘이 누구였던지가 생각나지 않는다) 하나는 경상도 거창 사람이고 다른 하나는 전라도 옥과였던가 아무튼 그쪽 어디 사람이었다. 거창에서 무슨 시민 운동(생활협동조합 같은)을 시작했는데 옥과에서도 같은 시민 운동으로 대단한 효과를 거두었다는 것이었다. 말씨름 내용인즉, 거창 사람은 거창에서 그 일을 시작했으니 결국 옥과에서 올린 실적도 거창이 거둔 것이라는 주장이었고, 옥과 사람은 현재 거창보다 옥과 쪽에서 훨씬 더 번창하고 있으니(마치 기독교가 팔레스타인보다 로마에서 번창했듯이) 모든 업적이 옥과에 돌아가야 한다는 주장이었다. 겉으로는 웃으면서 이야기를 나누었지만 속으로는 단단한 응어리 같은 것을 감추고 있었다. 커다란 창틀에 걸터앉아, 열심히 자기 주장을 펴고 있는 두 사람에게 내가 말했다.

"이렇게 하면 어떨까? 거창 사람은 말하기를, 비록 시작은 거창 사람들이 했지만 옥과에서 사업이 번창하여 본 궤도에 올랐으니 옥과 사람들에게 공功이 있다 하고, 옥과 사람은 말하기를, 비록 옥과에서 실적을 올렸다고는 하지만 처음 시작을 거창에서 했으니 모든 공이 거창 사람들에게 있다고 하면, 그러면 결국 같은 결론에 도달하지 않겠는가? 양쪽 모두에게 공이 있다는 얘기니까 말일세."

두 사람이 어떤 반응을 보였는지는 생각나지 않는다. 다만, 내가 그랬는지 두 사람 가운데 누가 그랬는지 모르겠으나 이 말 한마디를 툭— 하고 던졌다. "그거 참 근사하고 고상한 말인데, 그러면 사람 살아가는 데 도무지 재미가 없잖아?"

깨어나서, 그 말에 대답해 본다.

"그것은 우리가 자기 중심성과 다툼질에 이골이 났기 때문이다. 도둑질도 자주 하다보면 거기서 재미를 맛볼 수 있겠지. 그런데 과연 그런 재미를 바람직한 재미라 할 것인가? 자기를 추키고 남을 깎아내리는 데 재미가 있다면 자기를 깎아내리고 남을 추켜세우는 데도 분명 재미가 있을 것이다. 우리 모두 이제까지와는 다른 재미를 한번 찾아볼 일이다."

송호일 군이 채식을 시작할 때 채식 마을에 가서 "불고기도 못 먹고 무슨 재미로 사느냐?"고 묻자 그들이 이렇게 대답했다지. "아직 풀의 진미를 맛보지 못해서 그런 질문을 하는 거요."

그렇다. 남을 추켜세우고 나를 깎아내리는 데서 오는 진정한 기쁨과 재미를 맛본 사람이라면 두 번 다시 나를 추키고 남을 깎아내리는 데서 오는 옛날의 기분 나쁜 재미를 맛보려 하지 않을 것이다!

》6월 27일 왜소한 자는 왜소하게 사는 것이 잘 사는 것이다

    기차(?)를 타고 어디론가 가고 있었다. 홀연히 작고한 코미디언 서영춘 씨가 나타나 의자 등받이에 몸을 기대고 서서 내게 말을 걸어왔다.

    "나 반듯한 서영춘일세. 내가 비록 무대에서는 코미디로 사람들 웃기느라고 채신머리없이 까불고 괜히 자빠지기도 하고 객쩍은 소리를 하기도 했지만 무대 밖에서는 사람들한테 '반듯한 서영춘'으로 통했네. 함부로 몸을 굴리지 않았어. 섹스 스캔들에 빠진 적도 없고 술을 좋아하기는 했지만 술 취해서 인사불성으로 실수를 저지른 적도 없지. 술값 때문에 다투어본 일도 없네. 어려운 후배를 보고 모르는 척하지도 않았어. 반대로, 뭔가 그릇된 것을 보면 그냥 넘어가는 법이 없었지."(사실이 그러했는지는 모를 일이나, 언젠가 그가 타계한 뒤 코미디언 서영춘보다 인간 서영춘을 더욱 존경한다는 코미디계 후배들의 이야기를 들은 것 같기는 하다.) 그가 말을 계속했다.

    "예를 들면, 지금 자네처럼 단추를 하나 빠뜨리고 끼운 사람을 보았을 땐 반드시 '단추를 잘못 끼웠소' 하고 지적해 주었네. 그래도 그가 가만히 있으면 단추를 죄다 풀어서 다시 끼워주었지."

    그러면서 내 단추를 풀기 시작했다. 내가 가만히 있자 풀었던 단추를 차례로 다시 끼우면서 귓속말로 속삭였다. "첫 단추를 잘못 끼웠으면 풀고 다시 끼워야지. 이게 뭔가? 자네가 김동탁인가? 똥딱이 김이야?"

    김동탁이라는 이름을 듣는 순간, 신문에 난 그의 사진이 눈앞에 나타났다. 검은 옷에 검은 중절모를 쓴 옆얼굴이었다. 김동탁은 권력과 손잡고 더러운 돈으로 부자가 됐다가 들통나는 바람에 몰락한 사업가였다. 그의 사진을 보자 생각나는 사건이 있었다. 나는 깜짝 놀라 서영춘 씨에게 말했다.

"제가 김동탁을 만났습니다. 선생님은 세상 사람이 아니고 영혼이지만 제 얘길 들어보세요." 그러고서 이야기를 들려주었다.

"몇 년 전이었어요. 바닷가 마을에 살고 있을 때였는데 하루는 버스를 타고 어디를 가는데 제 바로 뒷자리에 늙수그레한 남자 승객이 앉아 대낮부터 소주병으로 나팔을 불더군요. 그런가 보다 하고 모른 척 앉아 있자니 그가 내 어깨를 팔로 툭— 치면서, '자네, 날 모르겠나? 나 김동탁일세. 똥딱이 김!' 하는 겁니다. 내가 깜짝 놀라서 얼굴을 들여다보니 틀림없는 김동탁 그 사람이었어요. 그가 내게 말을 계속했지요. '내가 이렇게 형편없이 망가지고 있을 때에도 자네는 한결같이 반듯한 서영춘이더군! 언제까지 반듯한 서영춘으로 버틸 생각인가?'"

아마도 그가 나를 '반듯한 서영춘'으로 불러주었고, 바로 그 반듯한 서영춘을 만났다는 사실 때문인지 이 대목에서 흥분하여 꿈을 깨고 말았다. 시계를 보니 새벽 2시 반.

오지 않는 잠을 기다리며 생각해 본다. 서영춘 씨에게 정말로 그런 별명이 있었는지는 모르나, 반듯하게 살아보려고 딴에는 애써본 내 일생이었다. 윗사람이나 아랫사람에게서 크게 비난받아 본 적도 없었다. 40대 초반, 아내 아닌 여인과 이른바 연애 관계를 맺었을 무렵, 존경하는 선배로부터 자기네 집에서 기르는 뺑덕이네(개 이름)보다 못한 자라는 공개적 질타를 당한 것과 몇 년 전 어느 일간지 칼럼니

스트로부터 '얼치기 도사'라는 비판을 받은 일을 제하면 별로 생각나는 일이 없다. 남을 크게 속여서 이득을 꾀한 적도 없었고 양심에 거리끼는 짓으로 사회에 물의를 일으킨 일도 없다. 술에 취해 실수를 하거나 노름에 빠져 재산을 날려버리지도 않았다. 선한 일을 많이 행한 것도 없지만 악행을 저지른 적도 없었다.

그런데? 그래서 뭐가 어떻다는 말인가? 생각 끝에 남는 것은 뭐라고 말할 수 없는 허전함이었다. 음악을 들을까 하다가 옆방에서 자는 아내를 방해할 것 같아 단소를 만지작거리며 다시 잠들었던 모양이다. 한 인간이 내 앞을 바람처럼 스쳐 지나갔다. 당당한 걸음걸이였다. 시장인지 도지사인지는 모르나 무슨 지자체장이라고 했다. 그런데, 그는 다른 사람이 아니라, 바로 김동탁, 똥딱이 김이었다!

꿈은 계속되었다. 어느 무당이 푸닥거리를 하는데 모래 둔덕이 살짝 움직이면서 거기 갇혀 있던 귀신이 풀려났다. 누런색을 띤 뚱보 여인이 알몸으로 나를 깔고 앉아 물컹물컹한 입으로 키스를 했다. 싫기는 했지만 무섭지는 않았다. 그에게 괜한 장난질 그만두고 너 갈 곳으로 가라고 말했다. 꿈이었지만, 오랜만에 눌려보는 가위라는 생각이 들었다. 뚱보 여인은 곧 사라졌고, 여자 변소처럼 생긴 방에 보이지 않는 혼령들이 서성거려서 빗자루로 그들을 쓸어내며 엉뚱한 곳에 머뭇거리지 말고 저마다 있을 곳으로 가라고 말해 주었다. 공간이 흐늘거리다가 다시 맑아지는 느낌이었다.

정말이지 나는 몸을 더욱 숙여야겠다. 할 수만 있으면 세상에서 몸을 감추어야겠다. 아아, 밝은 도道는 어두운 것 같고 평탄한 도는 울퉁불퉁한 것 같고 크게 밝은 것은 욕됨 같고 너른 덕德은 모자라는 것 같다고 했거늘, 재벌에서 무일푼으로 무일푼에서 지자체장으로 변신

174

의 폭이 광풍노도 같은 똥딱이 김, 김동탁에 견주어 남들을 웃기고자 속으로 울었을 '반듯한 서영춘'은 얼마나 왜소한가?

이제부터라도 나는 내 왜소함을 사랑하며 왜소하게 살아야겠다. 후후, 또 쓸데없는 소리를 했다. 왜소한 게 왜소하게 살아야지 별다른 수 있다더냐?

» 6월 29일 한없이 커지는 또는 작아지는 격자무늬 속의 또는 겉의 격자무늬

요 며칠 주목朱木 조각으로 작은 십자가를 깎았더니 그래서였을까? 밤새도록 나무 깎는 꿈만 꾼 것 같다. 보이지 않는 스승 목수가 시키는 대로 나무를 깎았다. 목공예라는 게 톱으로 자르고 대패로 밀고 끌로 파고 칼로 깎는 일의 반복이다. 그러는 동안 굵은 나무는 가늘어지고 긴 나무는 짧아지고 두꺼운 나무는 얇아진다. 그 반대 방향으로 작업할 수는 없다. 가느다란 나무를 굵게 만들고 짧은 나무를 길게 만들고 얇은 나무를 두껍게 만드는 방식으로 작업할 수는 없다는 얘기다. 마치 아이가 소년으로 청년으로 장년으로 노년으로 바뀔 수는 있지만 그 반대 방향으로 바뀔 수는 없는 것과 같다.

"깎아라." 스승이 이렇게 말하면 나는 칼로 나무를 깎았다. "잘라라." 스승이 이렇게 말하면 톱으로 잘랐다. 얼마만큼 자르라거나 얼마만큼 깎아내라는 말은 없었다. 그냥 자르라면 잘랐고 깎으라면 깎았을 뿐이다. 그렇게 자르고 깎으면 보이지 않는 스승이 그것으로 격자무늬를 만들어나갔다. 내가 자르고 깎은 나무토막들이 그야말로 한치 오차도 없이 스승의 손에서 완벽한 격자 무늬로 바뀌었다. 꿈이지만 참으로 신통한 기술(?)이었다. 나는 자르라고 해서 그냥 잘랐는데 그러니까 내 맘대로 자른 셈인데 그것이 스승의 손에 들어가면 빈틈없는 규격품으로 되는 것이었다.

꿈을 깨고 생각해 보니, 내가 나무를 자르고 깎은 것은 기억나는데 언제 어떻게 작업을 마치고 자른 나무와 깎은 나무를 스승에게 돌려주었는지가 생각나지 않는다. 스승이 그만 깎으라고 말할 때까지 깎았는지 내가 이만큼 깎았으면 됐다고 생각될 때까지 깎았는지 잘 모르겠다. 내가 자르고 깎은 나무토막들이 완벽한 격자 무늬로 되는 것을 감탄하면서 바라본 기억이 나는 것을 보면 전자보다는 후자였을 가능성이 많은데, 아쉽게도 스승으로부터 "깎아라" 또는 "잘라라"는 말 외에 "그만 깎아라" 또는 "얼마만큼 잘라라"는 말은 들은 기억이 없다. 자르라면 잘랐고 깎으라면 깎았을 뿐이다.

보이지 않는 스승은 격자 무늬 하나를 다른 격자 무늬 세 개와 합쳐서 커다란 격자 무늬를 만들었다. 그리고 그렇게 만들어진 격자 무늬는 역시 그렇게 만들어진 격자 무늬 세 개와 합쳐져서 더 큰 격자 무늬를 이루었다. 무수한 격자 무늬로 무수한 격자 무늬를 만들어나갔다. 가끔 영화에서, 쌓인 눈 위로 힘겹게 한 걸음 한 걸음 걸어가는 등반가의 모습이 문득 작아지면서 그가 올라가고 있는 히말라야 설봉들의 전경이 펼쳐지는 장면을 본다. 그런 촬영 기법을 뭐라고 부르는지 모르겠다.(줌 인 아니면 줌 아웃이겠지.) 나는 스승이 만든 격자 무늬가 그렇게 바뀌는 것을 보았다. 하나의 격자 무늬는, 격자 무늬로 만들어진 격자 무늬로 만들어진 격자 무늬로 만들어진 격자 무늬……로 만들어지고 있는 격자 무늬였다. 빠른 속도로 격자 무늬 안의 격자 무늬 안의 격자 무늬…… 또는 격자 무늬 밖의 격자 무늬 밖의 격자 무늬……들이 펼쳐졌는데 또는 오므라졌는데 그것들을 담고 있는 바깥 경계(틀) 또는 안 경계는 보이지 않았다. 황홀한 줌 인 또는 줌 아웃이었고 그쯤에서 꿈을 깬 것 같다.

깨어나면서 드는 생각. 슈베르트의 〈미완성 교향곡〉은 완성된 미완성인가, 미완성된 완성인가? 결론이야 어떻게 나든, 그것이 슈베르트의 다른 많은 작품들에 견주어 조금도 손색이 없을 뿐더러 오히려 '미완성'이라는 이름 때문에 사람들의 사랑을 더욱 많이 받는다는 사실은 부인할 수 없다. 혹시 그 까닭이, 저마다 자기가 미완성 인생이라는 생각을 하고 있기 때문은 아닐까?

나에 대하여 남에 대하여 줌 인 또는 줌 아웃하면 관대해지지 않을 수 없고 안심하지 않을 수 없겠다. 모두가 더없이 완벽한 미완성 우주의 빈틈없이 완벽한 미완성 부품들이니까.

완성 또는 미완성은 그냥 이름표일 뿐이다. 제자인 내게는 미완성품 아닌 것이 없고 보이지 않는 스승에게는 완성품 아닌 것이 없었다. 그러나 그 수많은 미완의 완성품들로 만들어지는 스승의 격자 무늬는 아직 완성되지 않은 채 가없이 확장 또는 수축되고 있는 중이다.

"부질없는 말로 내 뜻을 가리는 자가 누구냐?" (〈욥기〉 38 : 2)

7월의 꿈

≫ 7월 1일 누군가를 도와줄 수 있음은 그 자체가 은총이다

성공회 송 테레사 씨가 말하는 것을 곁에 앉았다가 들었다. 아들을 데리고(아들이 초등학생이라고 했다. 6학년쯤?) 복잡한 시장에 갔는데 아들 또래로 보이는 웬 아이가 무척 부러워하는 눈으로 쳐다보며 따라오더란다. 그래서 왜 그러느냐고 까닭을 물었더니, 자기도 엄마와 함께 이런 데 와서 엄마를 도와 물건을 들어드릴 수 있으면 얼마나 좋을까 하고 생각했다는 것이었다. 엄마가 없느냐고 물어보자, 아이의 대답이 "여기서 길을 잃었어요. 어디가 나가는 덴지 모르겠어요." 그래서 아이를 인도하여 시장에서 나가는 데까지 데려다주었다고 했다.

어린아이가 작은 손으로 어머니의 짐을 덜어주는 모습은 일상 생활에서 쉽게 볼 수 있는 것이지만, 그것을 부러워하는 눈길이 있었다는 얘기가 조금 신선했던지, 꿈에서 깨어난 뒤에도 그 말이 기억에 남아 있다. 누군가를 도와줄 수 있다는 것은, 그 '누구' 가 사랑하는 사람일 경우에는 더욱, 은총이다.

같은 장소였는지 아니면 다른 상황이었는지 잘 모르겠는데 사람들이 많은 음식점 같은 곳에서, 자주 그렇듯이, 앞부분은 흘려들어 무슨 얘기였는지 모르지만 뒷부분 말이 귀에 들어왔다. 물론 그 말을 한 사람이 누구였는지도 알 수 없다. 왜 나는 꿈에서나 생시에서나 누가 무슨 말을 하면 처음부터 나중까지 귀담아 정성껏 듣지 못하는 것일까?

뒷부분만 들은 이야기는 길웅吉雄이라는 이름의 청년에 관한 것이었다. 앞 이야기를 듣지 못해서 알 수는 없지만, 아무튼 그가 많은 사람들의 칭찬과 사랑을 한 몸에 받고 있는데 까닭인즉, 그의 곁에는 언제나 도움을 받아야 할 사람들이 따라다닌다는 것이었다. 그러니까 무슨 말이냐 하면, 길웅 청년의 둘레에는 언제나 도움을 받아야 할 사람들이 있고 그래서 늘 그들을 돕고 있으니 도움 받는 쪽에서 도움 주는 쪽을 좋아하고 사랑하는 것은 당연하지 않느냐는 것이었다. "이상하게도 그 사람 주변에는 맨 그런 사람들만 모여들거든요."

그 말을 들으면서 속으로 생각했다. 생각만 했지 누구에게 말하지는 않았다.(간밤 꿈에도 나는 그냥 방관자였다. 보고 들었을 뿐 말은 한마디도 하지 않았고, 그냥 거기 있었을 뿐 행동은 없었다.) '도움을 받아야 할 사람들이 그 청년한테만 모여든 것은 아니다. 다만, 그의 눈이 밝아서 누구에게 어떤 도움이 필요한지를 그때그때 알아본 것뿐이다. 이 세상에 도움을 받지 않아도 될 사람이 있겠는가?'

세상은 보물 창고다. 존재하는 모든 것들이 세상에 하나뿐인 보물들이다. 다만, 그것을 알아보고 즐길 줄 아는 안목을 지닌 인간이 드물 따름이다. 공자님 말씀에, 심불재언心不在焉이면 보아도 보지 못한다고 했다. 마음이 먼저 그것에 가 있어야 그것이 들리고 보이는 법이다.

작은 도움 하나로 커다란 행복을 살 수 있는 곳이, 전쟁과 증오와 속임수로 어지러운 이곳 난장판 세상이다.

나도 마음만 있으면 내 주변을 도움이 필요한 보물들로 가득 메울 수 있다. 그리하여 길한 수컷(吉雄)으로 살아갈 수 있는 것이다. 역시 문제는 '눈'이다. 보물을 보물로 알아보는 안목이다. 도움을 받아야 할 사람이 왜 보물인가? 나를, 사랑과 칭찬을 한 몸에 받는 존재로 만드는 데 필요한 가장 중요한 요소이기 때문이다.

선생님, 오늘도 제 눈이 좀더 밝아지는 하루가 되도록 계속해서 도와주십시오. 아닙니다. 제 눈은 더욱 어두워지고 제 안에서 선생님의 눈이 더욱 밝아지게 해주십시오. 말씀하신 대로, 제 눈을 멀게 해주십시오. 편견과 무지로 일그러진 제 눈에 스스로 속지 않도록 순간순간 저를 일깨워주십시오.

≫ 7월 10일   간밤 꿈에 나는 여공이었다

잠에서 깨어났는데 꿈에 대한 기억이 하나도 남아 있지 않다. 이럴 경우 기억을 떠올린다는 것은 거의 불가능이다. 오늘은 적어둘 것이 없구나, 생각하며 잠시 누워 있자니 모기 소리가 앵— 하고 들린다. 왼손이 벌써 코끝을 탁— 친다. 자동이다. 살생에 자동화된 것은 내 왼손인가? 아니다. 왼손은 아무 잘못이 없다. 그럼 무엇인가? 이러고 있는데 어깨 위에 무엇이 내려앉는 가벼운 느낌이 든다. 다시 왼손의 자동 반격. 그러나 이번에는 그러고 있는 나를 처음부터 보았다. 다시 오면 가만있어 보리라. 모기한테 몇 방 물려서 어찌 되기야 하겠나?

이번에는 거뭇한 형체까지 드러내면서 오른 뺨에 앉는다. 오른손이 탁— 치는 대신 슬그머니 쓸어낸다. 앵— 멀어지는 모기 소리. 또 실패로구나. 다음에는 반드시 해내리라. 그러고 있는데 오른쪽 관자놀이에 가벼운 먼지가 내려와 앉으면서 이런 소리가 들리는 것 같았다. "피 0.0001그램만 다오. 꿈에 대한 기억 하나 되살려줄게." 다시 두 번째 세 번째 먼지가 날아와 앉는 느낌. 이어서 뾰족한 침이 살에 들어와 박히는 느낌도 든다. 모두가 내 상상의 산물일는지도 모를 일이나 두 손을 묶어두는 일에는 아무튼 성공(?)했다. 한참 기다렸다가 이제 식사를 마쳤겠지 하면서 손으로 만져보니 모기 물린 자리가 둥글게 부풀어올랐다. 속으로 중얼거려본다. "먹었으면 설거지나 잘 하고 갈 것이지. 얘들은 꼭 성가신 뒷설거지를 나한테 맡긴단 말이야!"

문득, 꿈에 대한 기억 한 토막이 떠오른다. 간밤 꿈에 나는 여공이었다. 다른 여공 둘과 단짝을 이루어 지냈는데 셋이서 영화 구경을 가기로 약속했다. 그런데 그만 그 약속을 깜박 잊어먹었다. 나중에야 기억이 나서 급히 연락해 봤더니 한 아이는 아예 연락도 되지 않았고 다른 한 아이는 영화 관람 시간이 새벽 5시라서 취소했다는 것이었다. 그 말이 나를 안심시켰다. 기억나는 것은 그뿐이다.

내용이 어떻게 전개되었든 내가 성性도 다르고 나이도 다른 여공이었다는 게 신기하다. 며칠 전에는 지구별이더니 간밤에는 어린 여자아이였다. 이 사실을 어떻게 해석해야 할는지 잘 모르겠다. 모르면 모르는 대로 두자. 알 때가 되면 알겠지.

그나저나 이 토막 기억 하나가 과연 0.0001그램의 피를 가져간 대가로 모기가 내게 준 선물이었을까?

≫ 7월 15일 저마다 최선을 다해 자기 길을 가고 있다

내가 살고 있는 마을에서 고개 하나 넘어가면 언덕이 있는데 그 언덕 위에 대단한 규모로 예배당이 세워졌다. 들리는 소문으로는 김 아무 목사가 서울에 있던 교회를 이곳으로 옮긴 것이라 했다. 김 아무라면 신학생 시절 기숙사 냉방에서 추운 겨울을 함께 보낸, 고향이 강원도 영월인 친구 아닌가? 나보다 더 가난해서 밥 먹을 때 마가린 버터를 늘 얻어먹었지. 소문이 사실인지 궁금해서 가보았다. 이등변 삼각형을 그대로 땅에 엎어놓은 듯 지붕이 바닥에 내려와 닿아 있는 과연 굉장한 크기의 건물이었다.

현관을 들어섰는지 아닌지는 잘 기억나지 않는데 아무튼 약간 어두운 돌계단 아래에서 교회 주보를 보았다. 흔히 보는 주보 양식으로 전체 6쪽에 깨알 같은 글씨가 박혀 있다. 예배 순서도 있는데 그 아래에 사진이 있다. 사진은 커다란 테이블에 돈 다발을 수북이 쌓아놓고 교회 임원들이 둘러서서 기도를 올리는 장면이었다. 마치 마감 직전의 은행 직원들 같았다. 요즘 불황이라 백화점도 파리를 날린다던데 여기는 끄떡없군, 이런 생각을 했던 기억이 난다. 그저 그뿐이었다. 생시 같았으면, 물론 그런 사진을 주보에서 보게 될 리도 없겠지만, 분노 아니면 구역질이 나거나 아니면 기분이라도 언짢았을 터인데,

간밤 꿈에는 그냥 좀 신기한 장면을 구경하는 그런 느낌이었다.

"재미있군." 이렇게 중얼거리자니 목사관 안에서 굵은 남자의 목소리가 들려왔다. 김 아무 목소리다. 자기 아내에게 역정을 내면서 나무라는 것 같았다. 뭐라고 항변하는 듯한 여자의 뾰족한 음성도 간간이 들렸다. 그러더니 계단 밟는 소리가 가까워지면서 문이 열렸다. 나는 계속 어두운 돌계단 아래 구석에 쪼그리고 앉아 있었다. 김 아무가 언제 무슨 일이 있었냐는 듯 기분 좋게 콧노래를 부르며 현관을 나서다가 나를 얼핏 보고는 "흠— 여기서 담배를 피우다니?" 했다. 그러고 보니 담배 냄새가 나는 것 같았다. "나는 아니야." 내가 대꾸하며 일어서자 "어? 너 현주 아니냐?" 하면서 반가워했다. 그러고는 첫마디가 "설계 도면으로는 아담했는데 짓는 동안 자꾸만 거창해졌어" 했다. 나도 그랬겠다고 고개를 끄덕였다. 건물이란 늘 그런 것 아닌가? 짓다보면 커지고 그래서 설계 변경도 해야 하고……

그가 잘 만났다면서 자기 좀 도와달라고 했다. 50미터쯤 떨어진 곳에 구제품으로 쓸 옷가지들 모아놓은 것이 있는데 그것을 예배당 안으로 옮겨야 한다는 것이었다. 따라서 가보니 구제품이라기보다는 백화점 창고를 옮겨다놓은 듯 최고급 양장들이 옷걸이에 걸려 있었다. 나는 커다란 모피 코트를 두 벌 양손에 들고 김 아무 뒤를 따랐다. 그런데 어찌나 옷이 가벼운지 마치 속옷 두 벌을 들고 가는 것 같았다.

그 뒤에 무슨 일이 있었는지는 기억나는 게 없고, 집에 와보니 김 아무의 엽서가 기다리고 있었다. 사연은 단 한 줄이었다.

"네 자존심을 내 가슴에."

웃으면서 고개를 끄덕이다가 깨어났다. 깨어나서 생각해 보니 그

한 줄짜리 엽서의 메시지가 무엇인지도 모르겠고 왜 웃으면서 고개를 끄덕였는지도 모르겠다. 멍하니 누워 있자니 어디선가 들리는 가느다란 음성.

"저마다 최선을 다해 자기 길을 가고 있다. 모든 길이 내게로 오는 길이다. 가슴마다 자존심을 안고서……"

기분이 좋다. 비록 꿈이지만 김 아무를 비판하지 않고 그냥 바라보았으니, 게다가 그의 일을 돕기까지 했으니…… 기분은 좋지만 조금 걱정도 된다.

이 글을 쓰고 있는데 모기 한 마리 날아온다. 어찌 하는지 두고 보기로 한다. 무릎 위에 앉았다가 날아서 왼손 등에 앉는다. 자리를 잡고는 침을 찌른다. 뒷다리 하나를 하늘로 치켜올리고는 나머지 다섯 다리로 버티고 서서 펌프질을 한다. 침이 흔들리면서 조금 따끔한 느낌이다. 계속 마음놓고 펌프질이다. 시간을 재어본다. 예상보다 오래 간다. 5분쯤 그렇게 펌프질을 하다가 드디어 침을 뽑아낸다. 그러더니 조금 아래쪽에 다시 박는다. 또 펌프질. 시계를 본다. 다시 4분쯤 경과. 땅에 파이프를 박아 물을 뽑아먹는 인간의 모습과 다를 바 없다. 그렇다면 적어도 이 순간만큼은 내가 저 모기에게 어머니 대지인 셈이다. 모기가 치켜올렸던 다리를 내리고 침을 뽑는다. 뽑은 침을 두 앞다리로 열심히 문지른다. 마사지를 하는 모양이다. 그러더니 다시 세 번째 찌른다. 계속되는 펌프질. 이번에는 더 오래간다. 6분이 지났다. 처음 시계를 보았을 때 25분이었는데 지금은 42분을 가리키고 있다. 잘 보이지도 않던 모기의 아랫배가 익은 보리쌀처럼 통통하니 살이 쪘다. 저 정도면 0.0001그램이 아니라 0.01그램은 족히 되겠다.

어느새 보니 뒷다리 두 개가 하늘로 올라가 있다. 그런 상태로 다시 2분 지나, 이제 먹을 만큼 먹었을 테니 풀밭으로 가야 하지 않겠는가 해서 가만히 일어나 문 밖으로 나가려는데 모기가 날아올랐다. 자그마치 20분 남짓 걸렸다.

모기 앉았던 자리를 중심으로 반경 1센티미터쯤 둥글게 붉은 빛을 띤다. 침 꽂았던 자리에는 작은 무덤이 생겼다. 그런데 어찌된 것일까? 조금도 가렵지 않다. 오늘은 녀석이 설거지까지 착실하게 하고 간 모양이다.

» 7월 17일 부끄러운 자랑거리

내 명함 한 장을 두고 아내와 다투었다. 다투었다기보다는 일방적으로 언짢은 말을 들었다고 해야겠다. 그 명함에는 내 주소와 이름과 전화번호가 찍혀 있었고, 같은 계통의 엷은 색깔로 이를테면 배경 사진이 박혀 있었는데 사진이 아니라 자필 글씨였다. 그런데 그 내용이 어느 살롱에서 이 달의 신사로 뽑혔다는 것이었다. 아내의 말인즉, 이런 것도 자랑이라고 명함에 박느냐는 것이었는데 나로서는 그런 명함을 만든 적도 없고, 더군다나 그런 이력을 자필로 써서 명함의 배경 사진으로 넣은 적도 없었기에 억울했지만, 분명히 내 명함이요 내 자필이었으므로 할 말이 없었다. 세상에 무슨 자랑할 것이 없어, 술집에서 이 달의 신사로 선정된 것을 자랑한단 말인가?

깨어나서 스스로 한심스러워하고 있는데 번쩍 떠오르는 짧은 한마디. "네가 스스로 자랑스럽게 여기는 것이 있(었)다면 그것은 살롱에서 손님들 유혹하느라고 이 달의 신사니 이 달의 왕자니 이 달의 영웅이니 온갖 허명虛名을 나눠주는데 그 가운데 하나를 받고 자랑스러워 뽐내는 것과 같은 것이다!" 맙소사!

» 7월 22일   나 는 나 보 다 무 지 큰 자 다

오랜만에(?) 군대 시절로 돌아갔다. 나는 물론 사병이었다. 식당에서 밥을 먹다가 무슨 일로 밖에 나왔다. 외톨이가 되어 있는데 장교 하나가 나를 불러 어째서 혼자 있는 거냐고 따져 물었다. 내가 누구며 어디 소속이고 무슨 일을 하고 있다고 자세하게 설명하자 처음에는 수긍하는 것처럼 듣더니 갑자기 얼굴색을 바꾸고는 거짓말로 장교를 농락한다면서 화를 냈다. 그 순간, 그가 내 말에 수긍하는 듯한 태도를 보여준 것부터가 실은 나를 가지고, 고양이가 쥐를 가지고 그러듯이, 심심풀이 장난을 한 것이었음을 알았다. 사태가 심각해졌다. 장교는 자기가 사병을 가지고 한가롭게 장난질이나 쳤다는 사실을 감추기 위하여 나를 진짜로 징계하지 않으면 안 되게 됐다.

내가 그를 식당으로 안내하며 말했다. "밥을 먹다가 나왔으니 식당에 가면 먹다 남긴 밥이 있을 것입니다." 그가 따라왔다. 함께 식당에 들어갔다. 모르는 사람들이 몇 있었다. "내가 먹던 밥이 어디 있나요?" 하고 묻자 주방 쪽에서 옥색 제복을 입은 수녀가 군대용 식판을 들고 나타났다. "여기 있어요." 식판에는 두세 숟갈 떠낸 밥이 그대로 남아 있고 거기에 내 숟가락이 꽂혀 있었다.

식은 밥 한 그릇이, 장교에게 한 내 모든 진술이 참이었음을 입증해 주었다. 더군다나 수녀를 보자 장교의 태도가 돌변하였다. 그는 천주교 신자였고 하필이면 자기가 가장 존경하는 수녀가 내 식판을 들고 나타났던 것이다. 먹다 만 식은 밥 한 그릇이 그렇게 반가울 수 없었다. 안심하다가 꿈에서 깨어났다.

진실은 묻혀 있다. 누구도 그것을 없애거나 변질시키지 못한다. 그러니 안심하라! 안심하라! 옥색 제복의 수녀가 나의 진실을 고스란히 지켜주고 있다. 무엇이 나의 진실인가? 내가 외톨이가 아니고 누군가와 밥을 함께 먹는 식구食口라는 사실이다. 나는 멤버다. 혼자 몸이 아니다. 멤버의 실체는 멤버보다 크다. 코보다 얼굴이 크고 얼굴보다 몸이 크듯이. 나는 나보다 무지무지 큰 존재다. '우주'라는 이름으로도 모실 수 없을 만큼 크다. 장교라고 해서 가지고 놀아도 될 만한 그런 졸개가 아닌 것이다.

천하天下는 신기神器라 불가위야不可爲也라 했다. 내가 바로 천하다. 사람이 어찌할 수 없는 신의 그릇이다. 어느 누가 감히 나를 심심풀이 땅콩으로 삼는단 말인가?

≫ 7월 24일   사 랑 은   저 를   담 은   그 릇 보 다   크 다

아내가, 껍질 벗긴 찐 감자 두 알 담겨 있는 투명한 유리컵을 들어 보인다. 내가 고개를 끄덕이자, 껍질 벗긴 찐 감자 두 알이 투명한 유리잔에 담겨 내게로 왔다.

느낌으로는 밤새도록 꿈을 꾸었는데 어쩌면 이 장면 하나만 남고서 모두 날아가 버렸는지……

잠에서 깨어나 창밖으로 밝아오는 아침을 내다보며 생각한다. 내 인생도, 60년이라는 긴 세월을 거치면서 참으로 많은 일들을 겪었지만, 앞으로 또 얼마나 더 겪을지 모르지만, 끝에 가서 남는 것은 말 없이 주고받는 소박한 사랑, 그것밖에 없지 않을까? 부디 그렇게 되기를!

오늘도 어제처럼, 아무도 탓하거나 원망하지 않고, 저 사람은 왜 저 모양일까 언짢아하지도 않고, 공손하게 미안하게 하루의 모든 것을 모셔야겠다.

인생은 여인숙
날마다 새 손님을 맞는다.

기쁨, 낙심, 무료함, 찰나에 있다가 사라지는 깨달음들이
예약도 않고 찾아온다.

그들 모두를 환영하고 잘 대접하여라!
그들이 비록 네 집을 거칠게 휩쓸어
방안에 아무것도 남겨두지 않는
슬픔의 무리라 해도, 조용히
정중하게, 그들 각자를 손님으로 모셔라.
그가 너를 말끔히 닦아
새 빛을 받아들이게 할 것이다.

어두운 생각, 수치와 악의가
찾아오거든 문간에서 웃으며

맞아들여라.
누가 오든지 고맙게 여겨라.
그들 모두 저 너머에서 보내어진
안내원들이니.

　루미Rumi의 시를 옮겨 베끼는데 문득, 찐 감자 두 알이 그것을 담은 유리잔보다 컸다는 사실이 기억난다. 저를 담은 그릇보다 큰 사랑! 어쩌면 간밤의 길고 어수선한 꿈들이 모두 그 찐 감자 하나를 위하여, 때가 되면 떨어져나가는 껍질처럼, 존재한 것이었는지 모르겠다.

≫ 7월 26일　　침 묵 을　하 려 면　제 대 로　하 여 라

　에덴기도원이라고 하는 데를 갔다. 홍수가 나서 커다란 느티나무가 물에 잠겨 있었다. 홍수면 마땅히 시뻘건 물이어야 할 텐데 투명하도록 맑은 물이었다. 그리고 물에 잠긴 느티나무를 물 밖에서 들여다본 것이 아니라 그것이 뿌리박은 대지에 서서 바라보았으니, 위치로 말하면 나도 물 속에 있었던 셈인데 내가 있는 곳이 물 속이라는 느낌은 전혀 들지 않았다. 게다가 물 속에 잠겨 있는 느티나무의 푸른 잎들이 나비처럼 팔랑거리며 빛나고 있었다.
　원장인 이상일 장로 생신인지 아니면 다른 무슨 기념일인지는 잘 모르겠는데 흰 봉투에 돈을 담아 가지고 갔다. 예정은 보름쯤 있기로 했지만 월요일에 들어갔다가 토요일 아침에 나왔다. 거기서 여러 가지 사건을 겪었으나 기억에 남아 있지 않다. 맨체스터인가 어딘가에서 왔다는 흰색 양복을 입은 소년이 아래층 위층 돌아다니던 모습만 생각난다.

1층에서 2층으로 올라가는 계단 옆 작은 다락에 곶감을 널어 말렸다. 어른 주먹만큼 큰 곶감이었다. 할머니가 그 중 하나를 맨체스터(?) 소년에게 주었다. 맛이 겉보기보다 훨씬 부드럽고 달콤했다.(곶감에 손도 대지 않았고 다만 아이가 먹는 것을 보기만 했는데 어쩌면 그토록 생생하게 맛을 느낄 수 있었을까?)

외국에 살고 있는 한국인들이 고국에 들어와서 많은 돈을 벌어 가지고 나간다는, 그래서 커다란 사회 문제를 일으키고 있다는 신문 기사를 읽었다. 무슨 신문이었는지는 모르겠다. 아무튼 그 기사를 읽다가 맨체스터(?) 소년의 부모가 거기에 연관되어 있어서 기도원이 난처하게 됐다는 말을 듣고는 바로 짐을 쌌던 것 같다.

집으로 돌아오는 길은 아슬아슬하고 험했다. 휘청거리는 널빤지한 장으로 이어진 다리를 건너기도 했다. 좁은 골목 꼭대기 집에서 어머니가 나를 기다리고 계셨다. 어머니를 직접 보지는 못했지만 거기 어머니가 있다는 사실은 처음부터 알고 있었다. 여기까지가 기억에 남아 있는 전부다.

이 쇼를 더 계속할 것인가? 아니면 이제 여기서 그만둘 것인가? 어젯밤 아내가, 침묵을 하려면 제대로 하라고 했다. 그렇다. 쇼를 하려면 제대로 해야 하지 않겠는가? 그런데 어떻게 하는 것이 제대로 하는 것일까? 죽기 전에는 거의 불가능한 것이 침묵인데…… 아무튼 며칠 있으면 8월이다. 중간 점검이 필요한 시점에 이른 것 같다.

"선생님. 어떻게 할까요?"

"네 아내 입을 빌려서 내가 말했다."

"침묵을 하려면 제대로 하라고요?"

"제대로 된 침묵은 지금 너로서는 언감생심이다. 성의껏 하라는 얘기다."

"······"

"밖으로 내보여지는 침묵은 네 말대로 쇼에 지나지 않는다. 중요한 것은 내면의 침묵이다."

"그것을 어떻게 해야 합니까?"

"만사에 네 생각, 네 느낌을 좇지 말아야 한다. 거울에게 무슨 생각, 무슨 느낌이 있겠느냐? 다만 조용히 응할 따름이다. 너는 말하지 말고 대답만 하여라. 네가 직접 먹지 않아도, 곶감은 네 입 안에서 부드럽고 달콤하다."

"철저한 피동태로 존재하라는 말씀인가요?"

"그래서 나로 하여금 네 안에 온전한 능동태로 살아있게 하여라."

"······"

"제행무상諸行無常이다. 정진하여라."

≫ 7월 27일 나 는 잡 으 려 고 달 려 가 지 않 겠 다

영화 배우 최 아무가 영화를 찍는데, 상대 주인공인 여배우가 촬영 도중 그것이 각본에 따라 연기하는 것임을 잊어먹고는 베드 신에서 연기 아닌 실연을 시도했다. 최 아무는 처음에 거절했지만 상대 여배우(누구였더라? 모르겠다)가 너무나도 절실하게 요구해 왔으므로 결국 흔들리고 말았다. 나는 그 자초지종을 모두 보고서, 처녀인 여배우는 상관없을지 모르나 엄연히 아내가 있는 최 아무가 저래서는 안 되는 것 아니냐고 아내에게 말했다. 아내는 아무 대답도 하지 않았다.

갑자기 잠에서 깨어나 생각해 본다. 혹시 나에게도 진짜 아내가 어디 다른 세계에 있고 지금은 용숙이라는 이름으로 활동하는 여배우하고 가정을 이루어 딸 셋을 낳아 기르는 연기를 하고 있는 것 아닐까? 그렇다면? 대답은 없다. 배우는 주어진 역할에 성실할 따름이다. 다만, 그 무엇에도 집착할 필요가 없다는 사실을 기억할 일이다. 이것이 과연 연극인지 아닌지는 때가 되면 알게 될 터. 연극이든 아니든, 대상이 무엇이든, 너무 집착하는 것은 우선 나 자신을 위해서라도 좋지 못한 태도다. 시계를 보니 2시 20분. 거실에 불이 켜져 있다. 용숙이 늦도록 책을 읽고 있는가?

또 다른 꿈. 화천 광덕리 시골교회에서 집회가 열렸다. 커다란 홀에서 사다리를 타고 위로 올라가면 거기 온갖 새들이 둥지를 틀었다. 아이들이 올라갔다 내려왔다 하면서 새들과 더불어 노는 모양을 바라보았다. 모임이 무슨 모임이었는지, 누가 왔는지는 모르겠다. 아는 얼굴을 본 기억도 없다. 어디 가서 잠을 자야겠는데 마땅히 잘 곳이 없다. 애리 원장을 찾았지만 보이지 않았다. 그러다가 이 넓은 홀 한 구석에 쓰러져 잠들면 되지 않겠나 싶어 그 자리에 누웠다. 누군가 지나가면서 "임 장로님도 여기서 주무십니다!" 했다. 간밤 꿈에는 임락경이 목사에서 장로로 강등(?)되었다.

이불 덮고 잠을 청하는데 어디 갔다가 늦게 돌아온 임락경이 발치에 가로눕더니 따뜻한 손으로 내 발을 감싸안고서 "밤보다는 인절미가 장사가 잘돼" 한다. 밤은 달콤하지만 요기가 되지 않는데 인절미는 두 조각만 먹어도 요기가 되기 때문에, 난리통에도 인절미 장사는 굶지 않는다는 것이다. 처음에는 밤을 밥으로 들었다가 나중에야 밤으로 알아들었다. 문득 외할머니가 만들어주셨던 옛날 인절미(떡메로 쳐서 만든) 생각이 났다.

그러고 있는데 임락경이 벌떡 일어나 앉더니, "박창선이가 큰일났더군!" 한다. "왜?" "이번 비에 모조리 떠내려가 버렸대. 아무것도 안 남았대." "저런?" 박창선은 전라도에서 하우스 농사를 짓는 농부다. "그런데 박창선이는 오히려 잘됐다는 거야. 이번 참에 모든 문제가 깨끗하게 풀렸다면서……" 무슨 말인지는 모르겠지만 동감되었다. 홍수가 모든 것을 휩쓸어갔다면, 그래서 남은 것이 없다면, 그동안 쌓여 있던 '문제들'도, 그것이 어떤 문제였든지 간에, 모조리 사라졌을 수 있지 않겠는가? "그렇다면 불행 중 다행이 아니라 다행 중 다행이구면." 이렇게 말하는데 갑자기 손가락으로 나를 가리키고 웃으며 "지금 말했으니, 그동안 침묵한 거 모두 무효다!" 한다. 나도 따라서 웃었던 것 같다.

그렇다. 언제나 끝은 순간이다. 한순간이 그동안의 모든 것을 '있음'에서 '없음'으로 돌려버린다. 남는 것은 다만 타인들의 연기 같은 기억뿐이다. 한순간의 사라짐. 그것을 향해서 나는 지금 어디까지 와 있는가? 아무것도 붙잡지 말자! 붙잡을 만한 것도 없지만 사실은 붙잡을 수 있는 것도 없다.

바울로는 말하기를, "나는 예수에게 잡힌 바 된 그것을 잡으려고 달려간다"고 했다. 그의 고백을 존중한다. 그러나, 나는 무엇을, 그것이 무엇이든, 잡으려고 달려가지 않겠다. 예수가 나를 잡으셨으니 그것으로 충분하다. 내가 새삼 무엇을 할 수 있으며 무엇을 해야 한단 말인가? 나는 아·무·일·도·하·지 않겠다.

뿌리에서 잘려 나와 구멍 뚫린 대나무 막대기(피리)가 무슨 짓을 스스로 할 수 있겠는가?

　언제고 이 쇼를 거두고 다시 '말'을 하게 되어도 계속하고 싶은 내면의 침묵. 그것까지도 붙잡지 말아야 한다. 아니, 붙잡지 않겠다. 아니, 붙잡지 않게 되었으면 좋겠다. 잊지 말자. "YOU ARE NOTHING!"

8월의 꿈

≫ 8 월 2 일   잡 음 은   입 에   있 지   않 고   마 음 에   있 다

　모두 모여 십여 명쯤 되는 교회에서 신앙 집회를 열었다. 내가 얘기할 시간이 되어 마이크를 잡고 앞에 섰는데 마이크에서 라디오 뉴스 같은 소리가 내 소리에 섞여 나왔다. 전에 전화할 때 혼선이 되어 다른 사람들이 통화하는 소리를 듣던 일이 생각났다. 그때 수화기에서 들리는 잡음에 대하여 내가 할 수 있는 일은 아무것도 없었다. 그래서 얘기하다 말고 "저 소리 안 들리게 할 수는 없겠지요?" 하고 묻자 청중이 그렇다고 고개를 끄덕이는데, 오른쪽 끝자리에 앉아 있던 키 큰 사람이 "할 수 있다"면서 자리에서 일어나 밖으로 나갔다. 인천에서 온 최광식 씨였다. 내가 아무 말 않고 서 있자 마이크에서는 라디오 소리만 들려나왔다. 그런데 잠시 뒤에 툭! 하는 소리와 함께 그 소리가 죽어버렸다. 더 이상 잡음이 들리지 않는 마이크를 잡고 해방 공간의 시詩에 대한 강의를 계속하였다. 무슨 얘기를 했는지는 물론 모른다.(생시였다면 그런 제목의 강의를 했을 리 없다.)

198

갑자기 그 교회가 어린 시절 고향 교회로 되었던 것 같다. 양지바른 예배당 창문 아래에 아이들이 서 있는데 그 중 한 아이 얼굴이 영락없는 조병길이다. "네가 조병길 아들이냐?"고 묻자, 아니란다. 누가 곁에서 "조병길은 이 아이 큰아버지"라고 일러주었다. 아내가 내게 다가오더니, 아까 이 교회 도서실에 가보았는데 해방 공간의 정치, 사회, 문화에 대한 사회과학적 분석을 다룬 소책자들로 가득 차 있더라고 말했다. 그러면서 자기는 너무 어려워 읽지 못하겠더라고 덧붙였다. 내가 말하기를, 한 가지 초점으로 사물을 봐야지 여러 가지 초점으로 사물을 보면 안 보인다고 한 것 같다.

잡음이 섞여 나오는 마이크로는 말을 할 수도 없고 들을 수도 없는 법이다. 그런 상태로는 말하는 쪽이나 듣는 쪽이나 고단하기만 하다. 마이크는, 아무 잡음이 섞이지 않는 마이크가 좋은 마이크다.

물론 청중은 내 강의만 들어서는 안 된다. 라디오 뉴스도 들어야 한다. 그러나 뉴스와 강의를 동시에 들을 수는 없는 일이다. 그러면 뉴스도 듣지 못하고 강의도 듣지 못하고 골만 아프다. 시·공간의 울타리가 그래서 필요한 것이다. 여기가 인간의 한계다.

어떻게 하면 내 말에 잡음을 섞지 않을 수 있을까? 어떻게 하면 순수한 말을 세상에 내놓을 수 있을까? 그 일은 '마이크'를 조작하여 해결할 수 없다. 꿈속에서 최광식 씨는 일어나 어디로 갔을까? 아마도 기계실로 갔을 것이다. 여기서는 보이지 않는 기계실. 거기에서 잡음이 나오는 근본 구멍을 틀어박았을 것이다.

내 입에서 잡음 없는 순수한 말이 나오게 하려면 밖에서는 보이지 않는 속으로 들어가 잡음이 나오는 구멍을 막아야 한다. 마음에 있는 것이 밖으로 나오는 법. '잡음'은 마이크(입)에 있지 않고 기계실(마음)에 있다. 문제는 마음을 순수하게 만드는 방법에 대하여 나로서는 속수무책이라는 점이다.

"속수무책이라니 듣기에 반가운 말이다. 정말로 속수무책이냐?"

"예."

"정말로 속수무책이었느냐?"

"……"

"그동안 얼마나 가당찮은 간섭으로, 네 마음을 깨끗하게 만들려는 내 일을 훼방 놓았는지, 너는 그것도 모르고 있다."

"무슨 말씀인지 알아들을 것 같습니다."

"너는 마이크 시설의 원리에 대해 아무것도 모르면서 마구 코드를 뽑았다 꽂고, 마이크를 주먹으로 치기도 하고, 그래서 결국 잡음만 키웠다."

"예. 그랬습니다."

"너는 모든 것을 내게 맡긴다고 수없이 말하면서 사실인즉 모든 것을 네 맘대로 하려고 했다."

"죄송합니다."

"그래도 네가 속수무책이었다고 하겠느냐?"

"아닙니다. 저는 속수무책이 아니었습니다. 그러나 이제는 제가 속수무책이라는 걸 알 것 같습니다."

"그래서 듣기에 반가운 말이라고 했다. 제발 속수무책으로 나만을 바라보아라."

"예, 선생님."

"한 입으로 한 가지 말만 하는 것이 순수함이다. 얼마나 쉬운 일이냐?"

"선생님, 제 입술이 아니라 마음에 숯불을 얹어주십시오."

"그런 말조차, 네가 할 말이 아니다."

"예!"

매미들이 새벽부터 울어댄다. 50년 전 구룡동 여름 뒷산에서 듣던 바로 그 소리다! 보리매미는 보리매미, 참매미는 참매미, 쓰르라미는 쓰르라미 소리로만 운다. 다른 소리는 낼 수도 없고 내지도 않는다. 바라노니 이 아무개여. 너는 너만이 낼 수 있는 네 목소리로 살아가거라. 다른 사람 소리는 아무리 근사하게 들리더라도 시늉 내려 하지 말아라. 남의 소리를 흉내 내는 데 재미가 들려 타고난 제 소리를 잃어버린 앵무새는 되지 말아라.

그러나 이를 어쩔 것인가? 바로 이렇게 내가 나 자신한테 바라고 기대하는 것 자체가 잡음을 만들어내는 요인이라고, 선생님께서는 말씀하신다.

얼마나 어려운 일인가? 아무것도 하지 않는다는 것!

조병길의 조카가 조병길과 닮은 얼굴로 세상에 태어날 때, 그 아이는 아무것도 하지 않았다. 그것이 젖먹이다! 전기치유專氣致柔에 능영아호能嬰兒乎인가? 기를 다스려 부드럽게 하기를 젖먹이처럼 할 수 있느냐고 노자는 물었다. 배고플 때 젖먹이는 속수무책이고 똥을 싸도 젖먹이는 속수무책이다. 다만 큰소리로 엄마를 부를 따름이다. 이십년래무일사二十年來無一事 운변장환주인공雲邊長喚主人公이라, 스무 해 동안 아무 한 일 없이 구름 가에 앉아 주인공을 길게 불렀노라!

아주 작은 것도 바라지 않는 그 경지에 가기까지는, 아무것도 바라지 않는 사람이 되고 싶은 이 마지막 바람을 버릴 수 없다. 여기까지가 나다.

≫ 8월 3일   사 람 이 단 정 지 어 말 할 수 있 는 것 은 없 다

자세하게는 적지 못하겠고 막연하게 대강 적는다면, 대단히 보수적인 사람들과 둥그렇게 둘러앉아 무엇인가를 했다. 앉은 자세가 마음으로는 공손할는지 모르나 몸이 공손치 못하다는 지적을 받은 것이 기억난다. 지적을 받자마자 곧 자세를 고쳤다. 어딘지 답답한 느낌은 있었지만 그런 대로 견딜 만했다. 이왕에 하는 쇼라면 쇼답게 하자는 마음을 먹었던 것 같기도 한데 분명치는 않다.

누군가 "하느님은 이러저러하시다"고 말하기에 그렇게 말하지 말고 "하느님은 이러저러하신 것 같다"고 말하라고, 그렇게 말하는 것은 개미가 인간에 대하여 단언하는 것보다 더욱 엉터리없는 말일 수 있다고, 개미와 인간 사이의 간격보다 훨씬 큰 것이 인간과 하느님 사이의 간격이라고, 말했다.

그 뒤로도 꿈은 좀더 계속되었지만 모두 기억에서 사라졌다. 깨어나서 잠시 누워 있는데 속에서 들리는 소리. "하느님에 대하여 무슨 말을 하든, 단정지어 말하지 말라는 말은 옳은 말이다. 그렇다면 인간과 하느님 사이의 간격이 개미와 인간 사이의 간격보다 훨씬 크다는 네 말도, 훨씬 클지 모른다는 말로 고쳐야 한다."

"그 말은 훨씬 작을 수도 있다는 말과 내용상 같지 않은가?"

"그렇다."

"그렇다면 도대체 인간이 무슨 말을 단정지어 말할 수 있단 말인가?"

"없다. 이제야 말귀를 알아들었군! 인간이 단정지어 말할 수 있는 것은 없다. 왜냐하면 모든 것이 결국 하느님이라는 이름의 '모호함' 또는 '알 수 없음'에 닿아 있기 때문이다. 무엇에 대하여 단정하는 것은, 그 '무엇'이 무엇이든 간에 하늘을 모난 그릇에 담으려는 것처럼 무모한 짓이다. 네가 그것은 이렇다 또는 저렇다고 단언할 수 있는 대상은 세상에 없다. 아무것도 없다."

"저렇게 매미들이 울고 있는데 '매미가 운다'고 말해서는 안 된단 말인가?"

"네가 매미냐? 매미도 아니면서 울고 있는 건지 웃고 있는 건지 노래하고 있는 건지 그걸 네가 어찌 안단 말이냐?"

"……."

"매미가 운다고 생각한 네 생각이 진실과 일치한다고 무엇으로 어떻게 증명할 수 있느냐?"

"방금 모기가 내 무릎을 물어서 부풀어올랐다. 이것도 '모기가 물어서 부풀어올랐다'고 단언해서는 안 되는 건가?"

"네 무릎 살이 부풀어오른 것은 모기가 물었기 때문만이 아니다. 네가 아직 죽지 않고 살아있기 때문이기도 하다. 그밖에도 헤아릴 수 없이 많은 '이유'와 '원인'들이 있다. 모기장을 치지 않았기 때문이기도 하고 바지를 입지 않았기 때문이기도 하고 지금이 한겨울이 아닌 때문이기도 하다. 그 모든 이유들을 무시하고 그것들 가운데 한 가지 이유만 들어 '그것 때문'이라고 말하는 것은 그 자체로서 이미 당위성을 잃은 처사 아닌가?"

"할 말이 없군."

"그래서, 말하는 자는 모르는 자요 아는 자는 말하지 않는다(言者不知, 知者不言) 하였다."

"아는 자 말하지 않는다고 말하는 것도 마찬가지로 터무니없는 짓 아닌가?"

"······."

"······."

오늘 하루만이라도, 단정지어 말하는 낡고 고약한 버릇에서 해방될 수 있기를 기대해 본다. 순간순간 내 생각과 내 말에 대하여 깨어 있지 않고서는 불가능한 일이겠지만, 그럴 수 있기를 바라는 것까지 불가능한 일은 아니렷다!

단정지어 말하지 않는 것은 관두고, 엉뚱한 추측으로 애먼 사람 잡는 일만이라도 하지 않게 되기를. 혹시 누가 내게 그러더라도 그 터무니없는 말에 너무 오래 휘둘리지 않게 되기를.

≫ 8월 4일   뿌 리 가   깊 게   숨 을 수 록   나 무 는   건 강 하 게   꽃 도   피 우 고   열 매 도   맺 는 다

여러 교단 대표들이 한 방에 모여 있었다. 수십 명은 되어 보였는데 여자들이 더 많았다. 아는 얼굴도 있지만 모르는 이들이 더 많았다. 나는 그들과 같은 자격이 아니고 일종의 옵서버였다. 각 교단의 본부 주소록을 만드느라고 열심히 옮겨 베끼던 일이 자세하게 기억난다.

감리교단의 여성을 대표하는 늙수그레한 장로가 자기 주소는 적을 것 없다고 한다. 며칠 뒤에 옮길 것이기 때문이란다. 어디로 옮기느냐고 누가 묻자, 처음 듣는 이름의 작은 교단 대표를 가리키며 저분과 함께 남아시아 오지로 간다고 했다. 그러면서 말하기를, "그동안 우리가 있는 줄도 몰랐던 교단의 저 분이 알고 보니까 한평생 세상의 이목이 외면한 그늘에 숨어 그리스도의 복음을 실천하고 있었다"고 한다. 복음을 전파한다고 하지 않고 실천한다고 말한 것이, 꿈이었지만, 내 귀를 건드렸다. 다음 일은 잘 기억나지 않는다.

밥을 먹는데 비벼서 먹다가 너무 많아 빈 그릇을 하나 달라고 했다. 거기에 담아 집으로 가져가서 마저 먹을 생각이었다. 그리고 다음부터는 각자 자기가 먹을 만큼만 떠서 먹는 뷔페 식으로 밥을 먹자고 말했다. 일방적으로 밥을 떠주니 나처럼 양이 적은 사람은 남길 수밖에 없지 않겠느냐고도 했다. 누군가, 남긴 음식은 사람이 먹든 짐승이 먹든 먹을 테니까 안심하고 남기라고 했다. 내가, 사람이든 짐승이든 누가 먹다 남긴 음식을 먹는 것은 기분 좋은 일이 아니라고 대꾸했던 것 같다.

그렇게 식사가 끝나고 돌아가면서 한마디씩 말을 하거나 노래를 불렀다. 나는 옵서버 자격이었으므로 거기에 동참하지 않아도 되었다.

두 남자가 오페라 아리아를 불렀다. 아름다운 화음이었다. 처음에는 방 밖에서 듣다가, 누가 저렇게 노래를 잘 부르는가 싶어서 문을 열고 들어가니 한 사람은 송호일 군이다. 그와 짝을 이루어 노래하는 사람은 모르는 얼굴인데 성악가라고 했다. 노래를 마치자 내가 송 군에게 "언제 그렇게 오페라 공부를 했느냐?"고 물었다. 아무 대답 없이 그냥 씩 웃었던 것 같다.

선한 일이든 악한 일이든, 세상의 이목이 쏠리는 가운데 벌어지는 경우는 지극히 드물다. 대부분이 그 반대로, 아무도 모르는 그늘에서 은밀하게 일어나고 있다. 그러니 어쩌다가 노출된 선행 또는 악행에 대하여 너무 크게 좋아하거나 낙담하는 것은 적절치 못한 행동이라 하겠다. 그것은 한 개인의 인생에 있어서도 마찬가지다. 그의 일생에서 세상에 드러난 부분은 드러나지 않은 부분에 견주어 빙산의 한 모서리에 지나지 않는다. 나머지 대부분은 보이지 않는 그늘에 묻혀 있게 마련이다. 바로 그 묻혀 있는 부분이 드러난 부분을 결정짓는다.

악행은 누가 시키지 않아도, 가르쳐주지 않아도, 숨어서들 한다. 그래서 악행에 실패하는 경우는 거의 없다. 사람들이 선행에 손을 대었다가 제대로 결실을 거두지 못하는 이유는 처음부터 그것을 세상에 노출시켰기 때문이다. 어떤 씨앗도 햇볕에 노출된 상태로는 싹을 틔우지 못한다. 뿌리가 어둠 속에 깊이 숨을수록 나무는 건강하게 자라서 꽃도 피우고 열매도 맺는 법이다.

10년 전, '예수살기' 모임이 깨어진 것은 집을 마련하고 간판부터 만들어 달았기 때문이다. 그 어리석음을 되풀이할 수는 없는 일이다. 숨어야 한다. 끝까지 숨을 수는 없겠지만 아무튼 먼저는 숨어야 한다. 드러나는 일은 내가 도모할 일이 아니다. 절대 아니다!

진인사盡人事하였으면 그만이다. 구차스럽게 천명天命을 기다릴 건 무엇인가?

≫ 8월 8일 생일이 좋은 날이면 장삿날도 그만큼은 좋은 날이다

새벽에 잠을 깨었는데 꿈에 대한 기억이 하나도 떠오르지 않았다. 어젯밤 TV로 늦게까지 영화를 보았더니 그 때문일까? 이런저런 생

206

각 하다가 다시 잠깐 잠들었던 모양이다.

넓은 홀에 사람들을 앉혀놓고 설교인지 강연인지를 하는데 이런 말을 했다. "결혼이 중대한 인생사라면 이혼도 그만큼 중대한 인생사다. 기쁘게 결정한 일도 소중하지만 슬프게 결정한 일도 소중하다. 그러므로 결혼하는 두 사람을 축하하고 격려해 주는 것만큼 이혼하는 두 사람도 축하하고 격려해 주어야 한다. 어쩌면 결혼보다 더 많은 관심과 격려를 보내주어야 하는지도 모른다. 결혼보다 더 힘들게 결정을 내려야 하는 것이 이혼이라면 마땅히 그래야 한다."

이렇게 얘기하는데 청중 가운데 여럿이 손을 번쩍 들고 박수를 쳤다. "지금 손 든 사람들 결혼할 사람들이냐, 이혼할 사람들이냐?" 하고 물었더니 "와—" 하고 웃었다. 내가 말을 계속했다. "결혼식은 청첩장을 돌리고 많은 사람들 앞에서 공개적으로 하는데 아직까지 이혼식을 그렇게 올렸다는 말은 들어보지 못했다. 결혼은 좋은 것이고 그래서 자랑스럽고 이혼은 나쁜 것이고 그래서 감추어야 한다는 생각에 우리 모두 갇혀 있기 때문이다. 그런데 그 생각이야말로 생일은 좋은 날이고 그래서 축하해 주어야 하고 장삿날은 나쁜 날이고 그래서 꺼려야 한다는 생각만큼이나 터무니없는 편견이다. 결혼이 두 사람에게 제공하는 기쁨이나 희망이 소중하다면 이혼이 가져다주는 슬픔이나 절망도 그만큼 소중한 것이다. 어쩌면 기쁨보다 슬픔이, 희망보다 절망이 사람을 성숙시키는 데는 더욱 기름진 거름일 수도 있다. 그래서 기뻐하기보다 슬퍼하기가, 희망하기보다 절망하기가 더 힘든 것인지 모른다. 그렇다면 결혼하는 부부보다 더는 아니라도 똑같이는 이혼하는 부부를 축하하고 격려해 주어야 하지 않겠는가? 나는 사람들에게 이혼을 부추길 마음은 조금도 없다. 그러나 이왕에 힘들고 아픈 과정을 거쳐 결정한 이혼이라면 진심으로 축하해 주고 싶다. 누가 내게 이혼식을 올려야겠는데 주례를 해달라고 부탁해 오면 기꺼이 들어줄 생각이다."

여기까지 말하다가, 내 말에 스스로 감정이 격하여 꿈에서 깨어났다. 콩트처럼 짤막한 꿈이었다. 그러나 그 여운은 뜻밖에 길었다. 많은 생각과 언어들이 머리를 스치며 지나갔지만, 요약하면, 다른 사람들한테까지 그렇게 하라고 말할 수는 없겠으나 적어도 나 자신에게는, 일어나는 모든 일을, 그것이 좋은 일이건 나쁜 일이건 간에, 기꺼이 받아들여야겠다는 생각과 다짐이었다. 아직 이 사회에서 이혼한 사람이나 교통 사고를 당해 누워 있는 사람을 찾아가 축하한다고 박수를 쳐줄 수는 없는 일일 것이다. 그러나 적어도 나 자신에게는 혹시 죽을병이 들거나 터무니없는 중상모략으로 사람들의 손가락질을 받게 되었을 때, 부인의 무덤 앞에서 춤을 추었다는 장주莊周처럼, 참 좋은 일이 일어났으니 기꺼이 받아들이라고 격려의 박수를 쳐줄 수는 있는 일이다. 과연 내가 그럴는지는 알 수도 없고 기대할 수도 없으나, 그럴 수만 있다면, 아니, 그렇게만 된다면, 그것이야말로 어느새 생사의 경계를 뛰어넘었다는 증거이니 세상에서 무엇을 더 바랄 것인가?

끊임없는 연습 또 연습이 있을 따름이다. 선생께서 내게 감당할 만한 과제를 그때그때 주실 것이다. 정신 차려 어떤 일도 무시하여 지나치지 말고 소중히 받아들여 거름으로 삼아야겠다. 자애로우신 아버지께서는 내게 유익하고 좋은 것 아니면 주시지 않겠다고 하셨다. 천사말고는 아무도 보내지 않겠다고 하셨다. 터무니없는 편견에 더 이상 속아 넘어가지 말아야겠다. 생일이 좋은 날이면 장삿날도 그만큼, 어쩌면 그보다 더욱, 좋은 날이다. 건강한 몸이 소중한 만큼 병든 몸도 소중한 것이다.

≫ 8월 11일 내 생각을 두 번 이상 말하지 않겠다

규모가 큰 기와집들이 줄을 이어 늘어서서 마치 거대한 성벽처럼 되어 있었다. 뒤쪽으로는 검은 숲이었고 앞쪽으로는 서울 시내였다. 집에는 집을 지은 사람의 손자들이 살았다. 말하자면 옛날 행세하던 이들의 3세가 주인 노릇을 하고 있었던 것이다. 사람은 한 사람도 보지 못했고, 벌어지는 사건만 알았다.(어떻게 알았는지는 모른다.) 사건의 대강을 말하면 이렇다.

요즘 들어 기와집 울타리가 허술해져서 사람들이 함부로 집 안에 들어와 기웃거리고 제멋대로 놀다 가는 일이 있어서 돌담을 높이 쌓기로 했는데 인부들이 공모를 꾸며 안채 툇마루마다 벽돌들을 뽑아서 그것으로 담을 쌓았다. 툇마루마다 벽돌들을 뽑아내어 마치 늙은이 이빨처럼 되어 있었다.(그러니까 간단히 말하면 주춧돌을 허물어 담벼락을 쌓은 셈이다.) 집 주인들이 뒤늦게 알고 인부들을 추궁하려 했지만 모두 가버려서 추궁할 상대가 없어져버렸다. 오히려 집 안에서 안주인들의 불만이 터져나왔다. 편리한 아파트 생활을 마다하고 왜 이따위 낡은 집을 지키느라고 서울시에 일년에 수천만 원씩 세를 내면서 이 고생인지 모르겠다는 것이었다. 사람 얼굴은 보이지 않고 그들의 분노와 불평만이 어지러웠다.

쌓다가 중단한 제방에 들어섰다가 아슬아슬한 경계에서 더 나아가지 못하고 돌아섰다. 앞으로 갔다가는 아직 완성되지 않은 제방과 함께 무너지고 말 것 같았다. 돌아서서 언덕을 내려오자 곧장 버스 정거장이 나타났다. 거기가 바로 내가 찾던 곳이었다. 정거장 칸막이 안에 들어가 버스를 기다리자니 윤희가 나타났다. 20대 젊은 모습인데 나를 몰라보는 눈치였다. 술에 잔뜩 취한 상태였다. 남편은 어디 있느냐고 묻고 싶었지만 모른척하기로 했다. 윤희가 내게 접근하더니 잘생긴 아저씨라면서 아랫도리를 만지려 했다. 피하지는 않았지만, 마음으로 손길을 막자 웃으면서 알았다고, 한번 시늉해 본 것일 뿐이라고 한다. 그러다가 갑자기 "목사님! 나 어떡해?" 하며 품에 안겨 울기 시작했다. "담배 하나 끊기가 이렇게도 어려운 일인 줄 몰랐어요." 내가 땀에 젖은 등을 쓸어주면서 말했다. "그렇게 힘들거든 계속 피우렴." 이 말을 들으면서 깨어났다.

무너지는 것은 무너지게 두든지 무너지지 않게 하든지 둘 중에 하나다. 무너지지 않게 할 수 있으면 하고 아무리 해도 그럴 만한 능력이나 상황이 되지 않을 때에는 그냥 무너지게 두고 돌아서는 게 상책이다. 이쪽이든 저쪽이든 피해야 할 것은 다만 억지를 부리는 일이다. 문제는 어디까지가 '억지 아님'이고 어디부터가 '억지'인지를 분별하는 게 쉽지 않다는 점이다.

혹시 자연스러움과 억지 부림이 어떻게 다른지 그것 하나 배우려고, 이 고통의 바다에서 허우적거리는 게 인생 아닐까? 내 생각과 의견을 아예 없애고 살 수는 없다. 거기까지는 아직 못 갔다. 그러나 내 생각과 의견을 두 번 이상 말하지는 않겠다. 거기까지는 할 수 있을 것 같다. 옛 버릇이 발동하지 못하도록 순간순간 깨어 있기만 하면 어려운 일도 아니다. 내 생각과 의견을 달래어, 나왔던 곳으로 돌아가든지 안개처럼 사라지라고 하면 대강 그대로 하는데, 그 빈자리에 아쉬움 대신 뭐라고 말하기 어려운 기쁨과 흐뭇함이 남아 있다.

"그렇게 힘들거든 계속 피우렴."

이렇게 말하고 꿈에서 깨어난 내게 윤희가 물었다.

"계속 피우면 죽는대요."

내가 차갑지는 않지만, 담담하게 말했다.

"그러면 죽어라."

"아직 죽기는 싫어요."

"그러면 담배를 끊어."

"그게 안 돼요."

"그러면 계속 피우렴."

윤희가 춤추듯이 사라지면서 웃으면서(비웃음은 아니었다) 속삭인다.

"제가 무슨! 하느님처럼 대답하네?"

» 8월 12일　나를 위한 나에 의한 나의 길

민주노동당은 아니고 앞에 다른 이름이 붙은 무슨무슨 노동당 임원을 선출하는데 최은숙 선생이 나를 임원으로 추천하는 연설을 했다. 나는 뒷자리에 앉아 연설을 들었다. 연설의 내용은 크게 두 가지였다. 첫째, 이현주는 독특한 존재다. 그 누구도 이현주처럼 살 수 없을 것이다. 둘째, 이현주는 오직 인민을 위한 인민에 의한 인민의 삶을 살아왔고 지금도 그렇게 살고 있으며 앞으로도 그렇게 살 것이다.

나는 연설을 들으며, 연설 뒤에 내가 해야 할 수락(?) 연설 내용을 구상했다. 최은숙의 연설에서 첫 번째 내용은 그대로 인정할 것이다. 이 아무개는 참으로 독특한 존재다. 아무도 이 아무개처럼 살 수 없다. 이 아무개처럼 사는 건 세상천지에 이 아무개밖에 없다. 과거에도 없었고 지금도 없으며 앞으로도 없을 것이다. 그런데 그것은 이 아무개만 그런 게 아니고 최은숙은 물론이요 여기 있는 사람들뿐만 아니라 땅을 밟고 사는 사람들 모두가 그렇다. 인간이란 저마다 세상에 그런 물건은 하나밖에 없는 희귀종 가운데 희귀종이다. 희소 가치로 보면, 인간으로 생겨난 모든 존재가 값이 똑같은 등가等價 존재다. 더 귀하고 덜 귀한 인간이 없는 것이다.

최은숙의 연설에서 두 번째 내용도 인정은 하되 '인민'이라는 단어를 '나'라는 단어로 고쳐서 받아들이겠다. 이 아무개는 여태껏 '나'를 위한 나에 의한 나의 삶을 살아왔고 지금도 그러고 있으며 아마 앞으로도 그럴 것이다. 이 아무개는 저밖에 모르는 인간이다. 그의 관심은 '남'보다 '나'에 늘 쏠려 있었고 아마 앞으로도 그럴 것이다. 이렇게 한참 머리를 굴리다가, 최은숙의 연설이 끝나기도 전에 잠에서 깨어났으므로 수락이든 거절이든 아무튼 내 연설을 할 기회가 사라져버렸다.

최은숙 선생이 노동당원이었던가? 그럴 것 같지는 않고 또 나에 대하여 그런 내용의 연설을 할 리도 없지만, 현실에서라도 누가 나에 대하여 그런 말을 한다면 꿈에 구상했던 대로 대답할 것이다.

내게 인민이나 교회나 사회에 대한 관심이 없었다고는 말할 수 없을 것이다. 사실 그런 데 대한 관심이 없다면 살아갈 수 없는 게 세상 아닌가? 그러나 그런 것들은 내 관심의 중심 내용이 아니었다. 오히려 그런 것들에 관심할 때에도 내 중심의 눈길은 그런 것들에 관심하고 있는 '나'를 바라보았다. '나'를 버리고 또는 망각하고 오로지 '남'에 몰두해 본 적이 없었던 것 같다. 내가 얼마나 지독한 이기주의자인지 깜짝깜짝 놀랄 때도 있었지만 내 능력으로는 그 벽을 무너뜨리거나 뛰어넘을 수 없었다. 30년 넘도록 함께 살아온 아내가 누구보다도 나를 잘 알기에 "당신은 저밖에 모르는 사람"이라고 자주 말했는데 처음에는 그 말이 인격 모독으로 들릴 만큼 싫더니 언제부턴가 '정말'로 들리기 시작했다. 이제는 한 걸음 더 나아가, "그렇다"고 시인하는 데서 그치지 않고 "그것이야말로 하늘이 내게 주신 은총이었다"고 뻔뻔스럽게 말한다. 여태껏 그래 왔고 지금도 그렇듯이 앞으로도 아마 내 관심은 '나'를 중심에 두고 그 언저리에 머물러 있을 것이다.

훌륭하신 그대여. 그대는 계속해서 세계 평화를 위하여, 조국 발전을 위하여, 종교 개혁을 위하여 그리고 다른 무슨 정의로운 일을 위하여 그대 몸을 희생하시라. 그대를 진심으로 존경하겠다. 그러나 나는 여태껏 걸어온 길, 나를 위한 나에 의한 나의 길을 걸어가리라. 여전히 그 '나'가 누군지 또는 무엇인지 모르는 상태지만……

≫ 8월 13일   과잉 섭취는 건강을 해친다

간밤 꿈에는 내가 애인을 둔 처녀였던 것 같다. 그렇다고 해서, 여자 그것도 처녀였기 때문에 사건이 달라지거나 한 것은 아니다. 몸은 울타리 안에 있지만 눈은 울타리 밖에 있는 것처럼, 내가 한 구석을 차지하고 있는 어떤 장면을 구경만 한 셈이다.

나는 사업가 청년을 사귀는 중이었다. 그는 식당(?)을 경영했는데 부지런하고 성실해서 주변의 인정을 받고 있었다. 그가 사업을 하는 유일한 목적은 수익금으로 어렵게 사는 이들을 돕는 데 있었다. 소년 소녀 가장이나 독거 노인들을 돕기 위해 사업을 한다고 해도 틀린 말이 아니었다. 그런데 어찌된 영문인지, 사업은 잘되는데 어려운 이들을 도와줄 돈이 남지 않았다. 계산으로는 남아야 하는데 실제로는 한 푼도 여유가 없었다.

그러고 있다가 웬 사람을 만났다. 내과 의사라고 했다. 그가 애인에게 말했다. "당신 간과 폐에 곰팡이가 잔뜩 피었소. 그 곰팡이들이 사업으로 번 돈을 모두 삼키고 있어요." 그 말에 애인은 두말없이 "그렇다면 입원해서 곰팡이부터 없앤 다음 사업을 다시 하겠습니다" 하였다. 나도 기꺼이 동의했다. 도대체 뱃속의 곰팡이가 어떻게 수익금을 집어삼키는지 설명할 방법이 없지만, 꿈에는 그것이 너무나도 당연하여 아무도 이상하게 여기지 않았다.

그러나 깨어나서 생각해 보니 생판 엉뚱한 얘기도 아니다. 속에 곰팡이가 피었다는 것은 속이 병들었다는 말인데 자기 속에 병을 가지고서 어찌 남을 도와줄 수 있겠는가? 그가 진정으로 남을 돕고자 한다면 먼저 속병을 다스려야 할 것이다. 이웃 사랑보다 하느님 사랑이 먼저다. 나는 이 말을, 이웃 사랑보다 자기 사랑이 먼저라는 말로 바꾸어도 된다고, 아니 바꿔야 한다고 생각한다. 그러나 이 말은 나를 제대로 사랑하고 난 뒤에야 남을 사랑할 수 있다는 말이 아니다. 오히려 나를 제대로 사랑하는 것이 곧 남을 제대로 사랑하는 것이라고 말하는 게 진실에 가깝다. 다만, 이 순서를 바꿔서는 안 된다. 그것은 나무를 뽑아 가지를 땅에 묻고 뿌리를 노출시키는 것과 같다. 제대로 될 까닭이 없다.

다른 꿈 한 토막이 기억난다. 얼굴과 몸집은 처음 보는 사람인데 주변에서 그를 박홍규 목사라고 불렀다. 키가 크고 몸집도 우람했다. 그 또한 무슨 병이 들었는지 숨쉬기가 답답하고 식욕이 없어 음식을 먹지 못하고 몸이 자꾸만 무거워졌다. 여럿이 함께 어디론가 갔는데 박홍규 목사가 일행을 이끌었다. 어디서 어떻게 만났는지는 모르겠고, 아무튼 내과 의사를 또 만났다. 그가 박홍규 목사를 진찰하더니 피가 과잉 생산되어 이대로 두면 생명이 위태롭다고 했다. 피를 만들어내는 기관에 정보가 잘못 입력되어 너무 많은 피를 생산하고 있다는 것이었다. 치료 방법을 묻자, 현대 의술로는 치료가 불가능하고 이틀에 한 번씩 피를 뽑아내면 살아가는 데 아무 지장 없을 것이라고 했다. 누군가, 이틀에 한 번 적십자에 가서 헌혈하면 되겠다고 말했다. 살기 위해서 헌혈을 한다? 모두 한바탕 웃었다. 그 다음은 기억나지 않는다.

요즘, 물가는 치솟고 주가는 떨어지고 내수 경기는 몰락하고, 경제가 말이 아니라고 야단들이다. 혹시 그 까닭이 과잉 생산에 있는 건 아닐까? 그렇게 생산한 것들을 "이틀에 한 번씩" 그마저 없는 이들에게 나눠주면 건강한 경제로 돌아갈 수 있지 않을까? 먹고 입고 일하는 데 필요한 만큼의 재물만 두고 나머지를 모두 내어놓는다면 지금 당장이라도 지구 경제는 건강해지고 비만과 영양실조로 죽어가는 불행한 목숨 또한 없어질 것이다. 남 얘기 할 것 없다. 나부터, 내 집안부터, 덜어냄으로써 건강을 회복하는 길을 찾을 일이다.

간밤 꿈에는 선생님께서 두 번이나 얼굴 없는 내과 의사로 나를 찾아주셨다. "고맙습니다. 이왕 오셨으니 진찰에 그치지 마시고 수술까지 해주셔서 제 몸 속 곰팡이를 제거해 주시고 '이틀에 한 번씩' 몸 비우기를 할 수 있도록 도와주십시오, 선생님. 제 능력으로는 제 몸의 피를 스스로 뽑아낼 수가 없습니다."

"잊지 말아라. 너는 내 것이다. 어떻게 어떻게 해달라고 요구할 자격도 없는 몸이다."

"예. 그렇군요. 금방 드린 말씀 모두 거두겠습니다."

"거두어들일 자격은 있느냐?"

"……"

≫ 8월 20일   너를 괴롭히는 자들 모두가 바로 너다

밤새도록(?) 도망 다니는 꿈을 꾸었다. 나를 쫓아다닌 상대방은 처녀, 유부녀, 과부, 친구로 각양각색이었는데 나를 쫓아다닌 이유(목적)는 같았다. 그들 모두 나를 자기 것으로 소유하거나 지배하려고 했다. 나는 그게 싫어서 열심히 도망을 쳤지만 끝내 성공하지 못했다. IDO 경계를 벗어나야만 그들의 추적에서 해방된다는 것은 알고 있었지만, 처음에는 IDO 경계가 무엇인지 몰랐고 중간에 그것을 알았지만 꿈에서 깨어날 때까지는 벗어날 수 없었다. IDO는 'In Dreams of'의 약자였다. 그러니까 "…에 대한 꿈속"에서 벗어나기 전에는 나를 소유·지배하려는 추적자들로부터 해방될 수 없다는 사실을 알면서 계속 도망 다닌 셈이다. 꿈에서 깨어나야 한다는 것은 알았지만 그 방법을 알지 못했다고 할 수 있겠다.

처녀 강옥이는 나를 자기 방에 붙잡아두려고 했다. 나는 이제 밤이

216

되었으니 어머니한테 가야겠다고 했지만 강옥이는 하룻밤 자고 가라고 했다. 그럴 수 없다고, 꼭 가야 한다고 하자 그러면 자기를 한 번 안아주고 가라고 했다. 나는 선생님께 허락을 받아야 한다고 대답했다. 강옥이가 어서 허락을 받으라고 말했다. 허락은 떨어지지 않았다. 강옥이도 별 수 없이 나를 놓아주긴 했지만 내 뒤를 따라오기 시작했다. 좁은 골목에서 갑자기 돌아서며 방향을 틀었더니 강옥이는 가던 길로 계속 걸어갔다. 이제 내가 강옥이 뒤에서 걷게 되었다. 몇 발짝 걷다가 왼쪽 골목으로 들어섰다. 강옥의 모습이 보이지 않았다. 도망칠 기회다. 달음박질을 시도했지만 어찌된 영문인지 발이 맘대로 움직여주지 않았다. 그러고 있는데 저만큼 강옥의 모습이 나타났다.

갑자기, 캐나다 어느 골목의 빌딩이 눈앞에 나타났다. 지상 5층에 지하 30층짜리 아파트 건물이었다. 강옥이 버티고 서 있는 앞에서, 엘리베이터 문이 닫히기 직전에 뛰어들었다. 마침내 강옥을 떨어뜨리는 데 성공했다. 엘리베이터는 지하로 내려갔다. 지하 십 몇 층에서 엘리베이터가 멎었다. 뚱뚱한 백인 여자 둘이 부서진 시멘트 계단을 걸어 내려와 엘리베이터 안으로 들어왔다. 그 뒤로 어찌 되었는지 모르겠다.

유부녀와 과부에게도 한동안 쫓겨다녔는데, 꿈속에서는 그토록 선명하던 사건과 장면이 깨어나면서 망각의 안개 속에 묻혀버렸다. 아무튼 그들한테서 도망 다닐 때 IDO 경계를 벗어나야 한다는 생각을 하게 됐던 것 같다. IDO가 'In Dreams of'의 약자임을 언제부터 알게 되었는지는 모르겠다. 친구 B한테서 도망치려고 비 오는 골목에 엎드려 있을 때에는 그것을 알고 있었지만, 어떻게 해야 IDO 경계를 벗어날 수 있는지는 알 길이 없었다. 친구 B가 뱀처럼 차가운 눈으로 나를 노려보며 가까이 다가왔다. 나는 겁나지 않은 척 딴 짓을 하다가 어찌어찌 그의 눈길을 벗어났다.

도망치고 또 도망치다가 바닷가의 펭귄 떼처럼 언덕 위에 길게 앉아 있는 사람들을 만났다. 나는 안도의 숨을 내쉬었다. 저렇게 많은 군중 속에 묻혀버리면 세상 없는 B도 나를 찾아내지 못하리라는 생각이 들었다. 드디어, 검은 색으로 번들거리는 군중 속에 몸을 숨겼다. 바로 그때 귀에 익은 목소리가 들렸다. "그렇게 도망치더니 고작 여기까지 왔냐?" 눈앞에서 B가 웃으며 손을 내밀었다. 사실은 군중 속에 묻히기 전부터 어쩐지 그럴 것 같은 느낌이었는데 결국 그렇게 되고 말았다. 그의 메마른 손에 내 손을 얹다가 꿈에서 깨어났다. 바로 거기가 IDO 경계였던 것이다.

꿈에서 깨어난다는 것은 꿈에 등장했던 모든 존재들이 바로 나였다는 사실을 깨닫는 것이다. 강옥이도, 강옥이를 피해 달아나던 나도, 이름과 얼굴이 기억나지 않는 과부와 유부녀도, 그리고 뱀처럼 차가운 눈으로 나를 노려보던 어릴 적 친구 B도, 모두가 다른 누구 아닌 나였다. 내가 그들을 만들어 나를 쫓아다니게 했고 내가 나를 만들어 그들을 피해 도망 다니게 만든 것이다. IDO 경계를 벗어날 때 비로소 나는 그 모든 미망迷妄에서 해방된다.

나는 왜 꿈을 꾸는 것일까? 진짜 이유를 확실히 안다고 말할 수는 없지만, 꿈이 내게 끊임없이 무엇인가 가르침을 준다는 것은 사실이다. 그 가르침을 얼마나 실생활에서 내 것으로 몸에 익히느냐는 별 문제다. 간밤 꿈만 해도 내게, 너를 쫓아다니며 네 인생을 고달프게 하는 모든 존재가 '남'들이 아니라 바로 '너' 라고 일깨워주지 않는가?

만나는 모든 사람을, 그가 나를 기쁘게 하든 슬프게 하든, 내게 안식을 주든 고달픔을 주든, 내게 유익을 안겨주든 손해를 끼치든, 하나같이 '나'로 대할 수 있을 때 바로 그때가 마침내 IDO 경계를 벗어나는 때일 것이다. 그 '때'가 내게 다가오고 있다는 희망으로 오늘도 열심히 도망(?)을 쳐야겠다. B에게서 도망하여, 도피로의 끝에서 B를 만나 그 손에 내 손을 얹게 되기까지.

≫ 8월 26일   내게는 할 수 있는 일도 없고 해야 할 일도 없다

어제 아내와 얘기하다가, 선생님께서는 내게 좋은 것은 얼른 남에게 주고 나쁜 것은 얼른 너 가지라고 하셨지만, 그렇게 되기를 나도 바라지만, 그러려고 노력하지는 않겠다고, 저절로 그렇게 되기를 기다리겠다고 했더니 당신은 도대체 어디까지 가 있는 거냐고, 나는 늘 까마득하기만 하다고 해서, 그래도 당신은 바라보고 나아갈 대상이 있으니 행복하지 않느냐고, 잔뜩 시건방을 떨었다. 그러면서도 그것이 건방을 부리는 것인 줄 몰랐다. 그래서였을 게다. 간밤 꿈에 선생님은 나를 영락없이 바닥에다가 내던지셨다. 과연, 빈틈이 없으시다!

누군지는 기억나지 않는데, 새까만(?) 후배와 언쟁이 벌어졌다. 언쟁이 대개 그러하듯이 처음에는 호의를 입에 잔뜩 물고 시작되었다. 후배가 나 아닌 다른 어떤 사람들과 다투고 있는 자리에 말하자면 조정을 한답시고 끼여들어서는 후배를 옆방으로 끌다시피 하여 데리고 갔다. 누구도 내게 부탁한 바 없는 일을 하겠다고 스스로 나선 것부터 잘못이었다.

첫 단추를 잘못 끼웠으니 뒷일이 잘될 리 없건만, 처음에는 물론 단추를 잘못 끼웠다는 사실을 몰랐다. 거 뭐 별일도 아닌 걸 가지고 다투느냐고, 참으라고, 다정하게(?) 등을 두드리자 후배가 말했다.

"형님한테는 별일 아니겠지만 난 그렇지 않아요. 그리고 형님은 공평치 못하게 왜 나만 잡고 이러십니까?"

"내가 자네를 어떻게 했단 말인가?"

"그 사람들 앞에서 나를 가리켜 거짓말한다고 하지 않았어요?"

"내가 언제 자네를 가리켜 거짓말한다고 했나?"

"자네는 그런 말 할 사람이 아닌데 왜 그런 말을 했느냐고 하지 않았습니까?"

"그 말이 어째서 거짓말했다고 한 것인가?"

"그 말이 그 말 아닙니까?"

"그 말이 어째서 그 말인가? 거짓말이란 상대를 속이겠다는 의지를 품고서 하는 말이야!"

"자기도 모르게 하는 거짓말도 있잖아요?"

"사람은 누구나 남의 말을 듣고 싶은 대로 듣는 법일세. 자네가 지금 그러고 있어."

"형님은 예외입니까?"

"물론 나도 그렇지."

여기까지는 대강 기억나는데 그 뒤로 무슨 말을 주고받았는지 모르겠다. 아무튼 서로 감정이 격해져서 높은 목소리로 몇 마디 주고받았고, 마침내 내 입에서 다음과 같은 말이 폭포수처럼 쏟아져 나왔다.(어느 사이에 그는 한쪽 발을 다른 쪽 무릎에 얹은 자세로 바닥에 누워 있었고 나는 그를 내려다보며 서 있었다. 그의 곁에는 검은 옷을 입은 남자가 나란히 누워 있었는데 나와 후배 사이에 오가는 수작을 관망하는 자세였다.)

"세상에는 말이 통하지 않는 놈이 있는데 네가 바로 그놈이다!"

내 입에서 격한 말과 함께 허연 침방울이 후배 몸 위로 빗발처럼 떨어지는 게 보였다. 그러자 그가 자리에서 벌떡 일어나 앉으며 벼락같이 소리를 질렀다.

"너도 바로 그 놈이다, 이 자식아!"

나는 그의 난폭한 말에 밀려 벽을 뚫고 밖으로 튕겨져 나왔다. 그와 동시에 잠에서 깨어났다.

자기 주제를 모르고, 아무리 허물없는 아내 앞에서라지만, 건방지게 굴다가 보기 좋게 업어치기 한판으로 바닥에 동댕이쳐졌다. 깨고 나니 처음에는 어리둥절했지만 차츰 정신이 돌아온다. 아직 멀었다. 단 한 발짝도 나아가지 못했다. 이 엄연한 사실을 순간마다 기억해야 한다. 그렇다. 꿈에서 내가 내게 말했듯이, "너도 바로 그 놈이다!"

고맙습니다, 선생님. 저로 하여금 늘 삼가서 정신 차리도록 도와주십시오.

"이렇게 돕고 있지 않느냐?"

"제가 일을 저지르고 난 뒤에 도와주시지 말고 일을 저지르기 전이나 저지르고 있을 때에 도와주실 수 없으십니까?"

"그 때를 정하는 것은 내가 아니라 너다. 때맞추어 이르지도 않고 늦지도 않게 너를 돕는 것은 내 일이다."

"......"

"모든 일이 예정대로 빈틈없이 진행되고 있다. 안심하여라."

그렇다. 모든 일이 예정대로 차질 없이 이루어지고 있다. 하늘 그물은 성기어서 모두 빠져나가는 것 같지만 하나도 잃지 않는다 했지.

그 말을 믿자. 내 머리카락이 몇 올인지도 알고 계신다는 아버지 아
니신가? 우리 선생님은 그분을 믿는 믿음으로 매순간을 살아가신 분
이다. 그리고 그분은 "나를 따르라"고, "내게서 배우라"고 하셨다. 그
분의 제자로 뽑혀진 이 행복을 놓칠 수는 없는 일이다.

　지금 나는 내가 할 수 있는 일도 없고 해야 할 일도 없으며 하는 일
도 없음을 안다. 그러나 아직 머리로 겨우 알 뿐이다. 이 지식이 머리
에서 가슴으로 가슴에서 손발로, 암세포 전이되듯이 퍼져나가 온몸
을 점령하게 되기를, 숨죽여 기다린다.

9월의 꿈

≫ 9 월 4 일 다 만 없 음 으 로 돌 아 갈 따 름 이 다

　이틀째 승부를 내는 꿈이다. 서대문구와 마포구 사이에 이를테면 경계 분쟁이 생겼다. 아이들이 모여 동네 축구를 할 만한 공터가 있는데 그것이 서대문구에 속한 것이냐 마포구에 속한 것이냐를 두고 오랜 다툼이 있어왔던 것이다. 나는 승동교회乘同敎會라는 예배당에서 문제의 공터까지 오래된 골목길을 통해 걸어보았다. 승동교회는 역사가 백 년도 더 된 교회인데 옛 건물은 무너져서 형체를 알아볼 수 없고 그 곁에 새 예배당을 붉은 벽돌로 신축했다. 공터로 올라가는 골목길은 승동교회 낡은 예배당 입구에서 시작되었다. 금방 말했듯이, 낡은 건물은 보이지 않았고 예배당으로 들어가는 돌계단과 계단 양쪽에 설치된 나무 난간만이 남아 있었다. 나무 난간은 재질이 뽕나무라고 했는데 비바람에 삭아서 백골처럼 하얗게 눈이 부셨다. 거기서 어두컴컴한 골목을 따라 한동안 올라가면 문제의 공터가 있었다.

마침내 서대문구와 마포구가 오랜 분쟁에 마침표를 찍게 되었다. 주민 대표들이 무엇인가로 승부를 낸 것이다.(아슬아슬하면서 재미도 있는 게임이었는데 아무리 생각해 봐도 기억나지 않는다.) 어쨌든 나는 그 게임을 시종일관 흥미롭게 지켜보았다. 결국 게임은 끝이 났고 공터는 한쪽의 소유로 되어 '무슨무슨 공터'라는 간판을 달게 되었다. 이긴 쪽이 서대문인지 마포인지는 모르겠다.

이긴 쪽과 진 쪽을 가려내는 게임은 언제고 끝나게 마련이다. 게임이 끝나면 이긴 쪽만 남고 진 쪽은 사라진다. 예컨대, 서대문이 이겼다면 그동안 '서대문 공터'로 불리던 물건은 살아남고 '마포 공터'로 불리던 물건은 사라져 없는 것이다. 반대로 마포가 이기면 '마포 공터'는 살고 '서대문 공터'는 죽는다. 이긴 쪽은 존재하고 진 쪽은 부재한다. 존재를 존재하게 하는 것은 부재다. 마포가(또는 서대문이) 부재함으로써 서대문을(또는 마포를) 존재케 하는 것이다.

엊그제 꿈에서는 거짓으로 굴복한 마음의 불안과 진정으로 굴복한 마음의 평안을 맛보았는데 간밤 꿈에는 승부 자체를 위에서 한눈으로 내려다본 것 같다. 승勝은 부負가 있어서 승이요 부 또한 승이 있어서 부다. 마포(서대문)가 져서 서대문(마포)이 이긴 것이다. 물론 서대문(마포)이 이겨서 마포(서대문)가 진 것이기도 하다. 그러나 눈에 보이는 것은 부가 아니라 승이다. 존재하는 것은 이긴 쪽이다. 진 쪽은 존재하지 않는다. 서대문(마포) 공터가 있으면 마포(서대문) 공터는 없는 것이다.

어제 엄정 집 수리 현장에 갔다가 긴장감 속에서 많은 것을 배웠다. "온전하신 하느님처럼 온전한 사람이 되라"는 선생님의 가르침이 무슨 뜻인지, "한울님의 눈으로 세상을 보라"는 수운水雲 선생의 말씀이 무엇을 어떻게 하라는 말씀인지, "성인聖人은 무상심無常心이니 이백 성심以百姓心으로 위심爲心이라"는 노자의 말씀이 무슨 뜻인지, 조금 아주 조금 들여다보았다. 그러나 본 만큼보다 훨씬 많이, 아주 많이 그것이 내 힘만으로는 도저히 이룰 수 없는 일임을 절감했다. 짬만 있으면 모가지를 내밀고 공부를 훼방하는 내 에고도 보았다.

하느님처럼 온전하라는 말씀이나 한울님 눈으로 만사를 보라는 말씀이나 결국은 철저한 무아로, 철저한 부재로, 공空으로, 무상심으로, 무명無名·무공無功·무기無己로, 없음으로, 존재하라는 말씀이다. 다석多夕의 말을 빌려 "없이 계시는 하느님"은 당신의 '없음'으로 만물의 '있음'을 있게 하신다. 하늘은 있는가? 없다. 없음으로 있는 게 하늘이다. 그래서, 바로 그 하늘 때문에, 만물이 있음으로 있는 것이다.

'나'는 죽고 그래서 죽은 나로 말미암아 모든 너가 산다면 바로 그 '나'가 하늘이다. 한울님 눈으로 세상을 보라는 말씀은 공평무사하게 보라는 말씀이 아니라(공평무사는 관념이지 실제가 아니다) 모든 견해를 지우고 판단 없이, 거울이 만상을 비추듯이, 그렇게 보라는 말씀일 것이다.

'하느님의 뜻'이 '사람의 뜻'에 마주 대對하여 따로 있는 무엇일까? 여태껏 나는 그렇게 생각해 왔다. 그러나 이제 그 생각이 바뀌는 것을 느낀다. 이것이 바로 하느님의 뜻이라고 말할 수 있는 사람이 누군가? 있다면 자기 착각에 빠져 있는 정신병자일 것이다. 그러나 또한 누가 감히 하느님의 뜻이 없다고 말할 것인가?

예수님이 "내 뜻대로 마시고 아버지 뜻대로 하소서"라고 기도 드린 뒤에 무슨 일이 벌어졌는가? 아버지는 아무 데도 보이지 않고, 하늘은 차라리 눈을 감아버렸고(9시에서 12시까지 태양마저 빛을 잃었다—

〈루가〉 23 : 44), 이루어진 것은 오히려 예수님을 둘러싼 사람들의 뜻이었다. 빌라로는 예수를 내주어 권좌를 유지했고, 제사장은 골치 아픈 가짜 메시아를 제거했고, 로마 병사들은 죄수를 처형하여 봉급을 탔고, 그것으로 식구들을 먹여 살렸고, 제자들은 스승을 버리고 도망쳐 목숨을 구했고, 여인들은 예수를 뒤따르며 슬퍼했는데, 누가 시켜서 그런 것이 아니라 스스로 그렇게 했다. 모두들 저마다 자기 뜻을 살렸다. 오직 예수만이 아·무·일·도·하·지·않·았·다! 철저하게 당하기만 했다. 끌려가니 끌려갔고 때리니 맞았고 옷을 벗기니 벗겼고 십자가에 못 박으니 못 박혔고 마침내 죽이니 죽었다. 그렇게 함으로써 빌라도 앞에서는 빌라도를 살렸고, 제사장 앞에서는 제사장을 살렸고, 병사 앞에서는 병사를 살렸고, 여인들 앞에서는 여인들을 살리셨다. 스스로 죽어 만인을 살리셨다. 그런데 그 일을 누가 강제로 시켜서가 아니라(구레네 시몬처럼) 당신 스스로 그렇게 하셨다. 과연 하느님의 아들답지 않은가!

관자재보살이 오온개공五蘊皆空임을 조견照見하였다고 했는데 그 말은 다른 무엇보다 먼저 자기 자신이 아무것도 아님을, 없음으로 있는 공空임을, 깨달았다는(이루었다는) 뜻이리라. 스스로 없어져서 모든 것을 있게 하는 자에게 어떤 괴로움이 붙어 있겠는가? 그래서 도일체고액度一切苦厄인 것이다.

백골처럼 희게 빛나던 낡은 나무 난간이 눈에 선하다.

나는 아직 멀었다. 없어지려면 아직 멀었다. 그래서 이런 글을 시방 눈이 아프도록 적고 있는 것이다. 그러나 여기가 내 현주소다. 세상에 대하여 나를 감추거나 속이고 싶지 않다. 아직 그럴 만큼 익지 못했다. 언제까지일는지 알 수 없지만, 미처 다 죽지 못해 괴로운 모습을 세상에 보여주어야 한다. 내게는 아직 임무라는 게 남아 있다.

진짜 침묵에 들어갈 그날까지 가짜 침묵을 더욱 정성껏 연습해야
한다. 없는 견해로 세상을 보는 연습에 더욱 정진해야 한다.

자왈子曰, 여욕무언予欲無言이라, 나는 말을 하지 않겠다고 했지. 자
공子貢이 왈曰, 자여불언子如不言이시면 즉소자하술언則小子何述焉이니
까? 선생께서 말씀을 아니하시면 저희가 무엇을 뒷사람에게 남겨주
겠습니까? 남겨놓을 것을 걱정하는 자공에게 공자 왈曰, 천하언재天
何言哉더냐? 사시행언四時行焉하고 백물생언百物生焉이로되 천하언재
天何言哉더냐? 하늘이 무슨 말을 하더냐? 봄 여름 가을 겨울이 그 품
에서 돌고 온갖 것들이 그 품에 살지만 하늘이 무슨 말을 하더냐?

고맙게도 공자는 내가 하늘 같은 침묵에 들었다고 말하지 않고 들
고자 한다고 말했다. 진실로 동감이다. 나는 아직 침묵에 들지 못했
다. 다만 침묵에 들고자 할 따름이다. 나는 아직 죽지 못했다. 다만
스스로 죽고자 할 따름이다. 나는 아직 공空으로 돌아가지 못했다. 다
만 공空으로 돌아가고 싶을 따름이다. 내 속에 이 마음이 있음은 선생
님이 아신다. 선생님이 내 속에 심어주신 마음이기 때문이다. 이루어
진 것이 있다면 모두가 선생님 공功이요 아직 덜된 것은 오로지 내 공
이다.

잠에서 깨어나 라디오를 켜니, 원불교 방송에서 법어法語를 들려준
다. "열반에 든 자는 그 몸이 법신불法身佛과 하나되었거늘 어찌 다시
개열(?)이 있을 것이며 전신前身과 후신後身의 구분(?)이 있게 되리
오?" 짐작건대, 시공을 초월하여 모든 것과 하나된 몸인데 어찌 이것
과 저것으로 나뉘며 어제의 몸과 내일의 몸으로 구분되겠느냐는 말
씀이겠다. 세 번쯤 연거푸 듣는데 슬그머니 떠오르는 말씀 한마디.

"열반에 든 자는 그 몸이 법신불과 하나되었거늘 어찌 다시 개체로 되지 않을 것이며 전신과 후신으로 구분되지 아니하리오?"

» 9월 7일   그가 늘 일등만 한 것은 혼자서 달렸기 때문이다

간밤 꿈에 본 소주광蘇周光. 그는 언제나 일등이었다. 남들보다 빨리 달려서가 아니라 어디서나 혼자 달렸기 때문이다. 그의 일등이 올림픽 마라톤 금메달보다 아름답고 빛난 까닭은 그로 말미암아 생겨나는 이등 이하 꼴찌가 없었기 때문이다. 그의 일등이 밤하늘 북극성처럼 영원하고 진실한 까닭은 사람들이 땅에서 무엇을 하든 결국은 혼자서 하는 것이기 때문이다.

간밤 꿈에 본 소주광. 한문을 몰랐으면 고주망태 소주광燒酒狂으로 통했을 뻔한 그는 언제나 일등이었다. 저만 혼자 일등이 아니라 함께 달리는 다른 사람들까지도 모두 일등으로 만드는 참 괴상한 일등이었다.

» 9월 12일   인류는 지금 중요한 학습을 받는 중이다

1960년대 초 감리교신학교에서 신약을 가르쳤다는 K 교수가 근 40년 만에 미국에서 돌아와 지방에 있는 한 신학대학 총장으로 부임

했는데, 그를 길에서 만났다. 나를 반갑게 알아보고는 기숙사까지 함께 가자고 해서 어두운 나무 그늘 아래를 걸었다. 고국에서 초빙을 받아 오기는 했는데, 일리노이 주 부지사로 출마한 일이 마음에 걸린다고 했다. 기숙사 2층까지 올라간 것말고는 도무지 기억에 남아 있는 게 없다. 다만 오랜 세월이 지났는데 자기 강의를 한두 시간 들은 것이 고작일 옛날 학생을 한눈에 알아보는 그가 놀라웠고 고맙기도 했다. K 교수에 대한 기억은 그게 전부고, 기숙사 마당 나무 그늘에서 누군가와 얘기를 하다가, 한국의 천주교와 개신교가 성서를 함께 번역한 것은 전 세계에 자랑할 만한 업적인데, 그렇게 번역한 공동 번역 성서를 개신교에서는 읽지 않는다, 그럴 수밖에 없어서 그러는 것이겠지, 이해는 하지만 너무나도 실망스럽고 민망스런 일이라고 열을 올리다가 스스로 숨이 가빠 잠에서 깨어났다.

라디오를 켜니 전문가라는 박사들이 나와서 2001년 9월 11일 뉴욕 테러가 있은 지 만 이태가 지났는데 테러는 더욱 심해지고 세계는 더욱 불안해지는 이유에 대하여 이런저런 진단을 내리고 있다. 전문가들의 말씀은 매우 타당한 말씀인데 들을수록 오늘의 테러 현실처럼 복잡해지고 답답해진다. 참 묘한 일이다. 한 가지 해답이 두 가지 물음을 게워내는 것 같다. 다행하게도 아직 한참 더 할 말이 있는 것 같은데 진행자가 시간이 됐다면서 나머지는 내일 계속하겠다고 서둘러 말한다. 이어서 오늘의 날씨! 서해 쪽에서 비구름이 몰려와 많은 비를 뿌리고 있단다. 웃음이 나온다. 새벽 3시에 서울의 한 방송국이 이런 코미디를 연출하고 있는 줄 몇 사람이나 알까? 공동 번역 성서를 개신교가 읽지 않는 바람에, 그래서 열이 나는 바람에 꿈에서 깨어난 얼치기 종교 전문가(?)가 그 코미디를 보고 씁쓰레한 웃음을 짓고 있는 줄은 아무도 모르겠지.

테러도 날씨도 방송국 편성 시간 앞에서는 추풍낙엽이요 화롯불 위의 눈 한 송이에 지나지 않는다. 준엄한 코미디! 누군가 귀에 대고 속삭인다. 종교 전문가야, 대답해 보아라. 9·11 이후 왜 세계가 더욱 불안해지고 테러는 더욱 심해지는지? 얼치기가 대답한다. 인류는 지금 매우 중요한 학습을 받는 중이다. 이 학습을 통해서 배우게 될 교훈은, 내가 남에게 하는 일은 남에게 하는 일이 아니라 나 자신에게 하는 일이라는 것이다. 그것은 하늘이 정한 법이기에 아무도 어길 수 없지만 아직까지는 몇몇 깨친 자들만이 그 법을 따라 살았고 나머지 대다수는 그 법을 어겨서 저와 남을 함께 괴롭혀왔는데 이제 바야흐로 대중이 그 법을 깨칠 때가 되었다. 값진 교훈일수록 받아서 익히는 데 그만한 비용을 지불해야 한다. 직업 군인 아닌 무수한 아이와 여자들이 죄 없이 죽어가는 까닭이 여기에 있다.

≫ 9월 16일 모두가 특별해서 아무도 특별하지 않다

한 일본인이 내게 말했다. "한국 사람 배용준이 일본에서 인기를 모으는 데는 그럴 만한 이유가 있습니다. 배용준은 적어도 세 가지 얼굴을 일본 사람들에게 보여줍니다. 나이 든 노인이나 장년층에는 부모 섬기고 아내 사랑하고 자식 키우는 건실하고 자상한 가장의 모습을 보여주고, 이삼십대 젊은 층에는 목표를 향하여 앞으로 앞으로 달려가는 패기만만한 프로의 모습을 보여주고, 십대 청소년층에는

231

오직 자신의 일에만 몰두하고 남들에게는 신경을 꺼버리는 당돌하고 오만한 모습을 보여줍니다. 그러니 배용준 씨가 일본에서 얼굴만 보여주고 큰돈을 벌어들이는 것은 당연한 일이지요."

꿈에는 일본인의 말을 듣고만 있었는데, 깨어나서 생각하니 한마디 대꾸해 주고 싶다. "배용준이 세 가지 얼굴을 보여준 게 아니라, 일본 사람들이 그에게서 세 가지 얼굴을 본 것입니다. 어떤 사람 얼굴이 어떻게 보이느냐는 것은 그 사람보다 그를 보는 사람들한테 달려 있는 문제니까요. 결국, 일본인들은 한 얼굴에서 저마다 자기네가 보고 싶어하는 얼굴을 본 것입니다. 잘 보시오. 당신 직장 동료인 다나카 상한테서도 배용준의 세 가지 얼굴이 보일 겁니다. 자세히 보면 세 가지 정도가 아니에요. 알고 보면 모든 사람이 천千의 얼굴을 가졌습니다. 그것이 바로 존재의 비밀이거든요."

꿈에 만났던 일본인이 묻는다. "그렇지만 다른 많은 배우들이 있는데도 유독 배용준 씨가 인기를 누리는 데는 그럴 만한 까닭이 있을 것 아닙니까?" 내가 대답한다. "그 배우가 한국인이 아니라 중국인이고 이름도 배용준이 아니라 쟝쩌우라면, 그래서 뭐가 달라지나요? 일본에 많은 산이 있는데 왜 후지산만 후지산입니까? 후지산이 후지산으로 되는 데는 후지산이 기여한 바가 전혀 없습니다. 배용준이 배용준으로 행세하는 데 배용준이 기여한 바도 없지요. 그는 자기도 어쩔 수 없어서 그렇게 존재할 뿐입니다. 당신이나 나나 저 후지산처럼, 그리고 그를 보며 열광하는 모든 일본인처럼."

"배용준 씨는 특별한 사람 아닙니까?"

"특별한 사람이지요. 그러나 당신이나 내가 특별한 사람인 것만큼 특별합니다. 더도 덜도 아니에요. 알고 보면 세상에는 특별하지 않은

232

사람이 없습니다. 산 아닌 산이 없듯이. 그러니까 세상에는 특별한 사람이 따로 없는 겁니다. 배용준이라는 이름으로 살아가는 그 사람도 알고 보면 특별한 사람이 아니지요."

》9 월 1 7 일　계 산 하 지　말 아 라

　두 후보 가운데 하나를 투표로 뽑게 되었다. 나는 친척들과 함께 한 후보를 지지했는데 적극적으로 나서지는 않았고 상황을 지켜보는 쪽이었다. 투표가 끝나고 개표를 하는데 이쪽으로 계산될 표가 저쪽으로 넘어가는 게 보였다. 다섯 표로 계산되어야 할 것을 여섯 표로 계산하니까 결국 이쪽은 두 표를 잃는 셈이었다. 그렇게 해서 친척들이 지지한 후보가 근소한 표차로 낙방되었다. 이모와 외삼촌이 결과에 대하여 심하게 불평을 했다. 그런데 검표를 주장하는 사람은 아무도 없었다. 아예 그런 일은 생각조차 하지 않는 것 같았다. 모두가 투표나 개표보다는 그 결과에만 매달렸다. 나는 내가 본 개표 과정의 잘못을 아무에게도 말하지 않았다. 왜 말하지 않았을까? 꿈이어서 그랬을까? 모르겠다.

　"나는 계산하지 않고 세상을 살았다. 내가 계산을 했다면, 잃은 양 한 마리 찾고자 아흔 아홉 마리 양을 들판에 버려두고 갔겠느냐? 내가 계산을 했다면 배고픈 5천 군중 앞에 보리떡 다섯 개와 물고기 두 마리를 내놓았겠느냐? 내가 계산을 했다면 새벽부터 일한 사람과 해거름에 와서 일한 사람에게 똑같이 한 데나리온을 품삯으로 주었겠느냐? 내가 계산을 했다면 재산을 탕진하러 가는 아들을 그냥 보냈겠느냐? 내가 계산을 했다면 재산을 탕진하고 돌아온 아들에게 새 옷을 주고 잔치를 베풀었겠느냐? 내가 계산을 했다면 배신할 게 분명한 유다를 마지막 날 밤까지 곁에 두었겠느냐? 내가 계산을 했다면 십자가를 지고 아버지께 버림받았겠느냐? 나는 계산하지 않고 살다가 계산하지 않고 죽었다. 사랑은 계산하지 않는다."

"선생님, 저도 그렇게 살고 싶습니다. 그렇게 살고 싶습니다."

"그래라. 아무도 말리지 않는다. 아니, 말리지 못한다. 이해타산에 절어 있는 너말고, 누가 너를 말리겠느냐?"

≫ 9월 18일 　하느님의 사랑은 대상을 찾지 않고 만든다

두 사람이 총을 들고 다니며 여기저기 쏘아댔다. 한 사람은 자기가 쏘아 맞힐 목표물을 정조준하여 쏘는데 다른 한 사람은 아무 데나 대고, 심지어 땅 속에도 대고 쏘았다. 그런데 앞사람은 목표물을 맞히기도 하고 놓치기도 한 반면 뒷사람은 백발백중으로 맞혔다. 알고 보니 뒷사람은 잘 보이지 않지만 탄력 있는 끈으로 총구 끝에 목표물을 달고 다니는 것이었다. 그러니까 맞혀야 할 목표물이 총과 하나인 셈이다. 목표물에다 총을 대고 쏘는데 무슨 수로 놓칠 수 있겠는가?

어제 읽은, 장재환 목사가 북산北山을 생각하며 쓴 글에 인용한 칼바르트의 문장 하나가 이런 꿈을 꾸게 한 것일까? "하느님의 사랑은 대상을 찾지 않고 만든다."

하느님에게는 주객主客 도식이 성립되지 않는다. 사랑하는 쪽과 사랑받는 쪽이 둘로 나뉘어 떨어져 있지 않다. 총과 목표물이 하나다. 그러니 아무 데나 쏴도 적중하지 않을 방법이 없는 것이다. 만나는 상황이 모두 아버지 품이요 겪는 사건이 모두 아버지 연출이요 보이는 사물이 모두 아버지 몸이다. 어디서 어떻게 불안하고 의심하고 외로울 수 있겠는가?

내가 누구를 사랑한다면 그것은 곧 나를 사랑하는 것이요, 그 사랑의 진실을 들여다보면 하느님이 하느님을 사랑하는 것이다. 실로 세상은 사랑이신 하느님의 자기 실현self-realization이다. 그것말고는 아무것도 없다.

참사람은 대상을 고르지 않는 게 아니라 고르지 못한다. 골라낼 대상이 따로 없기 때문이다.

"나는 착한 사람도 착하게 대하고 착하지 못한 사람도 착하게 대한다. 덕은 착한 것이다."(노자)

"너희가 자기를 사랑하는 사람들만 사랑한다면 무슨 상을 받겠느냐? 세리들도 그만큼은 하지 않느냐? 또 너희가 자기 형제들에게만 인사를 한다면 남보다 나은 것이 무엇이냐? 이방인들도 그만큼은 하지 않느냐? 하늘에 계신 아버지께서 완전하신 것같이 너희도 완전한 사람이 되어라."(예수)

선생님의 가르침을 온전히 실천하는 길은 부지런하고 착한 손발에 있지 않고, 좋은 사람과 좋지 못한 사람이 나에게서 동떨어져 따로 있는 게 아님을 밝히 보는 눈에 있다. 모든 색다른 얼굴의 '너'여! 어떻게 하면 '너'가 나임을 알아볼 것인가?

선생님, 간절히 바랍니다. 제 눈을 없애주십시오. 선생님께서 제 눈으로 아버지와 아버지의 세계를 보실 수 있도록 제 눈을 멀게 해주십시오. 저는 못합니다. 저에게 맡겨두지 마시고 선생님께서 해주십시오. 제 눈을 선생님께 내어드릴 수 있도록 저를 도와주십시오.

≫ 9월 21일   어떤 싸움에서도 이기지 않겠다

경아가 아들을 낳았다. 이름은 창, 일곱 살이라고 했다. 얼음판 위에서 창이하고 씨름을 했다. 일곱 살배기가 벌써 알이 찼는지 여간내기가 아니었다. 왼쪽 다리를 호미걸이로 걸어 겨우 넘겼다. 창이 울면서 가버렸다.

창이를 그렇게 보내고 나서야 내가 참 어리석었다는 생각이 들었다. 환갑내기가 일곱 살배기를 쓰러뜨리는 게 무슨 큰일이나 되는 양, 호미걸이까지 동원해서 기를 썼단 말인가? 아무리 꿈이지만 참 바보같이 굴었다. 오히려 반대로 창이한테 져서 쓰러져주었다면 놀이는 놀이대로 재미있고 창이도 울면서 나를 떠나지는 않았을 것이다.

꿈속에서, 산토끼가 가느다란 명주실로 묶어서 끄는 대로 끌려다니며 춤춘다는 인도 옛 시인의 노래가 생각났다. 사람이 어떻게 산토끼한테, 그것도 가느다란 명주실에 묶여서, 끌려다니며 시키는 대로 춤을 춘단 말인가? 노자老子의 설명에 따르면 성인聖人만이 그렇게 할 수 있다. 그는 '내 한결같은 마음'이라는 게 없어서 백성들 마음을 자기 마음으로 삼기 때문이다. 성인이 그러할진대 하물며 하느님이야 어떠하겠는가? 내가 바늘 끝만큼이라도 뜻을 세우면 하느님은 벌써 그 뜻에 동조하신다. 사람들이 터무니없이 "이것이 하느님 뜻이다" 또는 "이것은 하느님 뜻이 아니다" 하고 단언하지만 하느님은 그들의 단언에 동조하실 뿐 아무 이의도 달지 않으신다. 너도 옳고 너도 옳고 둘 중에 하나만 옳아야 한다는 너 또한 옳다는 식이다. 이 무궁무진한 "예" 앞에서 우리는 무수한 "예"와 "아니오"를 말해야 하는 것이다. 인간의 한도 끝도 없는 "예"와 "아니오"에 대하여 하느님이 한도 끝도 없는 "예"로 응하심은, 인간이 당신과 두 번 다시 놀아주지 않을까봐 그러는 것일까? 아서라, 말아라, 하느님에 관한 모든 언급이 내 상상에 지나지 않거늘, 더 무슨 말로 나와 세상을 번거롭게 만들 것인가?

다만, 그동안 이길 수 있는 상대를 이기는 쾌감으로 살아왔다면 이제는 이길 수 있는 상대에게 져주는 쾌감을 한 번쯤 맛보고 싶은 것인지 모르겠다. 너무 오래, 다툼과 대결의 구조로 세상을 보았고 어느 한 편에 서는 자세를 유지해 왔다. 높은 산에 올라 언덕과 개울과 들판을 한눈으로 내려다보고 싶다.

나는 처음부터 하찮은 존재였다. 아무것도 아니었다. 내가 무엇이나 된 줄로 알았던 오랜 착각에서 이제 그만 해방되고 싶다. 누가 내게 덧걸이나 딴죽걸기를 시늉만 해도 벌러덩 나자빠지고 말리라. 어떤 싸움에서도 이기고 싶지 않다. 물이 흐르다가 막혀서 괴는 것은 장애물을 무너뜨리고 계속 흐르기 위해서가 아니다. 막힐 수밖에 없어서 막혀 있자니 괴는 것이고, 괴어 있자니 스스로 무거워져서 장애물을 무너뜨리거나, 아니면 수위가 장애물보다 높아져서 타넘게 되는 것이다.

물론 앞으로도 살면서 수많은 "예"와 "아니오"를 말해야 할 것이다. 그러나 그뿐이다. 나의 "예"와 "아니오"를 남에게까지 강요하거나 고집하지는 않겠다. 인간들의 무수한 "예"와 "아니오"를 함께 덮어버리는 거대한 "예"가 있음을 알고 있기 때문이다.

내 몸이 가벼워지고 또 가벼워져서 산토끼가 명주실로 묶어 끌고 다녀도 실이 끊어지지 않을 만큼 가벼워진다면, 늙은 개처럼 사람들 발길에 채여도 화나지 않고 비틀거리며 제 길을 갈 수 있다면, 그 누구에게도 무거운 짐이나 장애물이 되지 않을 수 있다면, 가장 가까이 있는 사람조차 내가 거기 있는 줄 모를 만큼……

» 9월 24일   자기보다 큰 물건은 버리지 못한다

들판을 걷다가 아코디언처럼 생긴 콘크리트 구조물을 만났다. 구조물에 길이 막혀 서 있는데, 발등이 무릎에 와 닿는 커다란 구둣발이 나타났다. 거인이다. 거인이 아코디언처럼 생긴 구조물을 번쩍 들더니 음악을 연주하기 시작했다. 그것은 아코디언처럼 생긴 콘크리트 구조물이 아니라 아코디언이었다.

사람은 자기보다 큰 물건을 버리지 못한다. 사람이 어떤 물건을 버렸다는 것은 그 물건보다 커졌음을 뜻한다. "포기하는 사람들이 걷는 길은 모든 것을 알고 모든 것을 존중하고 모든 것을 소유하면서 그러나 모든 것을 떠나보내고 아무것도 자기한테 속한 것이 없으며 자기가 가지고 있는 것도 없음을 생각하는 것이오. 어떤 특별한 물건을 가지고 싶다는 마음을 품고 있는 한, 그대는 그 물건보다 한 걸음도 더 나아갈 수 없소. 가지고 싶은 물건을 손에 넣었을 때, 그리고 그보다 더 나은 것이 눈에 들어올 때, 그때에만 그 물건을 버리시오. 그렇지만 얻기 위해서 버리지는 마시오. 값지게 보이는 것이 있으면 그것을 얻도록 애써야 하오. 그러나 일단 얻고 나서 그대가 그것에 붙잡혀버리면 그 물건이 그대보다 크다는 얘기요. 그것 위로 높이 올라가서 한 발짝 내디디시오. 그것 위로 높이 오르지 않는 한 그대는 아직 그것을 버린 게 아니오. 인생에서 재미를 경험해 보지 않고서 무심한 상태에 이르는 자는 언제 어느 순간 그 재미의 유혹에 빠질는지 알 수 없는 불완전한 상태에 있지만, 인생의 재미를 맛볼 만큼 맛보고 나서 무심의 경지에 도달한 자는 참으로 지복의 상태에 와 있는 것이오. 세상이 그대를 버리기 전에 세상을 버리시오. 사람이 사는 동안 지니고 있는 무엇은, 그를 끌어당기는 힘이 그 무엇에 있기 때문이오. 그 매력이 사라지기 전에 버린다면, 그대가 그것보다 위로 올라간 것이오." (하즈라트 이나야트 한)

오늘, 수리를 마친 엄정 집에 가보기로 했다. 집이 사람보다 크면 그 기氣에 눌려서 사람이 크지를 못한다는 말이 있다. 그러나 본디 어떤 집이든지 처음에는 집 주인보다 집이 큰 법이다. 아기에게 자궁이 그렇고 번데기에게 고치가 그렇다. 문제는 저보다 큰 집에 살면서 어떻게 하면 집보다 커져서 집을 버리고 더 큰 집으로 옮겨갈 수 있느냐다. 인생이란, 가없는 우주 공간에서 저보다 작아진 헌 집을 떠나 저보다 큰 새 집으로 끝없이 이사 가는 여정 아닐까?

아이가 성장한다는 것은 작아서 더 이상 입을 수 없는 옷가지들이 늘어난다는 것이다. 10년 전, 한국 감리교단이 나를 버리기 전에 나는 감리교단을 떠났다. 감리교단이 나보다 작아졌음을 느꼈고 그래서 답답함을 견디기 힘들었기 때문이다. 언제부턴가, 기독교가 답답해지기 시작했다. 그러나 아직은 이 집을 떠날 수 있을 만큼 내가 커진 것 같지 않다. 게다가 이 집을 떠나고 말고는 나 혼자서 결정할 일이 아니다.

아무튼 새 집으로, 그것도 고향으로 이사를 간다니 가슴이 설렌다. 이 집을 위해 아내는 얼마나 해산의 진통을 겪었던가? 때가 되어 더 크고 좋은 새집이 눈에 들어오기까지는 그 집에 살면서 부지런히 먹고 부지런히 싸야 한다. 엄마 뱃속의 아기처럼, 고치 속의 번데기처럼.

결혼한 뒤로 수없이 이어진 이삿짐 꾸리기가 바야흐로 엄정 집에서 마무리될 것인가? 그러기를 바라지만, 그래서 하늘나라 새 집으로 이사 가는 짐을 거기서 꾸리게 되기를 바라지만, 바라는 대로 될는지야 누가 알리요?

≫ 9 월 28 일   하 늘 은   누 구 도   반 대 하 지   않 는 다

25년쯤 전, 죽변교회에서 처음 만났을 때, 장순영은 중학생이었다. 간밤 꿈에 순영이가 나타났다. 그러나 얼굴을 직접 보지는 못했다. 따라서 말을 주고받지도 않았다. 그런데도 순영이가 노인 복지를 위한 사회 사업을 준비중이고 그의 부모가 반대한다는 사실을 알 수 있었다.(어떻게 알았는지는 모르겠다. 그냥 알았다. 꿈에서는 모든 일을 내 몸에 일어나는 일처럼 그렇게 안다. 실인즉 그것이 당연하다. 모든 것이 내 의식의 반영이니까. 그러니까 간밤 꿈으로 말하자면, 모습이 보이잖는 순영이나 순영이 부모나 모두가 나의 다른 얼굴들인 것이다.) 부모가 노인 복지 사업을 반대하는 이유는 그것이 너무 힘든 일이고 따라서 순영을 지치게 할 것이기 때문이었다. 부모의 반대가 격렬해지자 그만큼 순영의 의지도 굳어졌다. 마침내 "어머니 아버지와 남남이 돼도 좋다. 반드시 노인 복지 사업을 하고 말겠다"는 단호한 마지막 말을 듣다가 꿈에서 깨어났다.

순영이 부모가 반대하지 않았다면 순영이 입에서 "어머니 아버지와 남남이 돼도 좋다"는 말은 나오지 않았을 것이다. 인간인 부모들은 무조건 자식편이 되어주기가 쉽지 않다기보다 거의 불가능하다. 왜냐하면 자기네 생각과 뜻이 따로 있기 때문이다. 그런데 하느님인 아버지(어머니)는 무조건 인간들 편을 들어준다. 놀랍지 않은가?

오사마 빈 라덴은 하늘의 도움을 얻어서(좀더 정확하게 말하면, 하늘의 반대에 부닥치지 않아서) 2001년 9월 11일, 뉴욕의 쌍둥이빌딩을 무너뜨렸다. 만약에 하느님이 라덴의 잔혹한 폭력 행사를 저지하기로 마음먹었다면(뜻을 세웠다면) 9·11 테러 사건은 일어나지 않았을 것이다.(몇 군데 공항에 안개만 드리웠어도 테러범들이 탈 비행기가 뜨지 못했을 것이다.) 그런데 라덴이 미국을 응징하겠다는 뜻을 세우자 하느님은 그렇게 하라고 하셨다. 하느님이 그럴 수 있었던(그럴 수밖에 없었던) 것은 당신의 뜻이 따로 없었기 때문이다. 부시가 아프가니스탄과 이라크에 미사일을 쏟아 붓기로 마음먹었을 때에도 하느님은 그렇게 하라고 하셨다. 하느님은 부시의 전쟁을 저지하기 위한 그 어떤 액션도 보이지 않으셨다.

수많은 여학생들이 손에 촛불을 들고서 전쟁 반대 시위에 나서자 역시 그렇게 하라고 하셨다. 하느님은 라덴도 막지 않으셨고 부시도 막지 않으셨고 부시를 반대하는 젊은이들도 막지 않으셨다. 인간의 의지 앞에서, 그 인간이 어떤 옷을 입고 어떤 깃발을 들었든 간에, 하느님은 속수무책이다. 문제를 일으키는 것도 인간이요 문제를 푸는 것도 인간이다. 그렇다면 내 뜻대로 마시고 아버지 뜻대로 하시라는

241

예수의 기도는 무엇인가? 아버지의 뜻이라는 게 본디 없는 것이라면 예수의 기도는 공연한 말 아닌가?

그럴 수 있다. 어쩌면 예수의 기도는 백척간두진일보百尺竿頭進一步로, 허공에 자기 몸을 던져버린 것일지 모른다. 그리고 그렇게 해서 스스로 죽는 자가 영원히 산다는 당신의 가르침을 실현하신 것이다. 마지막 순간 당신의 뜻을 완전히 비움으로써 예수는 하느님과 합일에 들어가셨다. 누구를 상대해서도 자기 뜻을 내세우지 아니하여 곧 장 그 '누구'와 하나로 되어버리는 하느님이 된 것이다.

생각이 너무 앞서 나갔나? 지금 내 형편으로는 앞에 누가 있든지 그의 뜻에 동조하여 "그렇게 하라"고 말할 수 없다. 거짓으로 시늉은 할 수 있겠지만 그것은 내게도, 남에게도 백해무익한 속임수일 뿐이다. 사람으로 태어나 할 짓이 못 된다.

예수께서도 마지막 순간까지 당신의 뜻을 따로 지니셨거늘 내 어찌 그런 경지에 살아서 이르기를 바랄 것인가? 그러나 살아있는 동안 그와 같은 경지에 이르기를 바라지 않는다면 지금 이렇게 살아있음에 무슨 의미가 있단 말인가?

공자 사절四絶 가운데 무아無我, 무의無意는 지금 내 형편으로 언감생심이겠으나 무필無必, 무고無固는 한번 해볼 만한 일이라는 생각이 든다. 내 쪽에서 이 두 가지에 정성을 쏟으면 나머지 둘은 저쪽에서 이루어주시지 않을까? 저쪽이 누구냐고? 모른다. 아무튼 나는 아니다.

10월의 꿈

» 10월 2일　No program, No problem

　　오랜만에 무위당无爲堂 선생을 뵈었다. 당신 댁이라고 했는데 당신은 보이지 않았고 우리끼리 방에 앉아 이야기를 나누고 있었다. 김영주, 박재일 같은 분들이 앉아 있던 게 기억난다. 그밖에도 여럿이 있었는데 주로 내가 말이 많았던 것 같다. 박 전무와 젊은이 하나가 청소를 마쳤다면서 들어와 합석했다. 한참 재미있게 이야기를 나누자니 방문이 열리고 무위당 선생이 들어오셨다. 젊은 모습이었다. 선생은 들어오자마자 왼쪽 옆구리를 바닥에 대고 왼쪽 팔로 머리를 괴고 길게 누워 우리를 쳐다보셨다. 그러시거나 말거나 하던 얘기를 계속하는데 선생께서 나를 보시고는, "자네는 정좌하고 앉아 있게" 하셨다. 입을 다물고 앉아 있으라는 말씀으로 알아듣고 자세를 가다듬어 정좌를 하는데 방바닥이 심하게 기울어 있어서 왼쪽 무릎이 오른쪽 무릎보다 한 뼘쯤 올라갔다. 그런 대로 용케 척추를 세우고 앉을 수는 있었다.

244

선생이 이번에는 양복을 말쑥하게 차려입은 누군가에게(나보다 나이가 많은 남자였다) "자네는 유리창을 좀 닦으시게. 차림새가 말쑥하니까" 하셨다. 그가 황급히 밖으로 나갔다. 그러자 흰 와이셔츠에 넥타이를 매고 감청색 양복을 입은 고진하가 "저도 유리창을 닦겠습니다" 하고는 뒤따라 나갔다. 어느 사이에 방에는 선생과 나 둘만 남았다. 선생께서는 언제 무슨 일이 있었느냐는 듯, 장기짝을 놓아두면 절로 미끄러질 만큼 한쪽으로 기울어 있는 방바닥에 태연히 누워서 옅은 잠을 주무시는 것 같았다. 나도 유리창을 닦아야겠다는 생각이 들었다. "저도 유리창 청소를 하겠습니다" 말씀드리고 일어섰다. 선생께서는 눈을 감은 채 "그러시게" 하셨다.

밖으로 나와보니 작고 큰 유리창마다 방금 걸레로 닦아낸 흔적이 뚜렷했다. 어디 닦지 않은 유리창이 남아 있나 찾아봤지만 유리창마다 걸레질한 자국이 있어서 두리번거리다가 잠을 깼다.

깨어나는데, 스치듯이 지나가는 생각 하나. 유리창마다 남아 있던 청소한 흔적! 누가 봐도 금방 닦아낸 유리임을 알 수 있을 만큼 둥글게 원을 그리며 안개처럼 남아 있던 바로 그 흔적이 내가 닦아야 할 마지막 때였던 것이다. 위도일손為道日損이라, 도 닦는 일은 날마다 덜어내는 것이라 했거늘, 누가 봐도 저 사람 수행이 깊은 사람이구나 하고 알 수 있으면 그는 아직 마음 공부를 마치지 못한 것이다.

"하나님의 사람은 탁발승 넝마를 걸친 왕. 하나님의 사람은 폐허의 보물. 사랑은 이런 것. 하늘 향해 날아오르기, 매 순간마다 수많은 베일을 찢어버리기. 처음 순간에는, 삶을 버리기. 마지막 발짝은, 발걸음 없이 가버리기……" (샴스-이 타브리즈)

어젯밤, 아내가 잠들기 전에, 엄정 집으로 이사 가는 것이 하나도 기쁘지 않다고, 당신도 없는 집에 혼자 있기가 싫다고 울면서 말했을 때 그렇다면 디아코니아에 가 있는 것도, 네팔 여행도 모두 그만두고 엄정 집에 있겠노라 대답했다. 그럴 수 있을 것 같았다. 계획이 어긋나서 서운하거나 섭섭한 마음은 하나도 일지 않았다. 다만 네팔 여행을 설레는 마음으로 준비하고 있는 슬기가 서운해하지 않을까 그것만 약간 염려되었지만 충분히 받아들일 수 있을 것이라고 생각되어 약간의 염려마저 금방 없어졌다. 어젯밤에는 그 정도였다.

새벽에 일어나 유리창마다 남아 있는 걸레자국 닦아낼 일을 생각하는데 고맙게도 어젯밤 아내를 통해서 주신 선생님 말씀 한마디가 떠오른다.

"No program, No problem이란 말이 한쪽 벽에 써 붙여놓는 구호에 그쳤더냐? 몇 날 며칠부터 디아코니아에 가 있다가 네팔에 가 있겠다는 것은 프로그램 아니냐? 당장 지워라! 그런 자세로 어찌 지금 이 순간을 살겠다는 거냐?"

말씀이 서릿발 같다! 어젯밤, 아내가 울면서 "내가 왜 이러는 거냐?"고 물었을 때에는 대답할 말이 생각나지 않았는데 이제 알겠다. 디아코니아니 네팔이니 하면서 은근슬쩍 만들어 세운 내 욕심의 프로그램(계획)을 깨끗이 닦아내라는 선생님 말씀을 그렇게 전해 주고 있었던 것이다. 선생님 계획이 이토록 치밀하신데 내가 무슨 엉성한 계획 따위로 당신의 일에 걸림돌을 만들어 세운단 말인가? 날이 밝았으니 일어나 걸레를 들어야겠다. 유리창에 남아 있는 걸레자국을 닦기 위하여……

» 10월 3일   게임에서 중요한 것은 이기고 지는 것이 아니라 즐기는 것이다

덩치가 황소만한 두 레슬러가 우리 집 거실에서 격투를 벌였다. 실력이 어슷비슷했다. 한쪽에서 공세를 취하면 다른 쪽에서 방어를 하는데 어느새 공격이 방어로, 방어가 공격으로 바뀌어 있었다. 격투는 쉬는 시간도 없이 계속되었다. 규칙이라고는 주먹에 분노를 담아 치면 안 된다는 것, 이빨로 물어뜯거나 뼈를 분질러버리거나 숨통을 막아서는 안 된다는 것 정도였다. 유도에서 볼 수 있는 꺾기나 누르기는 물론 좋은 공격 방법이었다. 들어서 메다꽂아도 된다. 한쪽에서 크게 메다꽂히는 바람에 나무걸상 하나가 박살이 나기도 했다. 링도 없고 시간 제한도 없었다. 심판도 있는 것 같지 않았다. 시간 제한이 없으니까 누르기를 해도 상대방이 항복을 하지 않는 한, 누르는 쪽이 오히려 손해였다. 눌림 받는 쪽은 가만히 있어도 되고 누르는 쪽은 힘을 써야 하기 때문이다.

한참 엎치락뒤치락하다가 한쪽에서 완벽한 어깨뼈 꺾기로 들어갔다. 자세에 빈틈이 없어 거기서 빠져나오기는 불가능해 보였다. 그런데도 상대방은 도무지 항복할 낌새를 보이지 않았다. 누군가, 왜 항복하지 않느냐고 묻자 그가 대답했다.

"세 가지 이유가 있다. 첫째, 항복하면 게임이 끝나고 마는데 아직은 끝내고 싶지 않기 때문이다. 둘째, 비록 어깨뼈가 부러질 듯이 아프긴 하지만 견딜 수 있고 이러다가 어깨뼈가 부러진다 해도 그러면 상대방이 실격패를 당하니까 결국 내가 승자로 되기 때문이다. 마지막으로, 가장 중요한 이유인데, 우리가 시방 게임을 즐기고 있기 때문이다. 피할 수 없는 무슨 이유가 없는데 즐거운 놀이를 그만둘 까닭이 없잖은가?"

누군가 다시 물었다. "게임을 하는 데 있어서 가장 힘든 게 무엇인가?" 그런데 이번에는 대답을 내가 한 것 같다. "순간적으로 분노가 치밀어 상대방을 주먹으로 치고 싶은 욕구를 다스리는 일이 가장 힘들다. 이 게임에서는 많은 선수들이 반칙을 저질러서 패자로 물러난다. 기술이나 힘이 모자라서 지는 경우는 거의 없다고 볼 수 있다." 이렇게 말하다가 숨을 헐떡이며 꿈에서 깨어났다.

생각해 보니, 격투를 놀이로 하는 짐승은 지구상에 인간밖에 없는 것 같다. 게임에서 중요한 것은 승패가 아니라 규칙을 지키는 일이다. 어차피 승패는 나게 마련이니 누가 지고 누가 이기는 게 무슨 상관이랴만, 반칙을 하면 즐거운 놀이 자체가 더러운 싸움질로 바뀌고 마니 승패를 떠나서 할 짓이 못 된다. 간밤 꿈에 본 두 레슬러처럼 격렬하게 싸워도 규칙만 철저히 지킨다면 걸프 전쟁도 좋고 이라크 전쟁도 나쁠 것 없다. 죽는 사람은 고사하고 뼈 부러지는 사람도 하나 없는데 그런 전쟁을 반대할 이유가 없지 않은가? 이런 생각이나 하고 누워 있다니! 다시 꿈으로 들어온 건가? 아무려나, 종심소욕불유구從心所慾不踰矩로 저 하고 싶은 대로 하는데 법칙을 어기는 바가 없는 공자님 같은 사람들이 전쟁을 한다면 그 전쟁터가 얼마나 재미있고 유익한 도장道場으로 될 것인가?

규칙은 그것이 더 이상 소용없는 경지에 이르기까지 누구에게나 필요하고 반드시 지켜져야 한다. 병아리에게 달걀 껍질이 그러하듯이.

≫ 10월 7일 잡으면 잡힌다

앞뒤 사연은 모두 지워졌고 웬 여인이 들려준 말 한마디만 기억에 남아 있다. "잡으면 잡힌다!" 이 말이 꿈에서는 그러니까 아무것도 집착하지 말라는 부정적인 의미로만 들렸다. 돈을 잡으면 돈한테 잡힌 몸이 되고 권력을 잡으면 권력의 노예가 되고 직장을 잡으면 직장에 예속된다는……

그러나 깨어나서 생각해 보니 그 한마디 말은 부정적인 말도 긍정적인 말도 아니다. 그냥 그러한 법칙이라 할까 원리를 말한 것일 뿐이다. 문제가 되는 것은 무엇을 붙잡느냐다. 돈을 잡으면 돈에게 잡히는 것과 똑같이 진리를 잡으면 진리에 잡힐 것이다.

그대 장미를 생각한다면
그대 장미로 될 것이다.
그대 꾀꼬리를 생각한다면
그대 꾀꼬리로 될 것이다.
그대는 물 한 방울
신성하신 분은 옹근 전체
살아있는 동안
전체이신 그분을 생각으로 붙잡아라.
그대, 옹근 전체로 되리니.

— 지브 운-니사

육肉을 좇는 자는 육에게서 멸망을 얻고 영靈을 좇는 자는 영에게서 생명을 얻는다.(바울로) 나는 그동안 무엇을 잡고자 살아왔던가? 지금 무엇을 잡고자 살고 있는가? 바울로처럼, 오직 그리스도 한 분 잡으려고 이 길을 달려가는 중인가? 그렇다고 단언은 못하지만 그러려고 애써온 것만은 사실이다. 사람들이 다들 좋다고 하는 것에 대하여는 언제부턴가 별로 미련이 없었다. 출세도 재물도 명예도 인간이 추구할 바가 못 된다는 생각이 늘 속에 있었다. 내가 누군지, 나를 이 모양으로 존재하게 하는 그 누구 또는 그 무엇의 정체를 알고 싶었다. 그를 만나고 싶었다. 지금은 전보다 더욱 그렇다. 눈에 보이고 귀에 들리고 손에 잡혀지는 것들이 모두 허무로 느껴진다. 더 이상 그런 것들에 사로잡혀 이리저리 휘둘리고 싶지 않다.

집이란 눈비 가리고 누워 잘 수 있으면 그만이다. 사람들은 아름다운 집 꾸미기와 편리한 시설 갖추기에 열심을 내지만 내 눈에는 그런 것들이 정말로 내가 보아야 할 것을 보고 들어야 할 소리를 듣고 잡아야 할 것을 잡는 데 도움보다는 방해가 되는 것들일 뿐이다. 저 빠른 고속 열차를 타고, 초음속 비행기를 타고 사람들은 어디에서 어디로 달려가는 것일까? 허무에서 허무로, 먼지에서 먼지로, 실망에서 실망으로…… 더 이상 저들의 질주에 동참하지 않겠다! 그러나 한 가지 명심할 것. 그러고 있는 사람들을 경멸하거나 비판해서는 안 된다. 다만 그들의 수레에 동승하기를 겸손히 사양할 따름이다.

아내는 가끔 나의 태도에 불만을 표시하지만, 자기가 하는 일에 도움을 못 줄망정 방해는 되지 말아야 할 것 아니냐고 하지만, 문틀을 바꾸고 색깔을 칠하고 가구를 옮기는 일에 기꺼이 즐겁게 동참하는 것이 아직은 내게 벅찬 과제다. 그것은 성인만이 할 수 있는 일이다. 언제고 나도 그럴 수 있기를 바라긴 하지만, 지금은 아니다. 별로 들고 싶지 않은 판소리 공연이 무대에서 펼쳐지고 있는데 끝나기를 기다리며 앉아 있는 것 정도가 지금의 나로서는 최선이다. 공감의 추임새를 보내는 것은 아직 내 실력으로 미칠 수 없는 경지다. 미추美醜와 선악善惡의 경계를 훌쩍 뛰어넘은 옹근 자유인만이 그런 몸짓을 짐짓 보여줄 수 있을 것이다. 원수를 미워하지 않는 것만도 지금의 나로서는 벅찬 일이다. 그를 적극적으로 사랑하라는 것은 지나친 요구가 아닐 수 없다. 때가 되면 나도 그럴 수 있을 것이다. 그때가 오기를 바랄 뿐이다. 내게는 그때를 앞당길 수단도 능력도 없다. 그저 기다릴 따름이다. 겨우 올라선(?) 수동성의 계단에서 도로 내려갈 마음은 없다.

아내는 말했다. 내일 지구에 종말이 온다 해도 사과나무를 심는다고 했듯이, 자기는 지금 그런 심정으로 이 일을 하고 있는 것이라고. 내가 대꾸했다. 사람마다 사과나무의 종류가 다르다고. 그러고 입을 다물었지만, 당신이 지금 심고 있는 사과나무에서 달콤한 열매를 만족스럽게 따먹는 것이 누구냐고 속으로 물었다. 그것은 '허무'와 '낙심'을 먹고 자라는 당신의 에고다. 당신이 아니라 에고를 만족시키는 것은 끝없는 허무의 바다에서 헤엄치는 것과 같다. 만족시키면 시키는 만큼 더 큰 허무를 맛볼 따름이다.

언제까지 그 짓을 되풀이할 것인가? 눈을 돌이켜, 보이는 것들 안에 숨어 계신 당신의 그분을 찾아 나서라는 얘기다. 내가 만일 이 말을 겉으로 했다면 아내는 한두 번 들은 얘기가 아니니 다 알고 있다고 대답했을지 모른다. 나는 다시 입을 다물었겠지. 정말로 필요한 것은 말이 아니라 깊고 오랜 기다림의 침묵임을 실감하면서……

» 10월 12일 내 몸 안에 들어 있는 보물은 내 것이 아니다

  그 물건이 어떻게 내 손에 들어오게 되었는지는 기억나지 않는다.(물론 꿈에서는 알고 있었다.) 그 물건을 본디 있던 자리에 가져다 놓기 위해서 외할머니가 졸고 있는 사이 몰래 담장을 넘고 바위틈으로 흐르는 개울을 건너다가 잠에서 깨어났다. 깨어났을 때에는 금방 꾼 꿈이 하나도 기억나지 않았다. 꿈을 꾼 것 같긴 한데 생각나는 게 없어 한참 누워 있자니, 마치 안개 걷히고 풍경이 살아나듯, 꿈에 있었던 일들이 생각난다.

  그림으로 그릴 수 있을 만큼 물건 모양이 생생하다. 크기는 엄지손톱만 하고 생김새는 딱정벌레 몸통처럼 생겼다. 색깔은 거무칙칙한 회색에 그리 단단해 보이지 않았다. 이렇게 생겼다.

  아랫부분에 양쪽으로 뾰족 나온 것은 반지의 고리 부분인데 무슨 이유로 잘려져 없어진 것 같았다. 그러니까 그 물건은 커다란 반지의 장식 부분이었다. 중간 부분에 금이 나 있었는데 일부러 그어놓은 금은 아니었다. 윗부분이 뚜껑으로 되어 있어서 어린 내 손으로 열어도 쉽게 열렸다. 뚜껑을 열면 속에 검은 옥구슬(黑玉)이 다섯 개쯤 들어 있었다. 뚜껑을 닫으면 "똑!" 소리가 났고 안에서 구슬들이 딸그락거리며 부딪치는 소리도 들렸다.

　처음에는 그냥 조금 신기한 장난감일 뿐이었다. 뚜껑을 열고 닫을 때 나는 "똑" 소리가 듣기 좋고 까만 옥구슬들이 귀여웠다.(하나라도 잃어버릴까봐 조심한 기억은 난다.) 속에 담겨 있는 옥구슬은 무척 단단해 보였으나 그것들을 담고 있는 몸통과 뚜껑은 의외로 허술했다. 힘을 주어 돌에 내려치면 박살날 것 같았고 손톱으로 긁으면 부스러질 것 같았다.(진짜 딱정벌레 몸통으로 만들었는지도 모를 일이다.)

　아무튼 어린 나는(열 살도 안 됐던 것 같다) 그 물건을 우연히 손에 넣고 혼자서 가지고 놀았는데, 어느 날 '국보 1호'가 사라졌다고 온 나라가 뒤집어졌다. 신문과 텔레비전에 사라진 '국보 1호' 사진이 났다. 그런데 그게 바로 내가 가지고 있는 딱정벌레처럼 생긴 물건 아닌가! 속에 담겨 있는 옥구슬 다섯 개는 보통 보석이 아니라 부처님 몸에서 나온 진신사리라고 했다. 워낙 소중한 보물이라서 허허실실虛虛實實로 허름한 반지 안에 넣어두었는데 그것이 감쪽같이 사라졌다며 큰 소동이 벌어졌다.

　나는 겁이 났던가보다. 그래서 본디 그것이 있던 곳에 아무도 모르게 놓아두려고 외할머니가 졸고 있는 사이(내가 그 물건을 처음 손에 넣은 곳이 외가댁 별채쯤 되었던 것 같다) 담장을 넘고 거기 커다란 바위 사이로 흐르는 개울을 건너다가 잠에서 깨어났다. 엄격하게 말하면 아직 그 보물이 내 수중에 있는 셈이다. 본디 있던 곳에 갖다놓으러 가다가 깨어났으니까!

　생각하니 소름이 돋으려 한다. 돌에 내려치면 깨어지고 손톱으로 긁으면 부스러질 것 같은 내 이 허술한 몸에, 딱정벌레처럼 생긴 이 몸에, 부처님 진신眞身이 들어 있다니!

질그릇 같은 우리 몸에 그리스도의 보물이 담겨 있다고 바울로는 말했지! 아아, 그것이 사실이란 말인가? 이 몸이 그런 몸이더란 말인가?

어머니가 나를 친정에서 낳으셨으니 내가 우연히 이 몸을 얻은 곳이 외가댁 별채쯤 되었음은 쉽게 짐작되는 바다. 그렇다면 시방 나는, 그냥 조금 신기하고 재미있는 장난감 정도로 알고 있던 내 몸에 '국보 1호'라는 엄청난 보물이 들어 있다는 사실을 알고 겁이 나서 그것이 본디 있던 장소를 찾아가는 중이란 말인가? 꿈에 내가 담장을 넘고 개울을 건넌 것은 지금 내 수중에 있는 이 물건이 내 것이 아니요 계속 가지고 있다가는 벼락이라도 맞을 것 같다는 두려움 때문이었다.

내 에고는 지금 제 속에 무엇이 담겨 있는지를 알고, 그것이 자기 소유가 아님을 알고, 본디 있던 자리에 놓아두려고 돌아가는 중이다. 얼마나 기특한 에고인가? 미워하여 싸울 상대가 천만에 아니다. 꿈에 그랬듯이, 깨어난 지금도 나는 내 속에 있는 부처님이, 그리스도가, 내 것으로 소유할 수 없는 보물임을 알고 있다. 이제 나는 내 몸을 가지고 내 몸 속 보물의 본디 자리로 돌아가련다.

양주동은 평소에 자신이 국보라고 했다가 임종 무렵 들보는커녕 서까래도 못 되었노라 고백했다던데, 나는 평소에 딱정벌레쯤으로 여기던 내 몸에 국보 1호 보물이 담겨 있다는 놀라운 사실을 우연히 알고 겁이 나서 제자리를 찾아가는 철부지 아이인가? 내가 스스로 알아서 무엇을 의도하거나 시도할 필요가 없고 그러지도 말아야 할 이유가 너무나 분명하다. 열 살도 안 된 철부지가 뭘 안다고 사람들

앞에 나서서 설쳐댄단 말인가? 이 딱정벌레 뚜껑은 제 속에 담겨 있는 옥구슬이 이끄는 대로 아무도 모르게 담장도 넘고 개울도 건너면서 본디 있던 자리, 온 나라 사람이 함께 보물로 소유하는 그 자리로 돌아갈 따름이다. 벌써 담장을 넘고 바위 사이 개울도 건넜으니 이제 별채는 그리 멀지 않으리.

새벽에 다른 꿈을 꾸었다. 우리는 군인이었고 모두 동기同期였다. 입대하던 날 각자 물건을 하나씩 지급받았는데 이름이 무엇이었는지 모르겠다. 생김새는 인형이었고 성별은 내 경우에 여성이었다. 내 맘대로 크기를 조절하여 최대한 나와 동등하게까지 키울 수는 있지만 기본형보다 더 작게 만들 수는 없었다. 동기들 가운데 그 물건을 지급받지 못한 친구는 하나도 없었다. 처음 지급될 때는 같은 규격에 같은 모양이었는데(총기나 계급장처럼) 나중에 전역할 때 보니까 각양각색으로 바뀌어 있었다.

우리는 그 물건을 매우 유용하게 사용했다. 아니다. 유용하게 사용했다기보다는 우리가 하는 모든 일을 그 물건으로 대신했다고 하는 게 옳은 표현이다. 그 물건으로 밥도 짓고 빨래도 하고 섹스도 하고 아이를 낳기도 했다. 뭐든지 마음먹은 대로 할 수 있었다. 어떤 경우에도 우리에게 반항하는 일은 없었다. 잘못을 저질렀을 때는 그 물건으로 벌도 받았다. 상을 받게 됐을 때도 그 물건으로 받았다. 동기들 가운데 그 물건으로 무엇을 하다가 팔을 부러뜨리거나 가슴이나 등에 구멍을 내는 친구들도 있었다. 그래도 병참부에 맡기면 경우에 따라서 말짱하게 고쳐주기도 하고 조금 상처를 남기기도 하고 아예 팔이나 다리가 없는 상태로 돌아오기도 했다. 그러나 그 일로 해서 징계를 받는 일은 없었다. 꿈에는 그 이름을 알았던 것 같은데, 몰랐어도 불편한 점이 전혀 없었는데, 꿈 얘기를 하자니 이름을 몰라서 좀 불편하다. 아무튼 그것은 우리가 군에서 지급받은 물품들 가운데 가장 중요하고 가장 공평한 물건이었다. 우리는 모두 그 물건을 자기 몸처럼 사용했다.

이윽고 전역할 날이 다가왔다. 우리는 지급받은 것들을 모두 반납해야 했다. 물론 그 물건도 반납해야 했는데 아까도 말했지만 지급받을 때는 크기와 모양이 똑같더니 반납할 때 보니까 저마다 색깔도 모양도 크기도 각양각색이었다. 신품처럼 깨끗한 친구도 있고 여기저기 깨어지고 부서져 고물이 된 친구도 있다. 그래도 그 때문에 걱정하는 친구는 없었다. 어떤 형태로 바뀌었어도 일단 재생 공장에 들어가면 처음 크기 처음 상태로 말끔하게 재생rebirth되리라는 걸 모두 알고 있기 때문이었다.

전역을 준비하느라고 분주하게 배낭을 꾸리다가 꿈에서 깨어났다. 깨어나면서 그 물건의 진짜 이름을 알 것 같았다. 그것은 내 '에고'였다. 때가 되면 반납해야 하는, 그것은 처음부터 나중까지 내 소유가 아니었다.

두 꿈을 종합하면 이렇게 되는 걸까? 딱정벌레 같은 이 몸 속의 부처님 진신도, 질그릇 같은 이 몸에 담겨 있는 그리스도의 보물도 내소유가 아니요, 한평생 그것으로 먹고 일하고 생각하고 살아온 내 에고 또한 내 소유가 아니다. 온 세상이 보물로 공유하는 본디 자리로 돌아가고 나 아닌 다른 누가 지급받아도 사용하는 데 지장 없도록 원상태로 재생될 이름 모를 물건들이다.

나의 안팎이 모두 내 것이 아니니 나 또한 내 것이 아니다! 그럼 누가 임자일까? 알아도 그만 몰라도 그만이다. 그가 누구든, 또는 그가 무엇이든, 내게 임자가 따로 있다는 사실을 알게 된 것만으로도 충분히 안심이다. 더 무엇을 바랄 것인가?

» 10월 16일   생각이 다른 사람이라도 서로 존중하는 세상을······

비대한 몸집의 여자 혁명가가 버스 맨 뒷좌석에 앉아 말했다. "맨 처음 칼 마르크스의 논문 한 편을 읽었을 때 가슴에서 폭탄이 터지는 것 같았소." 그리고 그녀는 나를 내려다보며 물었다. "당신은 그런 경험이 없나요?" 없다고 대답했다. "나는 매우 따스한 부모 아래에서 젖먹이 시절을 보냈어요. 그래서 그런지 과격한 일에는 낯이 설지요. 아마 내가 그 논문을 읽었더라면 폭탄이 터지는 대신 얼어붙었을 겁니다. 나는 마오쩌뚱이나 게바라보다 석가나 예수가 더 좋았어요. 시끄러운 데보다 조용한 데가 더 내 마음을 평안하게 해줍니다. 세상을 바꾸는 일보다 나 자신을 바꾸는 게 시급한 과제요, 그게 바른 순서라고 생각했지요. 그렇지만 당신처럼 인간보다 제도와 사회를 먼저 바꿔야 한다고 생각하는 이들도 있을 수 있고, 또 그런 생각에 동의는 하지 않지만 존중은 합니다. 저마다 자기 소신껏 살아가는 인생이니까요. 다만 생각이 다른 사람이라 해도 서로 존중해 주는 그런 세상이면 참 좋겠습니다. 생각이 달라도 함께 살려고 애써보다가 정 안 되면 경계를 나누어 생각 같은 사람끼리 따로 살면 안 될까요? 그러면 누가 더 좋은 땅을 차지할 것이냐로 싸운다고요? 만일 당신이 나 같은 종자하고 같이 살 수 없다고 한다면 더 좋아 보이는 땅을 차지하십시오. 나는 당신이 남겨놓은 쪽에서 살겠습니다. 아마 마오쩌뚱보다 예수를, 레닌보다 석가를 더 좋아하는 자라면 저와 생각이 같을 것입니다. 그것까지도 허용할 수 없다고 하신다면, 당신의 혁명에 동참하든지 아니면 반동분자로 처형을 당해야 한다고 하신다면, 할 수 없지요. 나를 처형하시고 당신들의 낙원에서 만수무강하십시오."

여기까지 얘기하다가 가슴이 격해져서 깨어났다. 꿈이 아니라 생시였어도 비슷한 말을 했을 것이다. 과연 그런 경우가 닥쳤을 때 그렇게 실천할는지는 모를 일이나……

≫ 1 0 월 1 7 일 샤 먼 의 길 을 가 려 면

샤먼이 되기 위하여 신神을 몸에 받아들이는 의식이라고 했다. 나는 신학생으로서 구경꾼도 아닌 주인공들 가운데 하나로 참석하는 것이 과연 옳은 일인지 한편으로 주저되기도 했지만 벌써 내 몸에는 신기神氣가 올라 있는 상태였다. 신을 받아들이는 자의 선서를 대표로 하게 되어, 미리 준비한 내용 없이 몇 가지 서약(?)의 말을 했다.

① 내가 선택한 길은 아니지만 일단 들어선 길이니 성실한 자세로 최선을 다하겠다. ② 아무리 신을 모시는 몸이지만 그 명하는 바가, 일반 상식선에서 양심을 짓밟는다든가 나 아닌 남을 무시 또는 억압한다든가 자연법을 어겨야만 할 수 있는 것이라면 거역하겠다.(이 밖에도 한두 가지 더 있었던 것 같은데 기억나지 않는다.) 신의 명령이라 해도 어겨야 한다고 판단되면 어기겠다는 말은 내가 한 말이지만 잘했다는 생각이 든다. 자기 명령에 무조건, 기계처럼 복종하기를 강

요한다면 그것은 우상이지 살아있는 신이 아니다. 한때 그런 신을 상상한 적이 있었지만 지금은 아니다.

내가 내 안팎에 계신 '아버지 하느님'을 모시는 이유는(진짜 제대로 모시느냐는 것은 별 문제로 치고) 그것이 내 삶의 모든 것이라는 생각 때문이다. 그것말고는 이 땅에서 추구할 어떤 것도 머리에 떠오르지 않는다. 내가 알고 있는 바, 그분을 모시는 방법은 지금 여기에서 상대하고 있는 사람(또는 사물)을 정성껏 모시는 것이다. 그말고 다른 방법이 있는지에 대하여는 아는 바도 없지만 더 알고 싶지도 않다. 알아야 할 이유도 필요도 없기 때문이다.

» 1 0 월 1 9 일 　 모 든 얼 굴 이 　 내 　 얼 굴 이 다

아버지께서 내게 주신 선물이란 말은 내가 나한테 준 선물이란 말과 같은 내용이다. 간밤 꿈에는, 좁게 느껴지는 어두운 방 한구석에서 온갖 표정을 한 사람들이 뒤엉켜 온갖 몸짓을 하고 있었다. 몸짓 A가 몸짓 B로 C로 D로…… 끝없이 바뀌면서 이어졌는데 바뀔 때마다 사람들의 얼굴도 따라서 바뀌었다. 얼굴에 따라 몸짓이 달라진 것인지 몸짓에 따라 얼굴이 달라진 것인지 그건 잘 모르겠다. 화사하게 웃는 얼굴로 껴안는 몸짓을 하기도 하고 악마처럼 성난 얼굴로 짓밟고 때리는 몸짓을 하기도 했다. 이쪽 끝에서 저쪽 끝까지, 사람이 만들 수 있는 모든 표정과 몸짓이 좁게 느껴지는 방 한구석에서 이어지고 또 이어졌다. 처음에는 표정과 몸짓이 바뀔 때마다 다른 주인공들이 그러는 줄 알았다. 그런데 한참 보고 있자니 그 모든 얼굴 표정과 몸짓들이 한 사람의 마술 같은 연출(연기)이었다. 처음부터 끝까지 한 배우의 모노드라마임을 알아차림과 함께 꿈에서 깨어났다.

어젯밤, 정우 내외와 철수 내외가 다녀갔다. 우리 내외가 그들을 맞아 쑥차를 마시며 즐거운 대화를 나누었다. 나도 말은 안 했지만 눈짓 손짓으로 할 말 다했다. 어젯밤, 내가 본 것은 방 안에 앉아 이런저런 얘기를 나누는 여섯 사람의 표정과 몸짓이었다. 그런데……그런데 그것이 알고 보니까 정우 내외, 철수 내외, 우리 내외의 모습을 한 내 표정 내 몸짓이더란 얘기다! 세상에는 나인 나와 너인 나 그리고 그인 나가 있을 뿐이다. 얼핏 거죽만 보면 끝도 없는 여럿이요, 자세히 속을 보면 처음부터 끝까지 하나다. 내가 너를 사랑하는 것은 곧 나를 사랑하는 것이요, 내가 그를 미워하는 것은 곧 나를 미워하는 것이다. 내가 간디를 존경하는 것은 곧 나를 존경하는 것이요, 내가 히틀러를 경멸하는 것은 곧 나를 경멸하는 것이다. 그렇지만, 그래도 나는 간디와 히틀러를 나란히 존경할 수 없다. 나는 속도 보아야 하지만 거죽도 보아야 한다. 거죽과 속을 함께 보아야 한다. 그런데 그것이 불가능하다. 이 한계를 어쩔 수 없다. 그러니 존경하면서 삼가고 경멸하면서 조심할 수밖에 없을 것 같다. 여기까지다. 앞으로 어찌 될지는 모른다. 미리 알고 싶지도 않다.

"그분이 당신을 드러내실 때에는 어디에도 남이 없고 그분이 당신을 감추실 때에는 모든 것이 남이다."(이븐 아라비)

이븐 아라비가 말한 '그분'은 알라 하나님이다. 하나님은 당신을 드러내는 분이면서 감추는 분이시다. "당신께서 숨어 계시어 알려지신 바 없거늘 제가 어찌 당신을 알 수 있겠나이까? 당신께서 드러내시는 분이요 또한 모든 사물이 당신을 알려주고 있거늘 제가 어찌 당

260

신을 모를 수 있겠나이까?"(이븐 아라비)

"주인님, 제가 보는 모든 형상이 당신의 형상입니다. 사랑의 주인님, 모든 장소에서 저는 당신의 현존을 느낍니다. 홀로 있어 눈을 감을 때면 제 가슴속에서 당신의 영광스런 모습을 뵈옵고, 군중 가운데 눈을 뜰 때면 땅의 무대에서 연기하시는 당신을 뵈옵니다. 사랑의 주인님, 저는 언제나 당신의 황홀한 현존 안에 있습니다. 당신은 눈 깜빡할 사이에 저를 하늘로 들어올리시고 땅으로 끌어내리십니다."(하즈라트 이나야트 한)

당분간, 싫은 것은 싫어하자. 업신여겨지는 것은 업신여기자. 무시하고 싶은 것은 무시하자. 미운 사람은 미워하자. 그러나 그것이 곧 나를 싫어하는 것이요 나를 업신여기고 나를 무시하고 나를 미워하는 것이라는 감추어진 진실을 염두에 두어야 한다. 네가 나요 그가 나임을 알고 미워하는 것과 모르고 미워하는 것은 말 그대로 하늘과 땅의 차이다.

내가 너를(그를) 사랑한다면 그것이 나를 사랑하는 방편인 줄 알기 때문이요, 내가 너를 미워하지 않으려 조금이라도 애를 쓴다면 그것이 나를 미워하지 않는 길임을 알기 때문이다. 그렇게 살다보면 어느 날 문득, 존재하는 모든 것이 사랑스럽게 여겨지고 그 누구도(무엇도) 미워지지 않는 때가 오지 않겠는가? 하기는 그런 때가 와도 그만이요 안 와도 그만이다. 중요한 것은, 내가 너를 미워하는 것이 곧 나를 미워하는 것임을, 비록 머리만으로라도, 알게 되었다는 사실이다.

"누구든지 내 이름으로 이런 어린이를 받아들이면 곧 나를 받아들이는 것이며 또 나를 받아들이면 나를 보내신 분을 받아들이는 것이다." 예수의 이 말씀은 "누구든지 내 이름으로 이런 어린이를 업신여기면 곧 나를 업신여기는 것이며 또 나를 업신여기면 나를 보내신 분을 업신여기는 것"이라는 말씀과 같은 내용이다. 천지를 내신 그분 안에서 모두가 한 몸인 까닭이다.

≫ 10월 24일   함부로 하는 선행은 폭행일 수 있으니 마땅히 삼갈 것이다

두 형제가 바지 한 벌을 번갈아 입으며 자랐다고 했다. 가난했기 때문이었다. 서로 생각하기를, 이 바지는 내 바지인데 형이(아우가) 외출할 때에는 언제든지 얼마든지 입어도 된다고 생각했다. 바지가 한 벌밖에 없어서 오히려 형제 우애가 더욱 좋아졌다고 했다. 그들을 보면서, 서로 생각하기를 이 바지는 형(아우)의 바지인데 내가 외출할 때에는 언제든지 얼마든지 입어도 된다고 생각했더라면 어떠했을까 하고 생각해 보았다. 물론 그랬어도 형제 우애는 좋았을 것이다. 그런데 과연 내 것을 남에게 나눠준다는 생각과 남의 것을 내가 나눠 쓴다는 생각의 차이에서 오는 무슨 효과가 있었을까?

장면이 바뀌어, 세 사람이 둘러앉아 고깃국을 먹었다. 먹다보니 A의 국그릇엔 고기 건더기가 하나도 없는데 내 그릇에는 좀 있기에 하나를 젓가락으로 건져서 A의 국그릇에 넣어주었다. 그러자 B가 자기 국그릇에서 말아놓은 밥과 국물을 건져 내 그릇에 쏟아부었다. 순간 속에서 욕지기가 났다. 국물에 불어터진 밥알은 내가 싫어하는 것들 가운데 하나다. 그런데도 B는 무슨 좋은 일을 했다는 그런 흐뭇한 표정이었다. 거기서 모든 움직임이 정지되듯 멈추었고, 나는 꿈을 깨었다.

깨어나는 순간, B가 내게 한 것과 똑같은 짓을 내가 A에게 한 것인
지도 모른다는 생각이 들었다. A가 고깃국의 고기 건더기를 싫어할
수도 있지 않은가? 상대를 배려하지 않고, 내 맘대로 도와준다는 것
은 위험한 일이다. 자칫, 도움을 주기는커녕 오히려 상처를 입히거나
손해를 끼칠 수도 있기 때문이다. 내 것을 남에게 나눠준다는 생각이
나 남의 것을 내가 나눠 쓴다는 생각이나, 그게 그것 아닐까? 그런
생각의 차이가 형제간 우애에 미치는 효과의 차이로 연결되지는 않
을 것이다. 오히려 내 것을 나눠준다는 생각은 우쭐한 자만심을 부르
고, 남의 것을 나눠 쓴다는 생각은 비열한 열등감을 안겨줄 수 있다.
나와 남이 별개 존재가 아니면서 동일한 존재도 아님을, 내가 너요
네가 나면서 나는 나요 너는 너임을 선명하게 의식하며 사는 것이 얼
마나 중요한 일인지 짐작된다.

아무리 좋은 맘을 먹었다 해도 함부로 선행을 하는 일이 없도록 조
심해야겠다. 자칫하면 선행의 탈을 쓴 폭행이 될 테니까.

» 10월 25일   몇 사람이 움직여도 한 구령에 따르면 흐트러지지 않는다

지금은 현지 시간으로 새벽 4시 반. 여기는 방콕 국제 공항 환승객
대합실. 어젯밤 8시 45분 인천을 떠나 오늘 새벽 0시 20분 이곳에 도
착. 오늘 낮 2시쯤 네팔 카트만두로 날아갈 참이다. 잠자는 방이 있다
기에 비용을 알아보니 두 사람이 네 시간 자고 40달러. 한 시간 자는
데 6천 원(1인당)을 내라는 얘기다. 그래서 그냥 대합실 바닥에 자리

깔고 누웠다. 바닥에 카펫이 깔려 있어 훌륭한 잠자리인데 저놈의 텔레비전이 어딜 가나 시끄럽다. 미국인들은 밤새도록 잠도 안 자고 축구를 하는가?

이럭저럭 자다 깨다 했지만 4시 반에 일어나 소금으로 양치질을 하니 정신이 개운하다. 그 사이에도 몇 토막 꿈을 꾸었는데 한 가지 장면이 기억난다.

두 여자가 나란히 앉아 어린 아기를 머리 위로 던져 주고받는 놀이(?)를 하고 있었다.(그 중에 하나가 나였던 것 같기도 한데 분명치는 않다.) 아무튼 한 여자가 아직 놀이에 익숙지 못해서 아이를 받지 못하고 떨어뜨릴까봐 불안했다. 그래서 그 여자는 당분간 아이 대신 나무 인형을 쓰기로 했지만 상대방 여자가 진짜 아이를 머리 위로 던져서 자기한테 넘기면 받아야 하니까 불안하기는 마찬가지였다. 그래도 게임은 시작되었다. 아이를 던져 올리고 그 아이를 넘겨받고 하는 동작이 한 사람의 구령에 따라서 이루어졌다. 누군가 불안해하는 여자에게(나에게?) 말했다. "구령에 집중해. 던지라고 할 때 던지고 받으라고 할 때 받으면 되는 거야. 상대방은 쳐다보지 말고 너 할 일만해. 그리고 한 아이가 나무 인형이라고 생각지 말고 둘 다 나무 인형이라고 생각해. 그러니까 혹시 떨어뜨려도 괜찮은 거야!"

두 여자가 나란히 앉아 아이를 머리 위로 던져 주고받는데 내가 보기에 동작이 정확하여 흐트러짐이 조금도 없었다. 두 아이 모두 나무 인형 같기도 했고 진짜 젖먹이 같기도 했다. 그 모습을 정면으로 바라보고 있는데 슬기가 와서 담요를 덮어주는 바람에 깨어났다.

그렇다. 세상에는 구령이라는 게 있다. 한 사람이 움직이든 두 사람이 움직이든 아흔 아홉 사람이 움직이든 저마다 한 구령에 집중하

264

여 자기를 복종시키면 그 모든 움직임에 흐트러짐이 없을 것이다. 지휘자의 손짓 눈짓에 따라 조화를 이루며 아름다움을 창조하는 오케스트라처럼. 문제는 각자가 제 구령을 만들어서 거기에 따라 움직이려 한다는 데 있다. 그러면 저만 다치거나 죽는 게 아니라 함께 게임을 하는 사람들이 따라서 다치거나 죽는다. 그런데 그렇게 죽기도 하고 다치기도 하는 것이 바로 게임의 내용이라면? 얼핏 보아 저마다 제 구령을 따로 만들어 제각각 움직이는 것 같지만 그것 자체가 저도 모르게 하나뿐인 구령에 맞추어 움직이고 있는 것이라고 한다면? 그렇다면 만사는 오케이요, 더 무슨 할 말이 있을 게 없다. 아무튼 이쪽이든 저쪽이든 그건 내가 걱정할 바 아니다.

　나는 이 게임에 조금도 두려움 없이 참여하여 한 동작 한 동작을 면밀하게 즐기고 싶을 따름이다. 그런즉 내 가슴 울리는 구령에 더욱 귀를 모으고 오직 거기에 따르기를 전념해야 한다. 이번 여행에 혹시 목적이 있다면, 내 귀를 좀더 열어 중심의 구령에 어긋나지 않기를 연습해 보는 것이다. 나를 비워내고 주인님으로 하여금 그 공백을 차지하시도록 해드리는, 그것이야말로 침묵의 목적이요 완성 아니겠는가? 아아, 이제 나는 나를 이끌어 어디로 가려는 것인가?

≫ 1 0 월 3 0 일　젊 은 고 집 으 로 는 늙 은 고 집 을 꺾 지 못 한 다

　가만있으면 따스하고 움직이면 춥다는 느낌을 계속 느끼면서 하룻밤 자고 났다. 자신의 몸에서 나오는 열기말고는 따뜻한 기운을 어디에서도 찾아볼 수 없는 아침이다. 앞산 꼭대기를 비추는 햇살도 차갑게 느껴진다.

간밤 꿈에는 넷이 둘러앉아 밥을 먹었는지 차를 마셨는지 했는데 둘은 젊은이들이었고 하나는 그들이 다니는 교회 전도사였다. 새로 온 전도사가 열심히 노력해서 젊은이들이 갑자기 늘어났는데 최근에 이르러 교회 어른들의 고루한 간섭에 반항하다가 교회를 떠나기 시작했단다. 말하자면 그 문제를 어떻게 해결할 것인지에 대한 대책 회의 같은 것이었다. 내가 어떻게 해서 그 자리에 앉게 됐는지는 모르겠다.

젊은이 둘 가운데 하나는 착해 보이는 얼굴에 엷은 미소를 머금고 시종일관 말없이 앉아 있고, 말은 주로 내 왼쪽 옆에 앉은 젊은이가 했다. 내용인즉 처음부터 끝까지 어른들에 대한 성토였고 결론은 교회를 둘러엎든지 아니면 젊은이들이 모두 떠나든지 둘 가운데 하나가 있을 뿐이라는 것이었다. 그러면서 누구는 남아 있고 누구는 떠나고 그래서는 늙은이들에게 승리를 안겨줄 것이라고 열을 내었다. 이윽고 그가 자기 옆에서 계속 미소짓고 앉아 있는 젊은이(청년회 회장이라고 했다)를 가리키며 "이 친구는 너무 착해서 탈입니다" 하고 말했을 때 내가 입을 열었다. "저 친구가 너무 착해서 탈이면 내가 보기에 자네는 너무 안 착해서 탈인 것 같네. 자네는 젊은 고집과 늙은 고집이 부닥칠 때 젊은 고집이 늙은 고집을 꺾을 수 있다고 보는가? 천만에 말씀! 사람이고 나무고 늙어 죽을 때가 가까울수록 더욱 단단해지는 법이라네. 만일 자네들이 교회 어른들을 그런 식으로 해서 꺾는다면 그건 자네들이 어른들보다 더 늙었다는 반증일 뿐일세. 자네가 나이는 나보다 한참 아래인 것 같은데 생각은 나보다 더 늙은 것 같군! 완력으로 늙은이들을 꺾으려 들다니!"

그러자 그가, 교회의 재정권을 잡고 있는 어른들이 젊은이들을 키울 생각은커녕 하려는 일마다 제재를 가하며 억압하는데도 가만히 있으라는 말이냐고 반문했다. 내가 대꾸했다. "왜 가만히 있는가? 자네들의 힘과 지혜를 모아 자네들의 교회를 만들어가야지. 누가 자네들을 대신해서 자네들의 문화를 만들어주겠는가?" 그가 성난 목소리로 되물었다. "돈이 있어야 문화를 만들든 교회를 만들든 할 것 아닙니까? 교회 돈줄을 늙은이들이 틀어잡고 있는데 뭘 어쩌란 말입니까?" "자네는 안 되겠군!" 나도 흥분하기 시작했다. "어딜 가나 자네 같은 인간이 있지. 속에는 두려움이 가득 차 있는데 그걸 불평과 반항으로 토해 내려 하는 인간 말일세. 뜻도 맞지 않는 늙은이들한테서 돈을 타내어 그것으로 무얼 하겠다니, 자네는 자존심도 없나? 역사는 언제나 자네 같은 자들에 의하여 시끄럽지만 그냥 시끄럽기만 할 뿐, 한 발짝도 앞으로 나아가지는 못했네. 이 교회가 제대로 굴러가려면, 나이야 많든 적든, 자네 같은 종자들이 없어져야 할걸세." 말을 하면서도 내가 너무 심하다는 생각이 들면서 꿈을 깼다. 아직 멀었다. 한 철부지 애송이의 분노와 증오가 그대로 전염되는 것을 눈치조차 채지 못하다니! 참으로 아직 멀었다.

어쨌거나 햇살이 퍼지니 좀 살 것 같다. 태양이 모든 것의(적어도 지구상에서는) 어머니요 아버지임을 다시 한 번 느껴본다. 존재하는 모든 사물의 본질이 빛이라는 수피즘의 가르침이 그대로 빈틈없는 진실임도 짐작하겠다. 생명이란 열기다. 너무 높은 열도 아니고 너무 낮은 열도 아닌 적당한 열의 끊임없는 순환이 곧 생명이다.

식당에 내려와 보리츠라는 죽을 시켜 먹었다. 맛이 달아서 많이,

자주 먹을 만한 것은 아니다. 무미담백이 맛의 최고다. 인간도 그럴 것이다. 슬기가 일어나는 대로 뭘 좀 먹게 한 다음, 푼힐로 올라가 볼 참이다. 식당 집 딸아이 얼굴이 말 그대로 나마스테다.

11월의 꿈

≫11월 3일 민들레가 괴물을 물리친다

〈민들레교회 이야기〉 표지에서 미국 대통령 조지 부시의 초상을 보았다. 분명 부시의 초상인데 아랍인, 그것도 흑인 아랍인의 얼굴이었다. 현실에서는 어떤 화가도 흑인 아랍인을 그릴 수 없을 것이다. 게다가 흑인 아랍인 미국인을 그린다는 건 말이 안 된다. 그런데 꿈이니까 그랬겠지만 분명 얼굴은 부시의 얼굴인데 흑인이면서 아랍인이었다. 그리고 두 눈동자가 마치 찢어서 구멍을 낸 것처럼 하얗게 비어 있었다. 초상 아래 "민들레 때문에"라는 글이 한 줄 적혀 있고 그게 전부였다.

첫장에 박혀 있는 초상만 들여다보다가 잠에서 깨어났다. "민들레 때문에?" 무엇이 민들레 때문이란 말인가? 부시의 눈동자가 없어져 맹인으로 되어버린 것이 민들레 때문이란 말일까? 어쨌거나 부시가 미국인이면서 아랍인이라는 '진실'을, 그것도 아프리카계 아랍인이라는 진실을 꿈은 숨김없이 보여주었다. 아프리칸 아메리칸(이른바 검둥이 미국인)이 오늘의 미국을 등줄기가 휘도록 떠메고 있는 당나귀라는 사실은 웬만큼 알려져 있지만, 그들을 타고 앉아 있는 백인이 바로 그들과 하나라는 사실은 숨겨진 비밀에 속한다고 하겠다. 게다가 부시 자신이 '악의 축'으로 또는 세상에서 사라져야 할 악마적 테러 집단으로 지목한 아랍인이 바로 부시라니? 언뜻 보기에 언어도단 같지만, 깊이 들여다보면 과연 그러함을 알 수 있다. 만일 아프가니스탄이나 이라크가 없다면 오늘 부시가 저렇게 존재할 수 있을 것인가? 불가능한 일이다. 조지 부시를 오늘 우리가 보고 있는 저런 '얼굴'로 존재하게 한 것은 바로 아랍계 중동인이다. 그러니까 그들은 아이러니하게도 서로를 있게 해주는, 없어서는 안 되는 존재 근거들인 셈이다.

그런데 꿈의 메시지는 그 '괴물'이 바야흐로 눈을 잃었다는 것이다. 눈을 잃었다는 말은 모든 힘을 잃었다는 뜻이다. 삼손이 머리털을 잘려 힘을 잃자 바로 이어서 눈을 잃었다. 제가 저를 믿지 못하고 미워하고 그래서 마침내 죽이고 마는 '괴물'이 "민들레 때문에" 눈을 잃어 무력한 존재가 되었단다. 민들레! 무엇이 민들레로 상징되는 것일까?

이곳 네팔은 지금 민들레가 한창이다.(벚꽃도 지금이 만개하는 철이다.) 그러고 보면, 민들레는 일년 삼백 예순 닷새 하루도 피지 않는 날이 없는 지구화地球花인지 모르겠다. 아무도 일삼아 씨 뿌려 가꾸지 않는 꽃. 그래서 더욱 강인한 생명력으로 아스팔트 돌 틈에도 뿌리박아 사는 꽃. 밤에는 별이 있고 낮에는 내가 있다는 듯, 황금빛 또는 흰빛으로 무리 지어 반짝이는 꽃. 돈도 되지 않고 화병에 꽂히는 장식품으로 되지도 않는 꽃. 누가 거들떠보지 않아도 저 혼자 씩씩하게 피었다가 미련 없이 꽃잎 떨구고 솜털 구름처럼 하늘을 비행하는 꽃! 그런 민초民草들이, 제가 저를 죽이는 '괴물'의 눈을 멀게 하여 스스로 사라지게 한다는(또는 했다는), 가슴 벅찬 예언의 말씀을 주신 것일까?

간단한 김밥을 싸들고 슬기와 호수 위쪽으로 산책을 떠났다. 호숫가 넓은 논 한구석 풀밭에 앉아 김밥을 먹는다. 패러글라이더들이 떠 있는 하늘에 가끔 독수리들도 떠 있다가 사라진다. 마을 아주머니들이 낡은 돌계단에 앉아 명랑하게 수다를 떨고 있다. 가난과 부는 재물의 문제가 아니다. 남들이 보기에 가난하지만 자신은 부자인 사람도 있고 남들이 보기에 부자지만 자신은 언제나 가난한 사람도 있다. 슬기가 감기 기색이 있어서 서둘러 돌아왔다. 아스피린을 먹이고 잠자게 한 다음, 뜰에 앉아, 밭에서 일하는 여관 종업원들의 한가한 모습을 한참 동안 구경했다. 저 아이들 가슴에는 무슨 꿈이 심어져 있을까? 과연 꿈이 있기는 있을까?

오늘 만나기로 한 티베트 여인을 만나지 못했다. 속으로 미안했다. 내일은 슬기가 회복되는 대로 데리고 나가서 만나봐야겠다. 네 아이를 기른다는 젊은 과부의 가냘픈 형색이 자꾸만 눈에 밟힌다. 아프구나, 누이들아! 그래도 웃으며 한 세상 착하게 살아가야지? 민들레답게!

» 11월 5일   내 가 겪 는 일 들 은 내 가 차 린 밥 상 이 다

누가 흙으로 예배당을 잘 지었다기에 가보았다. 높은 낭떠러지 위에 육중한 흙벽돌로 지었는데 막상 예배당 건물은 보지 못했다. 낭떠러지 바로 아래 사는 마을 토박이들은 예배당에 대하여 감정이 좋지 않았다. 예배당 짓고 남은 흙벽돌을 낭떠러지 아래로 버렸는데, 그렇게 버려진 흙벽돌이 마을의 논밭을 덮어버렸던 것이다.

내가(우리가?) 갔을 때에도 아랫마을 사람들이 벼랑 위로 흙덩어리를 마구 던져 올리고 있었다. 마침 강풍이 불어 날카롭게 모가 선 흙덩이들이, SF 영화에서 지구로 떨어지는 유성들처럼, 예배당 건물을 향해 마구 돌진해 왔다. 교회 장로라는 검은 옷 입은 신사가 뭐라고 욕설을 퍼부으며 자동차를 타고 아랫마을로 달려갔다. 나는 마당을 건너지르다가 주먹만한 검은 흙덩이가 왼쪽에서 날아오는 것을 보았지만 미처 피하지 못하고 어깨를 맞았다. 곁에 있던 누군가가 괜찮으냐고 물어서 조금 아프지만 견딜 만하다고 대답했다. 그 다음은 기억나지 않는다.

잘못은 흙 예배당 지은 사람들이 했지만 그래서 던져진 흙덩이에 맞은 것은 나였다. 그러나 그것이 별로 억울하거나 속상하지는 않았다. 다만, 쓰고 남은 것을 제대로 처리한다는 게 결코 쉬운 일이 아닌데 흙벽돌을 쓸 만큼만 만들지 남아서 버려야 할 만큼 만든 것에 대하여 안타까운 마음은 있었던 것 같다. 뭐든지 적당하게 한다는 것이 참으로 어려운 일이다. 오죽하면 공자도 중용 지키는 자를 보지 못했다고 하셨을까.

두 번째 꿈. 그것은 어둡게 빛나고 있었다. 그렇다. 환하게가 아니라 어둡게 빛나고 있었다. 이렇게밖에는 표현할 수가 없다. 탑(tower가 아니라 stupa)이었다. 언덕 위에 우뚝 서 있었다. 해가 진 지 한참되어 놀빛도 모두 사라지고 바야흐로 캄캄한 어둠이 세상을 삼키기전, 낮의 잔광이 조금 남아 있는 하늘을 배경으로 거대한 소나무처럼 이 세상 마지막 탑이 어둡게 빛났다. 그것은 세상에 온 영혼들이 마지막으로 통과해야 할 관문이었다. 나는(우리는?) 거기서 세 가지 할 일이 있었다. 용서와 포기와 망각이 그것이었다. 이 세 가지 일을 마치면 탑 모양으로 서 있는 문을 통과하여 '신성한 장소'로 가게 되어 있었다. 누군가를 용서하지 못한 자나 무엇인가를 움켜잡고 있는 자나 어떤 것을 깨끗이 잊어버리지 못한 자는 탑을 통과하여 '신성한 곳'으로 가지 못한 채 멀고 먼 길을 돌아와야 한다고 했다.

나는 탑을 통과했다. 모든 것을 용서했고 모든 것을 놓아버렸고 모든 것을 잊었던가보다. '신성한 곳'에 대하여는, 거기서 예배를 드렸다는 것만 빼고, 아무것도 기억나지 않는다. 예배에 대하여도, 집전한 목사(신부?)가 "내가 항상 너와 함께 있으리라"는 누군가의 약속을 대신 말한 것만 기억날 뿐이다. 나를 '신성한 곳'으로 들어가게 하는 것이 결국, 사람에 대하여는 용서하고 사물에 대하여는 놓아버리고 이 세상 살면서 겪었던 모든 일에 대하여는 잊어버리는 것이란 말인가?

깨어나면서 문득, 한 세상 산다는 게 밥 한 상 차려먹는 것과 같다는 생각이 들었다. 밥상에 고루 갖추어진 음식들은 그것을 소화시켜 살아가는 데 필요한 영양소로 바꾼 다음 나머지를 모두 버리도록 되어 있다. 결국 한 생명이 살아있다는 것은 먹고 싸는 일의 되풀이 아닌가?

잘 먹는 일도 중요하지만 잘 싸는 일도 중요하다. 그리고 그 사이에 더욱 중요한 일이 있으니 먹은 것을 소화시켜 삶의 영양소로 삼는 일이 그것이다. 인생이 살면서 겪어야 하는 이런저런 일들, 만나야 하는 이런저런 사람들, 그것들 모두가 밥상에 차려진 음식물과 같다.

모두 내가 주문한 대로 차려진 것들이다. 개중에는 미처 어떤 맛인지 모르고 주문했다가 먹느라고 고생하는 경우도 있긴 하지만, 아무튼 내가 주문하지 않은 것은 내 밥상에 올라오지 않는다. 내가 초래하지 않은 사건은 내게 일어나지 않고 내가 부르지 않은 사람은 내 앞에 나타나지 않는다. 그래서 때로는 즐겁게 때로는 괴롭게, 때로는 기쁘게 때로는 슬프게, 그 모든 것들을 겪는다. 겪으면서 영혼의 성숙(성장)에 필요한 영양소(가르침)를 섭취하는 것이다. 그런 다음에 남은 찌꺼기는 미련 없이, 깨끗하게 버려야 한다. 그것이 망각이요 포기요 용서다.

소화가 안 되어 배가 더부룩한 상태로 새로운 밥상을 대할 수는 없는 일이다. 그것들이 모두 소화되어 텅 빈 배로 돌아왔을 때 비로소 나는 지금까지 겪었던 일들과 다른, '새로 차려진 밥상'을 대하게 될 것이다.

새벽에 잠깐 깨어 있다가 다시 잠들어 세 번째 꿈을 꾸었다. 여럿이 총으로 누구 한 사람을 쏘아 죽여야 했다.(사형수를 처형한 것 같다.) 나도 총알을 총에 먹여 쏘았다. 상대방을 본 기억은 나지 않는다. 아무튼 사건은 종결되고 총을 쏜 사람들이 함께 밥을 먹으러 가는데 성미화 선생이 자기는 총을 쏘는 척만 하고 있다가 몰래 총알을 꺼내왔다면서 당신 같은 살인자들과는 함께 갈 수 없다고 떨어져나갔다. 그의 말을 듣는 순간, 왜 나는 그 생각을 못했을까, 나도 성미화처럼 쏘는 시늉만 하고 있다가 총알을 몰래 꺼내왔으면 살인자가 되지 않을 수 있었을 텐데 하는 안타까운 마음에 땅바닥을 주먹이 아프도록 치다가 잠에서 깨어났다.

그러나 깨어나자 생각이 달라졌다. 내가 만일 그렇게 했더라면, 그래서 나 자신은 살인자가 되지 않을 수 있었겠지만, 그것은 결국 다른 누군가를 내 대신 살인자로 만든 것 아닌가? 모두가 총 쏘는 시늉만 해서 사형수를 살리고 그 대신에 죽어간다면 모르거니와, 그러지 않는 이상, 나 혼자서 '살인자'의 혐의를 쓰지 않는다는 게 무슨 의미가 있는가? 실제로 군대에서 누구를 총살시킬 때 총 하나에 실탄을 넣지 않아서 집행인들이 저마다 자기가 실탄 없는 총을 쏘았다는, 그러니까 죽은 자를 죽인 게 자기가 아니라는 생각을 하도록 한다는 말을 들었다. 눈감고 아옹이 아닐 수 없다. 그런 식으로 위안을 삼는 사람도 있겠지만, 그렇게는 하고 싶지 않다. 그런데 꿈속에서 나는 땅바닥을 치면서 그러지 못한 것을 아쉬워했다. 내 에고이즘의 습기習氣가 여전히 강력하게 작용한다는 얘기다. 어쩔 것인가? 내 안에서, 나에 의하여, 수없이 무시당하고 계시는 선생님을 불러 모시어, 모든 순간들에 주인님으로 섬기는 길말고는 다른 수가 없다.

》11월 15일   새 세상은 새 사람만이 만들 수 있다

새벽 5시에 일어나 비행장으로 6시 반까지 가야 한다는 부담감 때문인지 밤중에 자주 잠을 깨었다. 깨었다가 잠들고 다시 깨었다가 잠들고 하는 사이에 계속 꿈을 꾼 것 같은데 기억나는 것은 두 가지다.

무슨 다큐멘터리를 제작(촬영)하는 현장이었는데 기자 하나가 내 모습을 찍으려고 접근했다. 황급히 얼굴을 가리고 피하려 했지만 그는 집요하게 내 뒤를 쫓아왔다. 도망치는 뒷모습만 찍어도 충분히 뉴스감이 된다는 것 같았다. 산을 넘고 내를 건너 도망치다가 평원에

276

이르렀는데 웬 꼬마 여자아이가 내 뒤를 쫓는 기자에게 테니스 공만 한 흰 공을 던졌다. 공은 바람을 가르며 내 어깨 위로 스쳐 뒤따라오던 기자의 카메라 렌즈를 정통으로 맞혔다. 렌즈가 박살나면서 유리 파편과 흰 공이 기자의 앞이마에 그대로 박혔다. 거인 골리앗이 소년 다윗의 팔맷돌에 맞아 거꾸러지듯, 기자는 그 자리에 쓰러져 숨을 거두었다. 경찰관인 듯 보이는 어른들이 꼬마 여자아이를 붙잡아 끌고 가는데 여자아이가 외마디 소리로 부르짖었다. "밝혀!"

그 뒤로 어떻게 됐는지 기억나지 않고, 다른 장소에서 다른 젊은이들과 그 꼬마 여자아이에 대한 이야기를 나누었다. 주로 내가 말을 했고 젊은이들이 들었다. 이야기한 내용을 간추리면 다음과 같다.

"방금 너희는 내게 돈을 달라고 했다. 어린이들과 노인들이 소외당하는 세상을 갈아엎기 위해서 돈이 필요하다고 했다. 그런데 내 눈에는 너희가 그만한 일을 할 재목으로 보이지 않는다. 왜냐하면 너희는 꼬마 여자아이가 마지막으로 한 말을 실천하기는 관두고 그 말을 이해하지도 못하기 때문이다. 그 아이가 '밝혀!'라고 말했을 때 너희 가운데 누가 그 말에 귀를 기울여 듣기라도 했더냐? 너희는 기껏 한다는 게 나 같은 사람한테서 뜯어낸 돈으로 오토바이나 사서 몰고 다닌다. 진정으로 어린이와 노인이 제대로 대접받는 세상을 만들고자 한다면 이렇게 떼를 지어 몰려다니지 말고 지금이라도 흩어져라. 흩어져서 너희가 원하는 세상을 만들기 위해 구체적으로 할 수 있는 일을 찾아내어 그 일을 하여라. 새로운 세상은 새로운 인간만이 만들 수 있는 것이다."

그리고 그들의 두목인 듯이 보이는 젊은이에게 말을 계속했다. "두목이 되려거든 진짜 두목이 되어라. 진짜 두목은 자기를 두목이라고 부르는 자들의 아픔을 제 가슴으로 아파하고 그들의 기쁨을 제 가슴으로 기뻐한다." 이렇게 말하다가 호흡이 가빠지면서 잠을 깨었다. 평소에 하던 말을 꿈에도 비슷하게 했다.

여자아이가 잡혀가면서 "밝혀!"라고 외마디 소리를 지른 것이 무엇을 뜻할까, 생각하는데 문득 떠오르는 것이 '컴퓨터'다. 컴퓨터는 단체로 작동되지 않는다. 단체로 작동시킬 수도 없다. 컴퓨터는 인간을 철저하게 고립시킨다. 그러면서 과거에 그 어떤 매스컴도 해내지 못한, 광범위하고 빠른 매스 커뮤니케이션을 해낸다. 컴퓨터나 인터넷이 밝히고자 하면 숨을 방법이 없게 되었다. 건강하고 정당한 세상을 만드는 길은 모든 구성원이 밝고 바르게 살아가도록, 그렇게 살지 않을 수 없도록 만드는 데 있다.

나는 왜 기자의 카메라를 피해 그토록 허둥지둥 달려야 했을까? 그리고, 카메라와 함께 카메라의 주인을 한 방에 날려버린 꼬마 계집아이는 누구인가? 늙고 병든 몸에서 악취가 나듯, 늙고 병든 기관에서도 악취가 나게 마련이다. 자본주의 사회에서 돈맛에 취할 대로 취한 매스컴은, 그 이마에 무슨 근사한 구호를 내붙였다 해도, 늙고 병든 몸의 악취를 풍기지 않을 수 없다. 호구虎口를 피해 달아나던 나를 구하면서 동시에 늙고 병든 매스컴을 돌멩이 같은 공 하나로 쓰러뜨린 것은 꼬마 계집아이 같은 새로운 매스컴이었다.

나는 컴맹이지만, 컴퓨터야말로 세상을 좀더 밝은 세상으로 만들 어쩌면 유일한(?) 수단일 것이라는 생각을 하지 않을 수 없다.

기억나는 다른 꿈 한 토막. 드넓은 평원을 달려와 농구공을 바스켓에 던져 넣었다. 덩크슛은 아니지만 그물에 손이 닿을 만큼 몸을 높이 날려 멋지게 골을 성공시켰다. 일단 이번 여행은 이렇게 끝나는 것 같다. 느낀 것도 많고 깨우친 것도 제법 있지만, 속에 묻어두기로 한다. 내가 바스켓에 던져 넣은 농구공을 누가 반 조각 내었다. 반 조각을 내니까 자연스레 공의 단면도가 생겨났는데, 25라는 숫자를 대칭으로 붙여놓은 형상이었다. 그림으로 그리면 이렇다.

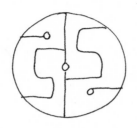

25는 50의 반이다. 50은 100의 반이다. 60은 120의 반이다. 모든 수가 다른 어떤 수의 반이다. 모든 인생이, 그가 나이 얼마까지 살다가 죽었든 간에, 에누리 없는 반쪽 인생인 것이다. 성공을 했어도 반쪽 성공이요 실패를 했어도 반쪽 실패다. 그러니 성공했다 하여 우쭐거릴 일도 아니요 실패했다 하여 낙심할 일도 아니다. 영원히 가서 닿을 수 없는 반쪽이 어디엔가 남아 있기 때문이다.

여기는 방콕 국제공항 대기실.

≫ 11월 19일   서비스업은 서비스로만 살아남는다

서울의 M 대학교가 영리를 목적으로 사업을 벌이다가 당국의 조사를 받게 되자 모든 기득권을 포기하고 시골로 캠퍼스를 옮겼다. 현실에서야 그런 일이 있겠는가만, 꿈이니까 정말 꿈 같은 일이 벌어진 것이다. 시골 캠퍼스라는 데를 가보았다. 대학 캠퍼스로 지은 건물이 아니라 조선 시대 어느 지방 토호의 저택을 리모델링한 것이었다. 겉 모양은 말 그대로 고래등 같은 기와집인데 속은 비좁고 추워서 을씨 년스럽기만 했다.

이제 이렇게 역사 깊은 M 대학이 문을 닫는구나 하는 생각이 들었다. 그러나 학교를 운영하는 사람들은 여전히 위세를 부리며 꿈에 부풀어 있었다. 학생들 모습이 눈에 띄지 않는 학교에서 자기네끼리 무엇인가 머리를 맞대고 열심히 의논하는 모습이었다. 거기서 내가 무엇을 하거나 누구를 만난 기억은 없다.

지금 세상은 서비스업계가 가장 호황을 누린다고 한다. 농어촌이 무너져 내린 것은 벌써 오래 되었고 공장들도 문을 닫는 데가 늘어나는 추세다. 사람들이 물건을 생산하는 일보다 생산된 것들로 사람을 서브serve하는 일(서비스업)에 몰려든다는 얘기다. 그러나 서비스업계(운수 사업이나 요식업 같은)에서 진정한 서비스를 찾아보기는 하늘의 별 따기처럼 되었다. 먼저 서브하고 나중에 그에 대한 사례를 받는 일은 좀처럼 볼 수 없는 경우다. 심지어 대학 교수나 교회 목사까지도 일하기 전에 미리 보수를 정하는 관례에 대하여 아무런 이의를 달지 않는다. 오히려 그것이 당연한 일인 양 생각하고 예산을 책정할 때 더 많은 보수를 받기 위해 줄다리기를 하기도 한다.

이런 현상은 다른 게 아니다. 자본주의 이데올로기가 더 이상 갈 곳이 없는 궁지에 이르렀다는 반증일 뿐이다. 지금은 호황을 누리고 있는 듯한 모습이지만, 머잖아 낡은 시대 허울만 남은 고가古家에서 학생은 하나도 없는데 자기네끼리 허망한 꿈을 꾸는 M 대학처럼 될 것이다. 물론 앞으로도 서비스업계는 생산업계와 함께 존속되겠지만, 돈보다 서비스를 먼저 생각하고 먼저 실천하는 제대로 된 업체들만이 살아남을 것이다.

　두 번째 꿈.

　인간문화재라고 하는 노인의 노래 공부방에 들어갔다. 사람들이 방 안 가득 앉아 선생의 선창에 따라서 노래를 불렀다. 나도 그들 사이에 끼여 함께 노래를 불렀다. 노래가 저절로 잘 불러졌다. 한참 따라서 부르다가 중간에 그만 가사를 잊었다. 악보를 보았지만 어디를 부르고 있는지 알 수 없었다. 하릴없이 노래를 중단하고 앉아 있는데 갑자기 눈앞에 기림이가 나타났다. 다섯 살쯤 되어 보이는 어린 모습이다. 기림이가 내 귀에 입을 대고는 속삭이듯이 말했다. "밖에 나갔다가 집으로 들어갈 때에는 아빠가 먼저 들어가고 나를 뒤에 남겨두어도 거기가 집이니까 괜찮지만, 이런 낯선 데를 들어올 때에도 아빠 먼저 쑥 들어오고 나만 혼자 밖에 남겨두면 어떡해?" 그 말을 듣는 순간 기림이를 문 밖에 두고 혼자서 들어온 것이 비로소 생각났다. 그동안 내가 그랬다는 사실조차 모르고 있었던 것이다. 기림이를 껴안으면서 진심으로 용서를 빌었다. "미안하다, 기림아. 용서해다오. 정말 미안하다!" 기림이가 둥근 얼굴에 미소를 담고 나를 바라보며 말했다. "노래도 좋지만 사람을 배려할 줄도 알아야지."

　어제 낮, 아내가 내게 말했다.

　"당신은 선천적으로, 하느님의 은혜로, 남을 배려할 줄 모르게 생겨먹었어. 그러니 그냥 생긴 대로 사셔! 이제 와서 뭘 새로 어떻게 해보려고 애쓰지 말고."

　나는 할 말이 없다. 그저 다만 진심으로 용서를 비는 수밖에, 다른 무슨 수가 없을 것 같다.

» 11월 20일   모든 경험이 무엇인가를 드러내 보여 준다

무슨 여자 대학교였다. 학생 총회 대표를 뽑는데 후보가 여덟 명 나왔다. 그 중 한 후보를 지지한 학생들이 내게 와서 말했다. "열심히 운동했지만 떨어지고 말았어요. 여덟 명 가운데 여섯 번째로 표를 얻었답니다. 저희들이 한 일에 대한 평가를 받고 싶어요. 여기 이 종이에 적어주십시오."

나는 별로 할 말이 없다고 했지만, 한 학생이 끝까지 남아서 굳이 한 말씀 적어 달라고 간청을 했다. 할 수 없이, 평가라기보다는 소감이나 적어보겠다고 대답하자 고맙다면서 종이를 놓고 간다. 얼굴을 보니 엉뚱하게도 중국에 가 있는 범일凡— 군이다. 깜짝 놀라 잠에서 깨어났다가 곧 다시 잠들었던 모양이다. 검정색 붓펜(?)으로 흰 종이에 다음과 같은 그림을 그리고 그림 옆에 몇 줄 적었다.

"검은 선들이 흰 빛을 드러낸다. 사람이 겪는 경험들은, 그것이 겪고 싶은 경험이든 겪고 싶지 않은 경험이든, 백지 위에 그어진 검은 선과 같다. 어떤 일을 겪든 그 경험이 드러내는 바를 제대로 알아차리는 것이 경험을 제대로 겪어내는 길이다. 인생은 경험의 연속이요,

그 경험들이 그려내는 바를 제대로 읽는 데 인생의 성패가 달려 있다. 당선이냐 낙선이냐는 문제가 되지 않는다. 둘 다 소중한 경험이라는 점에서 같기 때문이다. 검은 선은 검은 선일 따름이다."

» 11월 23일 잘못을 저지르는 것이 잘못을 저지를 수 없도록 굳어 있는 것보다 낫다

지각되는 현상 세계는 하나의 거대한 균형 혹은 균형을 찾아 움직이는 불균형이라고 하겠다. 간밤 꿈에는 꽃꽂이를 배우려고 꽃꽂이 강습소에 등록을 하기 위해서 꽃가게들을 순방하다가 깨어났다. 강습소에서 꽃가게 여섯 군데 이상 추천을 받아야 한다고 했기 때문이다.

꽃꽂이는 균형의 아름다움을 추구하는 예술이다. 꽃가게를 순방하다가 선배 목사를 만났다. 작년에 아내를 여의고 혼자 사는 줄 알았는데 그동안 일본에 가서 처녀를 만나 새장가를 들었단다. 지금 어디 가느냐고 물으니, 일본 아내가 쪽지를 남기고 자취를 감추어서 찾으러 다닌다고 했다. 그의 오토바이 뒤에 타고 함께 도망간 아내를 찾으러 다녔다. 강화도 어느 건달들 소굴에 있는 것 같다고 했다.

새 아내가 남긴 쪽지에 뭐라고 썼느냐 물으니, 자기는 한국말을 배워야 한다고 해서 열심히 한국말을 배웠는데 당신은 일본말을 배울 생각조차 하지 않으니 이래서는 부부 생활을 할 수 없다고, 그렇게 썼다는 대답이었다. 내가 오토바이 뒤에 앉아서, 일리 있는 말이라고, 형님도 그 점에서 반성할 바가 있다고 말했다.

"지구가 오늘도 탈 없이 제 궤도를 돌고 있는 것은 바다 때문이오.

바다가 쉬지 않고 출렁거리며 또는 급히 흐르며 지구 무게가 한쪽으로 기울지 않도록 균형을 잡아주기 때문이란 말이오. 만일 바다들이 모두 얼어버려서 딱딱하게 굳어져 더 이상 출렁거릴 수 없게 된다면 지구는 그 순간 균형을 잃고 스스로 붕괴되고 말 것이오. 시소를 타고 즐기던 아이들이, 시소에 문제가 생겨서 더 이상 움직이지 않고 굳어져버린다면 어떻게 되겠소? 기울어진 시소에서 굴러 떨어져 다치거나 죽거나 할 것 아니오? 그뿐이겠소? 시소 자체도 굳어진 불균형을 견디지 못하고 무너지겠지요. 사람들은 지구의 재물이 지나치게 한쪽으로 편중되어 있다고 걱정합니다만, 그래도 아직 이렇게 소위 '지구 경제'라는 게 파탄에 이르지 않고 버티는 것은 어디선가 '남는 것을 헐어 모자라는 데를 채우는'(損有餘而補不足) 하늘의 도(天之道)가 이루어지고 있기 때문 아니겠어요? 내가 이렇게 꽃가게들 추천을 받으러 다니는 것도 꽃꽂이 예술의 균형을 위해서요."(꿈에는 분명히 이렇게 말한 것 같은데, 꽃가게들 도장을 받는 것과 꽃꽂이가 무슨 상관인지 아무리 생각해 봐도 모르겠다.)

수피즘에서는 우주를 신의 춤이라고 한다. 춤이야말로 균형미의 완벽한 표현이다. 균형은 고착되어 있는 것이 아니다. 기울어짐이 없으면(움직임이 없으면) 춤은 존재할 수 없다. 차렷 자세로 서 있는 군인을 보고 그가 춤추고 있다고 말할 사람은 없을 것이다. 균형은 불균형의 열매다. 불균형이 균형을 낳고 균형은 불균형을 부른다. 그래서 춤은 계속된다. 파멸의 신 쉬바는 재생의 신이기도 하다.

잘못을 저지르는 것이, 잘못을 저지를 수 없도록 굳어져 있는 것보다 훨씬 낫다. 한순간도 멈추지 않고 돌아가는 은하계의 돌아가는 태양계의 돌아가는 지구 행성에 살고 있는 것 자체가 얼마나 고마운 일인가? 부처를 만나면 부처를 죽이고 조사祖師를 만나면 조사를 죽이라는 말이, 그 말이 과연 맞는 말이다. 그러지 않으면 내가 굳어져 죽고 마는데, 내가 죽으면 예수님이 백 번 오신들 내게 무슨 가르침을 베푸실 것인가? 그분을 위해서라도 한자리에 멈추어 굳어지는 일은 없어야 한다. 세상의 불균형이 나를 살린다.

기울어지는 것을 겁내지 말자. 거꾸로 처박히는 것도 그대로 받아들이자. 안 그러면, 비싼 돈 주고 탄 청룡 열차를 즐기기는 관두고 죽어라 고생만 하다가 때가 되매 하릴없이 내려오고 말 것이다. 어머니가 얼마나 아프게 낳아 고생하며 길러준 몸인데, 나는 또 얼마나 힘들게 태어난 세상인데, 그렇게 바보처럼 살다 갈 수는 없는 일이다.

» 11월 27일　별처럼 나비처럼

장사익이라는 이름의 필자가 신문에 낸 칼럼을 읽었다. "당시 학생 운동은 별 같았고 나비 같았다"고 쓴 첫 문장이 기억에 남아 있다. 별 같았다는 말은 단호하고 분명했다는 뜻이고 나비 같았다는 말은 유연하고 가벼웠다는 뜻이다.

자신이 경험한 학생 운동을 회고하는 꽤 긴 칼럼이었다. 함석헌 옹 얘기도 사진과 함께 들어 있었는데 내용은 기억나지 않는다. 그 글을 쓴 사람이 요즘 활동하는 노래꾼 장사익인지 아니면 동명이인인지도 알 수 없다. 그래도 그만이요 아니어도 상관없는 일이지만.

"당시의 학생 운동"뿐만 아니라 내가 지금 하고 있는 일 또는 걷고 있는 발걸음도 별 같고 나비 같았으면 좋겠다. 언제나 때가 되면 그 자리에서 빛나는 별처럼 변함이 없으면서도, 한 송이 꽃에 붙잡혀 있지 않고 이 꽃 저 꽃 순방하는 나비처럼 자유로웠으면 좋겠다. 정해진 궤도를 따라 한치도 어긋남 없이 순회하는 별처럼 엄격하면서도, 봄날 아지랑이 타고 날아다니는 나비처럼 행보가 가벼웠으면 좋겠다.

좋은 화두 하나 얻었다. "별처럼 나비처럼!"

≫ 11월 29일 그림자 속에 실물이 감추어져 있다

행정 마을이라는 데를 갔다. 작은 시골 마을이었다. 마을 입구에 우체국이 있고 그 안에, 만나러 온 마을 사람을 찾아서 불러준다는 자동 시스템이 설치되어 있었다. 컨베이어 벨트가 쉬지 않고 돌아가는데, 컴퓨터 키보드처럼 생긴 글자판을 두들겨 어느 집 아무개를 찾는다고 입력시켜 놓고 기다리면 그 사람이 나타난다는 것이었다.

나는 반씨 성을 가진 청년을 만나려고 했다. 그의 누이동생이 읍내 우리 집에서 하숙하며 중학교를 다니고 있었다. 그런데 막상 자판을 두드리려고 보니 ㄱ ㄴ ㄷ ㄹ……은 없고 아라비아 숫자만 1에서 9까지 뒤섞여 있어 무엇을 어떻게 눌러야 하는지 알 수 없었다. 이러지도 저러지도 못하고 기계 앞에 서 있는데 한 처녀가 다가와 도와주겠으니 찾는 사람의 주소와 이름을 대라고 했다. 주소는 모르고 이름도 모르고 성만 반씨라는 걸 안다고 대답하자 이 마을이 반씨네 집성촌이기 때문에 그냥 반씨라고만 해서는 기계가 사람을 찾을 수 없다고 했다. 처녀가 반씨의 누이동생 이름은 아느냐고 물었다. 알았었는데 지금은 생각나지 않는다고 대답하자 그럼 모르는 것과 같지 않느냐고, 아무래도 그냥 돌아가셔야겠다고, 비록 자동화된 시스템이지만 반씨라는 성만 가지고는 사람을 불러낼 수 없다고 처녀가 나긋나긋하게 말했다.

하릴없이 우체국에서 나와 집으로 돌아가려고 하는데 막차가 벌써 떠났다. 먼길을 걸어서 갈 수밖에 없다. 천천히 걷기 시작했을 때 웬 아이가 다가오더니, 마을이 작으니까 집집마다 찾아보면 금방 찾아낼 수 있을 것이라고, 더구나 읍내에 가서 하숙하며 중학교에 다니는 여학생은 하나밖에 없으니 사람들한테 물어보면 금방 알 수 있을 것이라고 일러주었다. 내가 깜짝 놀라며, 그렇게 쉬운 방법이 있는데 왜 그걸 생각해 내지 못했을까 하고 소리 질렀다. 여기까지는 비교적 선명하게 기억나는데 그 뒤부터 흐릿해졌다. 마을에 들어가서 여자들과 아이들을 만나 어울려 다니며 이것저것 구경도 하고 얘기도 하고 그랬던 것 같다. 전체적으로 가볍고 밝은 분위기였다.

새벽에 다시 꿈을 꾸었다. 덕주와 이야기를 나누었다. 마지막에 몇 마디 말만 기억난다. "박영진 교수가 쓴 영어였기에 우선 믿을 만했고 그리고 쉬웠다. 평범한 문장이었어. 손볼 데가 거의 없었지. 한두 개 오자를 고쳤을 뿐이야." 덕주가 말했다. "평범한 문장에 평범한 내용을 담았으니 그보다 좋은 글이 없지." 여기서 갑자기 잠을 깨었다. 깨어나는 순간, 우리 둘 중에 누가 말했는지 아니면 다른 누가 말했는지 모르겠으나 뚜렷이 들려오는 한마디가 있었다. "평범한 내용에 비범한 의미가 담겨 있지 않으면 쓰레기일 뿐이다!" 완전히 잠에서 깨어난 내가 한마디 덧붙였다. "비범한 의미를 찾아내는 일은 읽는 자의 몫이다."

우리는 간혹 비범해 보이는 물상物像이나 비범해 보이는 풍경을 만나는 때도 있지만 대개는 평범한 것들 속에서 평범한 일상을 살아간다. 사람들이 터잡고 살아가는 곳은 경치가 빼어난 이른바 명승지가 아니라 밋밋한 야산과 들판이다. 금강산 비경 속에 있는 것은 사람 사는 마을이 아니라 속세를 등진 도인들의 몇몇 암자 정도다. 그곳 암자에 머무는 도인들도 마지막 종점은 사람들이 모여 사는 마을 장마당이다. 산은 산이고 물은 물인 세상으로 돌아오기 위하여 잠시 산이 산 아니고 물이 물 아닌 경지에 몸담고 있는 것이다. 그러나 바로 그 평범 속에 조물주는 비범을 감추어놓았다. 그림자 속에 실물을 감추어놓았고, 허상 속에 진상을, 허위 속에 진실을 묻어놓았다.

그리고 그것을 찾아보라고 인간을 만들었다. 그리고…… 그것을 찾는 인간들 속에 자신을 다시 숨겨놓았다. 그리하여 끝없는 진실 게임이 계속되고 있는 것이다.

평범한 문장의 평범한 내용 속에 숨겨진 비범한 의미를 찾아내는 것은 눈 밝은 독자의 일이거니와 그를 통하여 조물주는 발견되기를 기다리며 오랫동안 숨어 있다가 마침내 발견되는 즐거움을 맛본다. "나는 숨겨진 보물. 알려지기를 사랑했노라. 그래서 나는, 내가 알려지려고 세상을 창조했도다."(이슬람의《하디스》)

행정 마을에서 반씨 청년 찾는 일은 아주 쉬운 일이었다. 내 발로 마을에 들어가 사람들에게 물어보면 금방 찾아낼 수 있었다. 그런데 그 쉬운 방법을 생각 못하고 자동화 시스템의 장벽에 막혀 하릴없이 먼길을 걸어서 돌아가려고 했다. 그런데 얼마나 다행인가! 한 아이가 내게 다가와 길을 가르쳐주었다. 아이가 아니었다. 선생님이셨다!

288

12월의 꿈

» 12월 3일   네 일 속 에 서   스 스 로   방 관 자 가   되 어 라

　이런저런 생각으로 뒤척이다가 새벽 먼동이 희읍스름 밝아오는 것
을 보고서 깜빡 잠이 들었나보다. 꿈이라기보다는 계시처럼 생각되
는 짧은 꿈 두 토막을 꾸었다.

　첫 번째 꿈. 정릉 집이라고 했는데, 지난 여름까지 살았던 정릉 집
은 아니다. 주인 없는 빈 집이었고 내가 그곳에 살고 있었다. 그러니
물론 내 집도 아니다. 집은 두 경계로 나뉘어 있었다. 한쪽은 밝은 빛
으로 가득 차 있고 다른 한쪽은 물이 허리까지 차 있었다. 주인이 연
못으로 만들어놓은 곳이라고 했다. 자세히 보니 물 속에 열대어처럼
생긴 고기들과 몸집이 큰 고기들(특히 주둥이가 무척 큰)이 있고 푸
르퉁퉁한 짐승도 있는데 죽어서 떠다니는 것들도 있고 죽어가는 것
들도 있다. 나머지 살아있는 것들도 물이 워낙 탁해서 그런지 생기를
잃고 겨우 눈만 꿈적거리거나 아가미만 펄럭거린다. 생김새가 흉물
스럽게 보이는 푸르퉁퉁한 짐승은 철망에 갇힌 듯, 꿈쩍도 않고 있어

290

서 처음에는 그것이 거기 있는 줄도 몰랐다. 모두들 주인이 아끼며 돌봐주던 것들인데, 주인이 집을 떠난 지 오래되어 아무도 보살피지 않고 먹이까지 끊겨서 이렇게 되었단다.(누가 그렇다고 말해 주었는지 모르겠다. 아무튼 누군가 일러주어서 그런 줄 알게 되었다.)

물에서 나와 깨끗하게 정돈된 빈 방에 들어가 옷을 벗어 말리고 있는데 갑자기 방 주인이라는 여자들이 들어왔다. 집주인의 여동생과 그 딸이라고 했다. 깜짝 놀라 "미안하다"고 사과하자 젊은 딸아이가 깔깔거리고 웃으며 옷장에서 자기 바지를 꺼내어 입으라고 준다. 허둥지둥 입었지만 너무 작아서 잘 들어가지 않았다. 그러다가 깨어난 것 같다.

생각해 보니, 집의 반쪽을 채우고 있던 물이 그게 흐르는 물이 아니었다. 주인이 있었다면 때때로 갈아주었을 텐데, 괴어 있은 지 오래되어서 썩어가고 있었다. 그러니 그 안에 살고 있는 짐승들이 기운을 차릴 수 없었던 것은 당연한 일이다. 흐르는 물이 아닌 이상 괴어 썩을 수밖에 없고, 괴어 있는 물은 언제고 마르게 마련이다.

간밤 꿈에 본 연못, 물이 탁해서 바닥도 보이지 않던 연못, 그것은 나의 '나$_{ego}$'였다. 그리고 거기서 죽어가던 물고기들(알록달록 예쁘게 생긴 것들도 있고 주둥이가 몸통보다 큰 흉측하게 생긴 것들도 있었다)과 푸르퉁퉁한 짐승은 내 속에서 활개치던 오랜 습기習氣들이었다. 그것들이 돌봐주던 주인을 잃어 시들어가는, 죽어가는, 죽어 있는 모양을 보았다. 길몽이다!

두 번째 꿈.

소리가 외국에 일이 있어 나가는데 공항에서 입국하는 누구를 만나 무엇을 주고받아야 한다고 했다. 탑승 시간은 다가오건만 입국자는 나타나지 않는다. 나 혼자 몸이 달아서 이리 왔다 저리 갔다 하는

데 정작 비행기를 탈 본인은 태연자약이다. 비행기에 탑승하는 일보다 입국자를 만나 주고받을 것을 주고받는 게 먼저 할 일이니까, 탑승은 그 다음에 생각해 볼 문제라는 것이었다. 나는 할 말이 없어 가만있었지만 마음은 편치 않았다. 그러다가 잠에서 깨어났다. 깨어나는 순간, 어디선가 들려오는 한마디. "무슨 일을 하든 지극 정성으로 하여라. 동시에 그 일 속에서 방관자가 되어라!"

일을 정성껏 하되 일에 예속되지 말라는, 일에서 자유로우라는 얘기다. 내가 스스로 정성껏 하는 일 속에서 방관자가 되어야 하는 이유는 내 신분이 방관자 이상도 이하도 아니기 때문이다. 나는 내가 하는 모든 일의 주인도 아니요 소모품도 아니다. 간밤 꿈에 소리는 자기 일에 방관자였고 나는 남의 일에 주인 아닌 주인이었다. 선생님께서 소리 모습으로 오시어 말씀하신다. "무슨 일이든 정성껏 하되 그 일에서 자유로워라. 네 일 속에서 스스로 방관자가 되어라." 그렇다. 남의 일을 방관하는 것은 경우에 따라 사람으로서 할 짓이 아니겠지만, 자기 일에 방관하는 것은 옹근 자유인만이 할 수 있는 일이다.

» 12월 10일 모든 것이, 그로 말미암아 드러날 진실을 향해 춤추는 가짜였다

벼 가마에 담긴 벼를 심사할 때 벼가마 옆구리를 찔러 벼를 꺼내는 작은 쇠삽이 있다. 대나무로 만든 찻숟갈 비슷하게 생겼다. 그것으로 벼 가마를 찌르면, 거죽에는 ~ 형태로 자국만 남고 벼 한 톨 그리로 새어나오지 않는다. 누군가, 그와 같이 생긴 두 개의 삽으로 잡목들이 듬성듬성 나 있는 풀밭을 찔렀다. 그렇게 해서 생긴 흔적을 통해 땅 속으로 들어가자 놀라운 세계가 펼쳐졌다.

어느 나라 여왕의 대형 쇼핑몰이라고 했다. 처음에는 좁은 골목에 벼룩 시장 형태의 작은 상점들이 줄을 이었고 그 끝에 가지각색 조명들로 눈부신 보석 가게와 백화점처럼 온갖 상품들이 진열된 매장이 보였다. 그리로 수많은 사람들이 드나들었다. 기억나는 꿈은 여기까지다. 거기서 누구를 만나거나 무슨 행위를 한 기억은 없다. 역시, 구경만 했던 것 같다.

사람들이 만든 것이든 자연이 스스로 만들어낸 것이든, 아무튼 지금 지상을 장식하고 있는 온갖 사물이(사람 몸을 포함하여) 모두 지하에서 나온 것이라는 평범한 진실(평범해서 쉽게 간과해 버리는 진실)을 새삼 일깨워준 꿈일까? 농산물은 말할 것 없고 자동차를 비롯한 온갖 공산품들도, 심지어 예술가의 예술 작품까지, 그 모든 것이 땅에서 솟아나거나 캐어내거나 캐어낸 것들에 인공을 보태어 만들어낸 것들이다. 하늘에서 낙하산 타고 내려온 '물건'은 눈 씻고 찾아봐도 없는 게 우리가 살고 있는 이 세상이다.

모든 것의 뿌리가 땅 속에 있다. 나무들만 뿌리를 땅 속에 둔 것이 아니다. 지상에 있는 것은 때가 되면 지하로 돌아갈 공동 운명을 지니고 있다. 오직 하나, 눈에 보이지도 않고 귀에 들리지도 않고 손에 잡히지도 않는 물건이 있는데 그것만이 때가 되면 땅 속으로 돌아가지 않고 하늘로 올라간다. 하늘로 올라간다는 말은 비행기 타고(또는 구름 타고) 공중으로 올라간다는 말이 아니라, 시간과 공간의 경계로부터 자유로운 무엇으로 몸을 바꾼다는 말이다. 우리가 영혼이라는 이름으로 부르는 것이 그것이다.

영혼에 관해서는 말을 삼가는 게 좋겠다. 아는 바도 없거니와 알고 싶어한다 해서 알 수 있는 것도 아니기 때문이다. 때 되면 알아야 할 만큼 알지 않겠는가? 다만, 눈에 보이고 손에 만져지는 저 온갖 현란한 물건들이 모두가 한줌 흙덩이의 변신 또는 변형이라는 사실을 응시하며 살아갈 필요가 있다. "황금을 돌같이 보라"는 격언은 "돌을 돌로 보라"는 말로 바꾸어야 한다. 금이라는 게 그게 갈 데 없는 돌이기 때문이다. 이렇게 물物의 본질을 꿰뚫어볼 때 비로소 그 변형된 모양을 즐기면서 거기에 속아 얽매이지 않는 자유인으로 살아갈 수 있을 것이다.

2004년 12월 10일, 금요일. 60년 전, 한 여왕의 일자一字형 흔적을 통하여 이 물건이 세상에 나온 날이다. 사람들은 이날을 한 바퀴 돌아온 날(回甲)이라고 한다. 나는 어디를 어떻게 돌아 여기에 이르렀는가? 모르겠다. 날이 갈수록 아는 것은 줄어들고 모르는 것만 늘어난다. 천행天幸이다. 고마운 일이다.

너는 옹기 단지를 보느냐?
나는 옹기로 된 흙과 흙에 서 있는
나무와 나무가 서 있는
산과 산 뒤의 산과
그것들을 지으신 이를 본다.
내가 네게 진실을 말해 주마.
내 사랑하는 분, 하나님은
이 흙덩이 안에 살아계신다.

— 카비르

나도 한 가지, 내 짐작되는 바를 말해 보겠다. 돌아보니 나는 어디에도 없었다. 주인공을 알 수 없는, 계속되는 변형의 흔적만이 있는 척했을 뿐이다. 모든 것이 속임수 가짜였다. 그것들로 말미암아 마침내 드러날 어떤 진실을 향해 춤춰야 했던!

» 12월 11일   안으로 들어가면 하나요 밖으로 나가면 여럿이다

늙은 신부와 젊은 수사, 개신교 목사와 나, 이렇게 넷이 어울려 장소를 바꿔가며 술판을 벌였다. 처음에는 일본식 격자 무늬 미닫이가 있는 방에서 시작했는데, 술이 웬만큼 취하자 길을 걷기도 하고 높은 돌계단을 구르듯이 내려가기도 하면서 잔을 주고받았다. 늙은 신부는 박정희 정권의 긴급 조치 시절부터 유신 말기까지 감옥을 자기 집처럼 드나들었던, 한국 천주교 인권 운동의 대부였고, 젊은 수사는 어느 울타리 없는 정신 병원에서 도망친 환자들을 찾아 '모셔오는' 일을 한다고 했다. 개신교 목사는 자기가 개신교 목사라는 것말고는 아무것도 말할 게 없다면서 마치 술 마시러 세상에 온 사람인 양 계속 술잔을 비워댔다. 나는 술을 마실 수 없어서 맹물을 마셨던가? 잘 기억나지 않는다.

아무튼 우리 넷은 유쾌하고 떠들썩하게 유행가를 메들리로 부르며 놀았다. 내가 술은 마시지 않았지만 술에 잔뜩 취한 사람처럼(그냥 시늉만 한 게 아니라 정말 취해 있었다) 한마디 연설을 했다. "존경하는 선배 신부님, 아끼는 후배 수사, 그리고 술고래인 개신교 목사! 한 잔만 마셔도 온몸에 두드러기가 돋는지라 비록 술을 마시지 못합니다만, 여러분과 이렇게 어울리며 함께 인생을 즐긴다는 게 나로서는 참으로 소중하고 행복합니다! 여러분이 나처럼 술 한 방울 못 마시는 맹물을 내치지 않고 받아들여주시는 것도 대단하지만 여러분을 떠나지 않고 함께 취하여 노래하고 웃고 떠드는 이놈 또한 보통은 아니라는 사실을 여러분은 아무쪼록 기억하여 주시기 바랍니다. 이상!" 모두 웃으며 박수를 쳤다.

그렇게 어울려 다니며 술판을 벌이다가 어느 풀밭에 이르러 우리 넷은 마치 이불 속으로 기어 들어가듯 푸른 뗏장 아래로 들어갔다. 뗏장 아래로 들어가자 더 이상 우리 모습이 보이지 않았다. 나도 물론 들어갔지만, 우리가 들어가 있는 푸른 언덕(?)이 그리로 들어간 우리 때문에 잠시 들썩거리다가 이내 고요해지는 것을 내려다보았다. 풀밭이 고요해지자, 그동안 무슨 일이 있었냐는 듯, 그것을 바라보는 나 또한 고요해지는 것이었다. 여기서 깨어났다. 깨어나는데 안개 속에서 모습을 드러내는 소나무처럼 이 한마디가 떠올랐다. "내피內皮로 들어가면 서로 어울려 하나요 외피外皮로 나가면 서로 나뉘어 여럿이다. 내피 곧 외피요 외피 곧 내피다!"

한쪽으로 끝없이 달라지면서 한쪽으로 마침내 같아지는, 이것이 도대체 무엇인가? 그 이름 알 수 없지만, 나는 내가 그것임을 느낀다. 나뿐 아니라 아무도 이 운명을 벗어날 수 없다. 그러므로…… 할 말 없음!

"인생을 진지하게 산다는 것은, 히말라야 산 속이나 고대 티베트에 사는 것처럼, 명상 속에서 일생을 보낸다는 뜻이 아니다. 현대를 살아가는 우리는 먹고살기 위해 일을 해야 한다. 그러나 인생의 깊은 의미를 관조할 짬도 없이 9시 출근 5시 퇴근에 얽매여 살 수는 없는 노릇이다. 우리가 할 일은 균형을 이루는 것, 중도中道를 발견하는 것, 지나친 활동과 막중한 임무로 자신을 혹사하지 말고 우리 인생을 더욱 더 단순하게 만드는 것이다. 현대인이 행복한 균형을 이루며 살아가는 열쇠는 '단순함'에 있다."(소갈 린포체)

» 12월 12일 밥 한 그릇 만들어 먹는, 거기에 설교가 있다

향린교회라고 하는데 서울 명동에 있는 향린교회는 아니었다. 사람들에 섞여서 예배당으로 들어가다가 채수일 목사가 눈에 띄었다. 채 목사가 나를 보더니 연두색 후드가 있는 가운을 어깨에 얹어주면서 "오늘 설교 말씀 부탁합니다" 속삭이고는 뭐라고 대꾸할 짬도 주지 않고 앞쪽으로 가버렸다. 잠깐 난감했지만, 주보에 오늘의 말씀(본문)이 적혀 있을 테니 그 말씀을 한마디로 줄여서 들려주면 되겠지 생각하자 마음이 편안해졌다. 그 뒤는 잘 기억나지 않고……

어느새 몸에 얹혀 있던 연두색 가운이 벗겨져 있는데 나는 교회 주방(?)에 앉아 여자들과 이야기를 나누었다. 나누었다기보다 내가 물었고 여자들이 대답했다.

"보리쌀 있습니까?"

"예"

"고추장 있습니까?"

"예"

"열무김치 있습니까?"

"예."

"그러면 됐소. 보리밥 해서 고추장에 비벼 먹읍시다. 그것으로 오늘 설교 끝!"

"예."

모두들 좋아하는 분위기였다. 나도 마음이 가벼워졌다. 무엇보다도, 소박한 설교를 여자들과 함께 만들어 먹을 수 있어서 그게 기분 좋았다. 깨어나면서, 이런 생각이 들었다. '밥 한 그릇 만들어 먹는, 그 속에 진짜 설교가 숨어 있다. 그것을 찾아서 나눠야 한다.'

그렇다! 연두색 가운 아래 몸을 감추고 높은 강대상에서 청중을 내려다보며 듣거나 말거나 쏟아내는 설교는 설교가 아니라 폭력이다. 나는 지금까지 얼마나 많은 폭력을 행사했던가! 죄송하고 죄송할 따름이다. 사람들의 평범한 일상사 속에 감추어두신 하느님의 보물을 찾아 값없이 나누는, 그것이 진정한 설교다.

성사聖事가 따로 없음을 잊지 말라고, 보리밥 한 그릇으로 친절히 일러주신다.

» 12월 18일 내 도움 없이는 아무도 나를 돕지 못한다

검은색 계통의 붉은 말(馬)이었다. 잘 생긴 말이었다. 그런데 발굽마다 눈이 있어서 제각기 제 방향으로 가려 했기 때문에 그 '문제'를 해결하기 전에는 아무도 말을 부릴 수 없었다. 뿔뿔이 흩어져가는 네 발굽을 통일시켜 한 곳으로 가게 하려면, 발굽마다 있는 눈을 없애거나 못 보게 해야 하는데 그 눈이 밖에 달려 있지 않고 발굽과 발목 사이 물렁뼈 속에 묻혀 있어서 겉으로 붕대를 감거나 안대를 씌우는 정도로는 해결될 문제가 아니었다.

젊은 남자 둘이 왔다. 전문가라고 했다. 무슨 기계를 가지고 왔는데 그것으로 검은색 두툼한 막을 발목과 발굽 사이에 끼워 넣어 일체의 빛을 차단한다고 했다. 빛이 없으면 눈이 있어도 소용이 없으니까 눈을 없애는 대신 빛을 없앤다는 것이었다. 기계가 잘 작동되지 않아 몇 번 스프링이 퉁그러졌다. 그러다가 문득 보니, 두 전문가는 어디론가 사라져버렸고 어머니와 내가 기계를 조작하고 있었다. 사실 나는 기계의 한쪽을 붙잡는 정도였고 기계 속을 이리저리 조작하는 것은 어머니였다. 이윽고 "다 됐다"는 어머니 말씀이 떨어졌다. 붉은 말의 네 발굽이 더 이상 동서남북으로 흩어지지 않게 되었다.(말을 타고 어디로 가거나 어머니와 무슨 얘기를 나누거나 한 기억은 없다.)

전문가들의 도움이 없었다면 아마도 말의 발굽 속 눈을 제거(?)하려는 엄두조차 내지 못했을 것이다. 그러나 결국 문제를 해결한 것은 그들이 아니라 어머니와 나였다. 사실은 나도 아니고 어머니였다. 그리하여 뿔뿔이 흩어지는 발굽 때문에 한 발짝도 움직일 수 없었던 잘생긴 적토마가 네 발굽을 안고 달릴 수 있게 되었다.

산지사방 분산되는 몸과 마음을 통일시켜 한 곳으로 향하게 하고 싶어서 여기까지 왔다. 전문가들의 도움을 적절한 때에 적절한 방식으로 얻었다. 이제는 어머니와 나뿐이다. 그러나 내가 하는 일은 어머니가 기계를 조작하실 수 있도록 기계의 한쪽을 붙잡고 있는 게 전부다. 그밖에는 내가 할 수 있는 일이 아무것도 없다. 그러나 바로 그

하찮은 내 조력이 없다면, 아마도 "다 됐다"는 어머니 말씀을 들을 수 없을 것이다.

구원은 이루는 것이 아니라 받는 것이다. 그러나 그것을 받는 내가 없다면, 누가 누구에게 구원을 베풀 것인가? 도움받는 자의 도움을 받지 않고서는 누구도 누구를 도울 수 없는 법이다.

"붓다는 확실히 무신론자가 아니었다! 스승의 가르침을 오해하여, 종교사宗敎史의 진열장에 잘못된 주장들을 번잡하게 늘어놓은 것은 그의 추종자들이었다. 붓다의 추종자들은 굳이 신을 언급하려 하지 않은 스승의 뜻을 잘못 이해하였다. 그는 다만, 사람이 영적 노력을 감당해야 한다는, 신의 은총을 받아들이기 위하여 자신을 순결하게 하는 일을 포기해서는 안 된다는, 본인의 중심 메시지를 강조하려 했을 뿐이었다."(스와미 크리야난다)

오늘부터 단식이다. 그러나 단식 자체가 목적은 아니니까 하루에 사과 한 알 가루 된장 한 숟갈쯤 먹기로 했다. 어머니가 내 안에서 일하시도록 아주 작은 도움을, 그러나 반드시 필요한 도움을 드려야겠다. 이 일 또한 내가 내 힘으로 하는 것이 아님을 알고 있지만.

≫ 1 2 월 1 9 일   받 은 것 은 많 은 데 줄 것 은 없 다

안희선 목사가 선물을 한아름 안고 찾아왔다. 그런데 그가 돌아갈 때 나는 아무 줄 것이 없었다. 심지어 안 목사가 들고 있는 쪽지를 훔쳐보니 지난번 빌려준 돈을 받아오라는 부인의 메모가 적혀 있었는데 그 돈도 주지 못했다. 마침 아내가 집에 없어서 돈을 어디에 두었는지 알 수 없었다. 장롱을 뒤져 지갑을 하나 찾아냈지만 속에 든 것은 돈이 아니라 영수증 뭉치였다. 돌아갈 시간은 되었고 손에 들려줄 것은 없고, 최근에 나온 수피즘에 관한 번역서가 생각나서 서재로 갔다. 딱 한 권 남아 있기에 들고 나왔는데 막상 주려고 보니 엉뚱한 책이다. 받은 선물은 많았는데 줄 것이 없었다. 갚아야 할 돈마저 갚지 못했다. 난처해서 괜히 왔다갔다하다가 잠을 깨었다.

꿈에서는 난처했지만 깨고 나니 오히려 기분 좋다. 받은 것은 많은데 줄 것이 없는 인생. 그게 바로 탁발승 아닌가? 모든 것이 값없는 선물로 내게 주어졌거니와 내가 내어줄 것은 아무것도 없다. 주기 싫어서 안 주는 게 아니라 줄 물건이 없어서 못 주는 것이다. 사실이 그러하다. 나에겐 '내 것'이라고 할 만한 물건이 하나도 없다. 그러니 받을 자격(?)은 있지만 줄 자격은 없다. 받는 것보다 주는 것이 행복하다는 말이 있던데, 그 말에 따르면 나는 지금 불행한 인생을 살고 있는 셈이다. 그러나 괜찮다. 내가 불행해서 누군가 행복하다면, 그 불행이야말로 얼마나 행복한 불행인가? 오늘도 나는 얼마나 많은 선물을 받을까? 그런데 내가 세상에 내어줄 것은 없구나.

바울로는 아무것에도 빚진 바 없고 다만 사랑에 빚을 졌다고 했지만, 나는 사랑을 포함하여 모든 것에 빚진 자다. 그리고 그 빚을 갚을 능력이 없다. 능력만 없는 게 아니라 그럴 만한 자격도 없는, 나는 천생天生 거지다. 이 사실을 망각하고, 저에게 무엇이 있는 줄 착각하여, 감히 "내가 이것을 너에게 준다"는 터무니없는 생각에 사로잡히는 것이, 지금 내가 안고 있는 문제다. '망각'이 낳은 '착각'에서 벗어나야 한다. 아무것도 없는 자의 하늘 같은 자유를 맛이라도 보려면.

» 12월 21일 신비가는 오직 신비로만 안을 채운다

창문 왼쪽 모서리에 있던 달이 오른쪽 모서리에 걸렸다가 창문 밖으로 나가버린 지도 한참 됐는데 잠이 오지 않는다. 이리저리 뒤척이다가 비몽사몽으로 집 한 채를 보았다. 흰색 페인트가 칠해진 정방형 단층 슬래브 집이었다. 안으로 들어가야 할 텐데 들어가지 못하고 밖에서 서성거리다가, 집 뒤란에 쓰레기가 방치되어 있는 것을 알게 되었다. 쓰레기를 치우기 시작했다. 쓰레기들이 상자 안에 담겨 있어서 치우기가 어렵지는 않았다. 마지막으로, 두개골 모양의 붉은색 물체를 상자에 담아 치우려고 하는데 어디선가 "신비가는 그 안을 오직 신비로만 채운다"는 말이 들렸다. 그 순간, 내가 아직 잠들지 못한 까닭이 하얀 집 안팎을 깨끗이 청소하지 못했기 때문이었음을 알게 되었고, 이제 마지막으로 붉은색 두개골(?)을 치웠으니 집 안으로 들어갈 수 있겠다는, 달리 말하면 잠들 수 있겠다는 생각이 떠올랐다.

그렇게 잠이 들어 꿈을 꾼 것은 알겠는데, 어떤 꿈이었는지는 전혀 모르겠다. 한참 자다가, 뱃속에서 달걀만한 크기의 뭉치가 봉긋하게 솟아오르고 그 위로 맥박이 심하게 뛰는 것을 느끼며 잠에서 깨어났다. 만져보니 제법 단단하다. 이것이 무엇일까? 혹시 회충약을 먹었는데 그것들이 죽어서 한 데 뭉쳐 있는 건 아닐까? 옆으로 누우면 손에 잡히지 않다가 바로 누우면 다시 솟아오른다. 잠시 궁금하고 걱정스럽더니, 몸의 주인님이 따로 계시거늘 그분이 어련히 알아서 처리하시겠느냐, 생각하자 안심이 되었다.

다시 잠들었나보다. 흑백 영화를 보는 것처럼 모든 장면이 흑과 백으로 처리되었다. 내가 사는 집 뒷문으로 한 여자가 들어왔다. 여자는 들어오자마자 오래 참았다는 듯 내 얼굴에 키스 세례를 퍼부었다. 무척 관능적인 몸매였다. 이불 속에서 풍만한 가슴으로 나를 압박하며, 자기는 한 뼘만큼의 틈만 있어도 할 수 있다고 속삭인다. 그러더니 어느새 내 아랫도리를 자신의 두 다리로 휘감고 반쯤 올라탔다. 그때 한 이불을 덮고 주무시던 어머니가 깨어 일어나시며, "얘야, 이게 뭐니?" 하고 물으셨다. 민망스럽고 부끄러워 아무 말도 못하고 있는데 어머니가 여자를 보시고는 아무렇지도 않게 "네가 여기 왜 와 있느냐? 어서 가거라" 하고 말씀하셨다. 그러나 여자는 꿈적도 하지 않고 내 옆구리에 자신의 젖가슴을 밀착시키며 달라붙었다. 갑자기 역겨워졌다.

이 여자를 집에서 내쫓지 않고서는 아무 일도 되지 않겠다는 생각이 들었다. 그래서 벌떡 일어나 여자 손을 잡아끌고 문 밖으로 나갔다. 분명히 떨쳐버리고 돌아섰는데, 방에 들어와 보면 여자가 나보다 먼저 들어와 있기를 두세 차례 반복했던 것 같다. 결국, 내 힘만으로는 여자를 집 밖으로 내보낼 수 없다는 사실을 깨달았다. 그때 "신비가는 오직 신비로만 안을 채운다"는 말이 다시 들렸다.

그렇구나, 이 몸에는 이 몸의 주인님만 모셔야 하는구나, 생각이 나서 두 손을 모으고 진심으로 구했다. "처음부터 이 몸은 주인님 것이었습니다. 이제 이 몸에서 주인님 아닌 것은 모두 청소하시고 오직 주인님으로만 채워주십시오." 그러자 여자가 앞문을 열고 나가는 게 보였다. 뒷문으로 들어왔던 여자가 제 발로 앞문을 열고 나갔다. 그 뒤로는 어찌됐는지 모르겠다. 다만 꿈이 끝날 즈음, 언덕 위에 있는 내 집에서 한가로이 낮잠을 자고 있는 남자들 몇을 보았다. 그들 가운데 아는 선배가 있다가, 문을 열고 들어서는 내게 "우리 여기서 한

숨 잔다고 하게" 했다. "그러죠" 하고 돌아서는데 선배가 비호처럼 문 밖으로 달려나가며 소리를 질렀다. "뇌물까지 줘서 구워삶았더니 도대체 어떻게 했기에 집 주인이 와서 귀찮게 구는 거냐?" 그에게 쫓겨 황급히 달아나는 것은 면사무소 직원이었다. 소란통에 깜짝 깨어났다. 여자는 나갔지만, 아직도 집 안에는 내보내야 할 물건들이 남아 있는 모양이다.

며칠 전, 아내가 왜 단식하느냐고 물었을 때 "그냥. 나도 몰라" 하고 얼버무렸는데 단식 나흘째 되는 오늘은 짐작되는 바를 이렇게 말해 줄 수 있을 것 같다. "주인님께서 몸과 마음을 청소하시려나봐."

오늘부터는 물만 마신다. 사과 한 알, 가루 된장 한 숟갈을 넣지 말라고 몸이 말했다.

스웨터를 입었는데도 으스스 추운 기가 느껴져 이불 덮고 누웠다가 낮잠이 들었다. 낮잠도 잠이라, 꿈을 꾸었는데 어떤 꿈을 꾸었는지는 아래 대화를 읽어보면 짐작될 것이다.

"아이들은 왜 집에 들어가지 못했을까?"

"저마다 자기 집을 삼켜버렸으니 어디로 들어가겠는가?"

"아이들은 집이 사라졌는데도 왜 걱정스런 표정이 아니었을까?"

"아이들이니까."

"아이들은 왜 집을 삼켜버렸을까?"

"먹고 싶었겠지."

"당장 아이들은 어디서 자야 하나?"

"걱정할 것 없다. 어디서 자든 거기가 아이들 집이니까."

"춥지 않을까?"

"집 안에서 자는데 왜 춥나?"

깨어나면서 생각나는 두 마디 말씀.

"여우도 굴이 있고 참새도 집이 있건만 나는 머리 둘 곳이 없다."

"아버지가 내 안에, 내가 아버지 안에."

≫ 12월 22일   또 다른 여인이 나를 잉태할 것이다

잠자리에 누워 잠을 청하는데, 뭐라고 설명할 수 없는 어떤 기운이 왼쪽 옆구리로 들어왔다가 오른쪽 옆구리로 나가는 듯한 느낌이 되풀이되었다. 뭔가가 나를 관통하여 흘러가는 그런 느낌이었다. 그러다가 잠든 모양이다.

꿈결에 세 토막의 스틸 사진을 본 것 같다. 마치 영화 필름의 한 장면처럼, 연속되는 동작의 극히 순간적인 모습 하나가 포착된 것이다.

첫 번째 것은, 고양이처럼 생긴 검은 짐승이 앞에 가는 같은 짐승의 꼬리를 물고 가는데 그의 꼬리를 또 다른 짐승이 물고 뒤따르는 모습이었다. 내 눈에 들어와 고정된 모습은, 앞에 가는 짐승의 꼬리 끝 부분과 그 뒤를 따르는 짐승의 꼬리를 문 다른 짐승의 주둥이까지가 전부였다. 그 앞과 뒤는 무엇인가에 가려서 보이지 않았다.

잠깐 깨어났다가 두 번째 장면을 보았다. 집 짓는 데 쓰는 여러 가지 목재들(나무 기둥, 문틀, 문짝, 서까래 등)이 작은 나무토막으로 연결되어 하나씩 지나갔다. 역시 처음과 나중은 보이지 않았고 손바닥보다도 작은 나무토막으로 큰 문짝과 기둥들이 연결되어 떨어지지 않는 게 신기해 보였다. 그뿐이다. 다시 깨어나, 깊은 잠에 들지 못해서 꿈도 이렇게 한 장면만 짧게 나타났다가 사라지나보다 생각했다.

방 안에 들어와 벗어놓은 옷가지들을 비추던 달빛이 그 사이에 밖으로 나가버렸다. 그 대신 흑백 사진처럼 2차원 세계로 돌아간 창밖 소나무들 사이로 차가운 별빛이 가물거린다.

다시 잠들었나보다. 세 번째 장면을 보았다. 아들을 낳은 아버지가 아들의 등을 밀고 가는데 그 아버지를 낳은 아들이 아버지 등을 밀고 가는데 그 아들을 낳은 아버지가 아들의 등을 밀고 가는데 그 아버지를 낳은 아들이…… 역시, 앞과 뒤가 무엇인가에 가려서 어떻게 시작된 행진인지 어떻게 끝나는 행진인지 알 수 없었다. 아들과 아버지가 번갈아 서로를 낳으면서 그렇게 왼쪽에서 오른쪽으로 가고 있었다.

세 토막의 짧은 장면이 내게 일러준 것은 순간성과 영속성이라는 모순되는 듯한 두 단어다. 감각되고 지각되는 모든 것이 순간적이다. 찰나에 있는 것처럼 보이다가 보이지도 않고 잡히지도 않는 곳으로 사라져간다. 그러니 그것이 무엇이든 보이고 만져지고 하는 것에 집착할 이유가 없다. 집착 자체가 나를 구속하기 때문이 아니라 집착할 이유가 없고 집착할 방법이 없기 때문이다. 집착은 잡히지 않은 것을 잡았다고 생각하는 착각에서 나온 헛손질이다. 허무맹랑한 일이다. 누가 무엇을 움켜잡을 수 있단 말인가? 아무도 그 무엇도 움켜잡지 못한다. 그림자가 어찌 그림자를 잡을 수 있으랴? 모든 것이 순간성을 벗어나지 못한다. 그러나 동시에 어느 것도 사라지지 않는다. 영속성이다. 다만 보이지 않는 무엇에 가려서 보이지 않을 따름이다.

지금 글을 쓰고 앉아 있는 이 물건도 때가 되면 죽어서 더 이상 사람들 눈에 보이지 않을 것이다. 그러나 안개 속에 묻혀서도 열차가 달리듯이, 나는 내 여행을 계속할 것이다. 시작도 없고 끝도 없는 여행은 언제까지나 계속될 것이다. 문짝이라는 개체가 집이라는 전체

306

로 바뀔 때까지 계속될 것이다. 그러면 거기서 내 여행은 끝나는 것일까? 아니다. 이번에는 집이라는 전체가 더 큰 세계의 개체로 되어 새로운 여행을 떠날 것이다. 그리하여 신의 여행은 한없이 이어질 것이다.

아무것도 잡을 것이 없다. 본디 잡히지 않게끔 되어 있는 것들이다. 그러니 공연한 헛손질로 심신을 고달프게 할 것 없이, 보이면 보이는 대로 잡히면 잡히는 대로, 모두가 착각인 줄 알고서, 그냥 그대로 순간을 즐길 따름이다. 이 모두가 신의 게임이다. 게임은 즐기는 것이다. 먼저 게이머들이 즐겨야 구경하는 쪽도 즐거운 법이다.

엿새째 똥을 누지 못했더니 몸은 별 탈 없는데 마음이 거북하다. 마그밀을 먹어봤지만 구역질만 나고 별 효과가 없다. 전에도 단식을 해보았는데 이번처럼 맥을 못 춘 적은 없었던 것 같다. 도무지 기운을 차릴 수 없다. 생각 같아서는 산도 오르고 아우내 장터까지 산책도 하고 싶은데 몸이 따라주지 않는다. 틈만 나면 누우려 하고 도대체 움직이려 하지를 않는다. 이제는 물도 마시고 싶지 않다. 오늘은 열까지 조금 오르는 것 같다. 그러나 그냥 두고 보기로 했다. 언님에게 관장약을 구해 달라고 부탁했으니 오늘밤이라도 관장을 하면 좋아질 게다. 아무튼 이 모든 순간순간들의 경험이 한번 스쳐 지나가면 다시 오지 않는 소중한 것들이다. 보면서 느끼면서 즐길 것들이다. 툭, 툭, 터지듯이 나오는 웃음!

도대체 나는 무엇인가? 나를 통해서 끝없이 흐르는 이것은 또 무엇인가? 모르겠다. 읽으려고 가져온 칼릴 지브란의 《예언자》 마지막 문장을 어젯밤에 읽었다. "A little while, a moment of rest upon the wind, and another woman shall bear me." 예언자 알무스타

파가 오팔레스 성 주민들에게 죽음의 배를 타고 떠나면서 남긴 말이다. "잠시, 바람 타고 한순간 쉬다보면, 또 다른 여인이 나를 잉태할 것이다."

» 12월 25일   꿈에도 길이 있다

아이들과 함께 소풍을 간다고 부산을 떨며 준비중이었다. 이리저리 기웃거리다가 누군가 들고 있는 햄 소시지를 나꿔채다시피 해서 먹었다. 그가 얼마든지 더 먹으라면서 접시에 수북이 담아주었다. 훈제 햄인데 맛이 참 좋았다. 정신없이 한참 먹다가 그제서야 지금 내가 먹은 것이 돼지고기인 줄 알았다. 돼지고기뿐 아니라 쇠고기까지 이른바 육고기를 먹으면, 아무리 조금 먹어도, 온몸에 두드러기가 돋아서 입에 대지 못한 게 벌써 몇 년인가? 큰일 났다 싶어, 오늘 소풍을 못 가겠다고, 모든 일정 취소하고 방에 들어가 두드러기와 힘든 씨름이나 준비해야겠다고, 사람들에게 이야기하다가 잠에서 깨어났다.

깨어나는 순간, 안도의 한숨이 절로 났다. 그렇다. 꿈속의 내가 한 짓은 꿈꾸는 나와 아무 상관이 없다. 내가 꿈에 사람을 죽였다고 해서 형사들이 나를 잡아갈 리도 없고, 꿈에 말보다 빨리 달렸다고 해서 국제육상경기연맹이 나에게 세계에서 제일 빨리 달리는 사람이라는 타이틀과 함께 메달을 안겨줄 리도 없다. 꿈에 햄 소시지를 먹었지만 그 때문에 두드러기로 고생할 리 없으니 얼마나 다행인가?

인도의 라마나 마하르쉬는 말하기를, 우리가 현실이라고 알고 있는 이것과 꿈이라고 알고 있는 그것이 사실은 같은 것이라고 했다.

지금 우리 모두가 꿈속에 살아가고 있다는 얘기다. 그러면 어찌되는가? 최후 심판을 받아서 잘산 놈은 상을 받고 못산 놈은 벌을 받는다는, 그래서 누구는 천당으로 가고 누구는 지옥으로 간다는 종교의 가르침이 모두 헛얘기 아닌가? 그렇다. 그 모두가 헛얘기라는 사실을 마침내 깨닫고 인간의 헤아림을 넘어서는 커다란 웃음 속으로 들어가 그것과 하나되는 것, 사실은 그게 종교다. 종교의 틀을 넘어서는 데 종교가 있다.

그렇지만 간밤 꿈에 만일 내가 이건 꿈이니까 무슨 짓을 해도 괜찮다는 '깨달음'을 얻어 햄 소시지를 계속 먹고 소풍을 따라갔다면 어찌됐을까? 물론 잠자고 있는 내가 두드러기로 고생하지는 않았겠지만 꿈속의 나도 그렇게 아무 일 없었을까? 그렇지는 않았을 것이다. 꿈속에서 나는 두드러기로 많은 고생을 했을 것이다. 꿈에서 완전히 깨어나지 않는 한, 꿈은 내게 엄연한 현실이요 그러기에 내가 지켜야 할 원칙과 법도가 그 속에 있다. 꿈에도 길이 있는 것이다.

우리 같은 범인이 꿈과 현실을 서로 다른 것으로 착각(?)하여 해야 할 일과 하지 말아야 할 일을 구분하고 이것을 버리고 저것을 취하는 데는 그럴 만한 까닭이 있는 것이다. 착각 또한 필요해서 우리에게 주신 것 아니겠는가? 기억을 주신 분이 망각을 주시듯이. 어서 깨어나려고 괜히 안달할 것 없다.

≫ 12월 26일   네 생각을 남에게 강요하지 말아라

어제 단식과 함께 침묵(?)도 깨고 단비교회에서 오랜만에 설교라는 걸 했다. 목소리가 나오지 않아 사람들이 답답했을 텐데도 귀기울여 듣는 모습들이 고마웠다.

미음 먹고 (화정이 정성껏 끓여준) 김칫국물 마시니 기운이 솟는다. 된장 국물을 풀어 마시는데, 이 분이 나를 살리려 당신은 돌아가시니 이 분이 바로 하느님이시구나, 생각이 나서 눈물을 찔끔 흘렸다. 모든 사물, 모든 사람 안에 주인공이 숨어 계신다. 어디 네가 날 알아보나 보자고 눈을 반짝이면서.

이십년래무일사二十年來無一事, 운변장환주인공雲邊長喚主人公이라더니, 주인공은 구름 가에 있지 않고 주인공을 부르는 제 속에 들어앉아 계신 것을 그가 과연 알아냈을까? 서산西山에 묻고 싶으나, 만날 길이 없구나.

8박 9일 만에 집으로 돌아와 잤다. 많은 꿈을 꾸었다. 웬 컴퓨터에 대한 강의를 그렇게 오래 들었는지…… 꿈에도 이해가 되지 않았으니 깨어난 뒤에 그 내용을 기억할 리가 없다. 아무것도 기억나지 않는다.

다만 한마디, 언제 어디서 누구에게 들었는지도 모르는, 한마디 말씀과 그에 덧붙여진 두어 마디 설명이 기억에 남아 있다.

"네 생각을 남에게 강요하지 말아라! 강물은, 아무리 작은 송사리라도 그 입을 벌리기 전에는 입 안으로 들어가지 않는다. 햇빛은 병아리 얇은 눈꺼풀 한 장 앞에서도 고요히 멈추어 선다. 그러나 네 생각을 속에 묻어두지도 말아라. 강물은 산 물고기와 죽은 물고기를 함께 품고 햇빛은 밤낮 없이 온갖 사물에 와 닿는다."

때는 일정 말기. 곳은 경성 어느 일식 음식점. 사시미 요리를 전문으로 하는 주방장과 여자 종업원들이 무슨 날인가를 기념하여 연극을 하면서 하루를 즐기고 있었다. 생선을 아주 죽이지는 않고 기절만 시키고 산 채로 살점을 도려내어 넓은 접시에 펼쳐놓는 묘기를 감탄하면서 내려다본 기억이 난다. 은빛과 보랏빛으로 반들거리는 생선 살점들이 눈에 선하다.

그렇게 한참 놀이가 진행되고 있는데 갑자기 젊은 학생들이 무대로 침입하면서 소리를 질러댔다. "일본은 일제 만행을 사과하지 않았다. 그러고도 이렇게 서울 한복판에서 일정 시절을 재현하며 그것으로 돈까지 챙겨가는 것은 묵과할 수 없는 일이다!" 이런 내용이었다. 그제서야 나는 지금까지 보아온 것이 최근 서울 어느 소극장에서 한국인 배우와 일본인 배우들이 합작으로 공연하고 있는 연극(제목을 꿈에는 알았는데 지금은 생각나지 않는다)이라는 사실을 알게 되었다. 그러니까 관객으로 위장하고 들어와 있던 젊은이들이 기습적인 시위를 벌인 것이다.

사태가 벌어지자 연극은 중단되고 연극단장과 연출자가 무대 뒤에서 나와 젊은이들과 대치 상태로 들어갔다. 무대는 곧 토론장으로 바뀌었다. 연출자가 말했다. "이것은 서울시로부터 공연 허가를 받은, 법적으로 조금도 하자가 없는 문화 공연이다. 학생들의 심정은 이해되지만 지금 자네들은 불법을 저지르고 있는 것이다."

시위 주동자인 듯한 젊은이가 대꾸했다. "정의는 법보다 우선이요 우위다. 이것은 법의 문제가 아니라 정의의 문제요 민족 정기의 문제다."

연출자가 말했다. "정의를 말한다면, 지금 일본에 건너가서 이른바 한류 열풍을 일으키고 있는 한국인 가수 탤런트들에 대해서는 왜 아무 말 하지 않는가? 그들이 일본에서 벌어들이는 돈에 견줄 때 이 연극에서 일본 배우들이 받는 개런티는 말 그대로 새 발의 피도 안 된다. 이건 경제 정의에 위배되지 않는가?" 말이 여기까지 진행되었을 때, 관중석에서 다른 무리가 올라와 소리쳤다. "우리는 연극을 보러 왔지 이런 애송이들의 시위하는 꼴을 보러 오지 않았다! 이들을 내쫓고 연극을 계속하든지 아니면 막을 내리고 환불을 하든지 둘 중에 하나로 결판을 내어라!"

이어서 말들이 쏟아지는데 문자 그대로 중구난방이었다. "연극은 이미 끝났다" 이런 말도 들렸고, "아직 끝나지 않았다"는 말도 들렸다. "돈을 물어내라"는 말도 들렸고, "이건 연극판이 아니라 개판이다"라는 말도 들린 것 같다. 한창 어지럽더니 어느새 극장 밖 거리로까지 다툼이 번져나가기 시작했다. 서울 시청 광장과 광화문 네거리가 두 방향의 군중으로, 마치 바람 부는 날 보리밭처럼, 출렁거렸다.

이쯤에서 장면이 스르르 멈추고는 '끝'이라는 자막이 나타났다. 영화 한 편이 그렇게 끝난 것이다. 그리고 나도 이제까지 보아온 게 모두 꿈이라는 사실을 알게 되었다. 잠에서 깨어난 것이다. 창문으로, 둥근 달이 떠 있는 게 보였다.

도대체 나는 지금 어느 경계에 있는 것일까? 꿈속의 꿈속의…… 꿈속에 있는가? 연극 속의 연극 속의…… 연극 속에서 한 역할을 감당하고 있는 무명의 배우인가? 이것이 연극이라면 이 연극 밖에는 또 무슨 연극이 펼쳐지고 있는 것일까? 이것이 꿈이라면 이 꿈은 또 어떤 다른 꿈속에서 펼쳐지고 있는 꿈일까? 알 수 없는 일이다. 다만 꿈밖의 꿈 밖의……꿈 밖으로 마침내 떨치고 깨어난, 이름을 부를 수 없는, 그분이 내게 오셔서 "너를 나 있는 곳으로 이끌 터이니 기웃거리지 말고 나를 따라오라"고 이르셨으니 나는 다만 그 이끄심에 나를 맡길 따름이다. 그것 자체가 너의 착각일 수 있다고? 물론이다! 그러나 나는 나를 정확한 내 생각과 판단에 맡기느니, 불분명하고 모호한 내 착각에다 맡겨야겠다. 내 권리요 내 자유다. 말리려 하지 말라.

선생님이 말씀하신다. "김칫국물 더 마셔라!"

단식 끝에 탈수 현상이 있었는데 동치미 국물이 그것을 해소시켜 주었다. 동치미가 이토록 좋은 기적의 음료인 줄 처음 알았다. 동치미뿐만 아니다. 보이는 모든 사물, 모든 현상이 그대로 기적이요 은총이다. 모든 것이 내게 쏟아지는 햇살 같은 은혜의 선물들이다.

» 12월 31일 기다리는 마음 없이 기다리라

많은 사람들을 만나 여러 가지 상황을 겪었던 것 같은데 깨어나자 모두 사라졌다. 누구에겐가, 씨와 열매의 관계에 대하여 한마디 말한 것만 기억에 남아 있다.

나무란 무엇인가? 씨알 하나가 수많은 열매들로 몸을 바꾸어가는 과정, 그것이 한 그루 나무다. 그런데 씨알 곧 열매요 열매 곧 씨알이니 결국은 제가 저로 몸을 바꾸어가는 것이다. 다만, 이 과정은 일방통행이라, 이른바 역행 또는 퇴행이 없다는 사실을 기억할 필요가 있다. 씨알이 뿌리를 내리고 싹을 틔워 줄기로 가지로 잎으로 꽃으로 열매로 진행하는데 이 순서를 거꾸로 돌려놓을 수 없다는 얘기다. 꽃이 떨어지면서 그 자리에 열매가 맺히는 것이지 열매가 맺히고 나서 꽃이 지고 꽃이 진 뒤에 꽃봉오리가 피어나는 것은 아니다.

　사람은 모두가 한 그루 나무다. 그러므로 어떤 사람이 어떤 모습으로 존재하든 그 사람은 지금 '씨알에서 열매'로의 과정중에 있다. 다시 말하면 돌이켜지지 않는 '성숙의 길'을 걷고 있는 것이다. 나무에 퇴행이 없듯, 사람에게도 퇴행은 없다. 그런 뜻에서 아담의 실낙원을 추락falling이 아니라 상승ascending으로 보는 눈이 사실을 좀더 깊이 멀리 총체적으로 보는 눈이라고 하겠다. 따라서 모든 사람이 같은 길을 가고 있는 같은 존재다. 누가 누구를 업신여긴다면 그것은 고약한 마음의 발로가 아니라 무지의 결과다. 누가 누구를 경멸한다 해서 같이 경멸하는 것도 무지 탓이요, 경멸하는 자를 경멸하는 것 또한 무지 탓이다. 세상에는 경멸받아 마땅한 존재가 없다. 모두가 성스런 길을 가는 도반들이다.—이런 얘기를 하다가 문득 잠에서 깨어났다. 안개 낀 춘천호, 오리들이 떼 지어 날다가 아침 햇살 반짝거리는 수면 위로 내려앉는다. 아름다운 정경이다.

　슬퍼하는 마음 없이 슬퍼하라. 좋아하는 마음 없이 좋아하라. 기다리는 마음 없이 기다리라. 바라보는 마음 없이 바라보라. 무엇을 하든, 하겠다는 마음 없이, 한다는 마음 없이, 그냥 하라! 저 호수가 한 오라기 빈틈 없이 호수 바닥을 덮듯, 빈틈없이 하되 빈틈없이 하겠다는 마음 없이 그렇게 하라. 마음 쓰지 않고 마음을 내리라는 마음 없이 강물처럼, 햇살처럼, 봄을 기다리는 강변의 마른 나무처럼, 그렇게 마음을 내어라! 응무소주이생기심應無所住而生其心!

　씨알이 저 혼자서 열매로 몸을 바꾸는 게 아니라, 우주가 씨알과

314

나무와 열매들로 제 모습을 드러내고 있는 것이다. "세계는 하나님의 자기 노출이다."(이븐 아라비)

돋아나는 새싹 같은 사람도 있고 피어나는 꽃잎 같은 사람도 있고 떨어지는 꽃잎 같은 사람도 있고 벌레 먹은 열매 같은 사람도 있고 서리 맞은 낙엽 같은 사람도 있고…… 가지각색 사람들이 있는 세상이지만 만법귀일萬法歸一이라, 모두가 본디 성숙하고 완전한 자기한테로 자라나고 익어가는 중이다. 누구를 따로 떼어놓아 경멸할 터무니도 없거니와 누구를 따로 떠받들어 섬길 이유도 없다. 문자 그대로 만인 평등이라, 만인이 일인一人인데 누가 누구를 차별한단 말인가?

모두들 같은 사람으로 태어났고
이 사실을 모르는 자도 없다
속이는 자들만이
높은 사람 낮은 사람으로 나눠놓는다.

— 카비르

≫ 2005년 1월 1일 사람은 말을 만들고 말은 사람을 살린다

무슨 영화사라고 했다. 일년을 마감하며 총결산을 하는 자리에 참석했다. 참석이라고 했지만 회사의 직원이나 임원 자격으로 참석한 것은 아니었고 그래서 내 생각을 말한 일도 없다. 철저한 옵서버로 보고 듣기만 했다. 회의는 꽤 길게 이어졌고 오가는 말도 많았지만,

꿈에서 깨어난 뒤에까지 남아 있는 것은 다음과 같은 보고서의 한 문장이다.

"하반기, 본사는 세 편의 영화를 제작했으나 두 편은 흥행에 실패하였고 한 편이 흥행에 성공하여 그 영화 한 편으로 현재 회사의 명맥을 유지하고 있음."

꿈에는 영화 세 편의 제목을 다 알았는데 기억나지 않는다. 다만 흥행에 실패했다는 두 영화가 하나는 예술적인 아름다움을 그린 것이었고, 다른 하나는 철학적 심오함을 추구한 작품이었다는 것만 기억에 남아 있다. 회의석상에 앉아서 보고서를 읽는데 문득 이런 생각이 떠올랐다.

"영화사는 영화를 있게 하고 영화는 영화사를 있게 한다!"

잠에서 깨어났다. 설날 아침이 밝았다.

일년쯤 묵언黙言 시늉을 하고 나서 떠오른 생각은, 인간의 말에 대한 것이었다. 하이데거는 "말은 존재의 집"이라고 했지만, 내 생각에는 말은 존재의 집이 아니라 말이 곧 존재다. 존재한다는 것은 말한다는 것이요 말한다는 것은 소통한다는 것이다. 그러므로 진짜 침묵은 존재하지 않는 자에게만 있을 수 있다. 우리가 경험할 수 있는 유사 침묵이 있다면 죽은 자의 침묵이 그것이다. "죽은 자는 말이 없다"는 말은 그나마 진실에 근사한 말이다. 송장이란 외부와 소통하는 모든 구멍이 막힌 물건이기 때문이다.

영화사가 영화를 만들듯이 사람은 말을 만들고 영화가 영화사를 존속케 하듯이 말은 사람을 살아있게 한다. 영화사가 만든 영화라도 사람들에게 소통되지 않으면 오히려 영화사의 존속을 위태롭게 하듯이 사람이 만들어낸 말도 다른 사람들에게 소통되지 않으면 말을 만

316

든 사람의 존재를 오히려 위협한다.

사람은 일을 있게 하고 일은 사람을 있게 한다. 그러나 그 일이 세계에 두루 통하지 않으면 거꾸로 사람의 존재를 위태롭게 한다.

올해도 날마다 순간마다 많은 말을 하고 여러 가지 일을 할 것이다. 그 많은 말들이, 그 온갖 일들이, 내 존재의 구멍들을 틀어막지 않도록 조심해야 한다. 그러려면 어찌 해야 할까? 입구멍도 열어야 겠지만 그보다 먼저 귓구멍을 활짝 열어야 한다. 60이면 이순耳順이라 하지 않았던가? 누가 무슨 말을 하든, 그 말을 배척하지도 말고 끌어당기지도 말자. 조물주가 눈에 눈꺼풀을 달아주고 입에 입술을 달아주면서 귀에 귀덮개를 달아주지 않은 데에는 그럴 만한 이유가 있을 것이다. 인체의 아홉 구멍(九竅) 가운데 줄창 열려 있는 구멍은 콧구멍과 귓구멍 두 개뿐이다.

콧구멍은 막을래야 막을 수도 없거니와, 이제부터는 그동안 자주 틀어막거나 힘센 문지기를 두어 검문 검색에 철저했던 귓구멍을 활짝 열어놓고 살아가는 연습에 충실해야겠다. 을유년. 잘 듣는 한 해로 삼자!

살아있는 말, 곧 살아있는 소통은 귀에서 비롯된다.

샨티 회원제도 안내

샨티는 사람과 사람, 사람과 자연, 사람과 신과의 관계 회복에 보탬이 되는 책을 내고자 합니다. 몸과 마음과 영혼이 건강해질 수 있는 책을 내고자 합니다. 만드는 사람과 읽는 사람이 직접 만나고 소통하고 나누기 위해 회원제도를 두었습니다. 책의 내용이 글자에서 머무는 것이 아니라 우리의 삶으로 젖어들 수 있도록 함께 고민하고 실험하고자 합니다. 여러분들이 나누어주시는 선한 에너지를 바탕으로 몸과 마음과 영혼에 밥이 되는 책을 만들고, 즐거움과 행복, 치유와 성장을 돕는 자리를 만들어 더 많은 사람들과 고루 나누겠습니다.

샨티의 회원이 되시면……

샨티 회원에는 잎새 · 줄기 · 뿌리(개인/기업)회원이 있습니다. 잎새회원은 회비 10만 원으로 샨티의 책 10권을, 줄기회원은 회비 30만 원으로 샨티의 책 33권을, 뿌리회원은 개인 100만 원, 기업/단체는 200만 원으로 샨티 책 100권을 드립니다. 그 외에도,

— 추가로 샨티의 책을 구입할 경우 20~30%의 할인 혜택을 드립니다.
— 신간 안내 및 각종 행사와 유익한 정보를 담은 〈샨티 소식〉을 보내드립니다.
— 샨티가 주최하거나 주관 · 후원 · 협찬하는 행사에 초대하고 할인 혜택도 드립니다.
— 뿌리회원의 경우, 샨티에서 발행하는 모든 책에 개인 이름 또는 회사 로고가 들어갑니다.
— 모든 회원은 아래에 소개된 샨티의 친구 회사에서 프로그램 및 물건을 이용 또는 구입하실 때 할인 혜택을 받을 수 있습니다.

· 문성희의 〈평화가 깃든 밥상〉 요리강좌 수강료 10% 할인
  070-8153-8642, http:∥cafe.daum.net/tableofpeace
· 오늘 행복하고 내일 부자되는 '포도에셋' 재무설계 상담료 20% 할인
  http:∥www.phodo.com
· 대안교육잡지 격월간《민들레》정기 구독료 20% 할인
  http:∥www.mindle.org
· 부부가 정성으로 농사지은 설아다원의 유기농 녹차 구입시 10% 할인
  http:∥www.seoladawon.co.kr

* 친구 회사는 앞으로 계속해서 늘려나갈 예정입니다.
* 회원제도에 대한 더 자세한 사항은 샨티 블로그 http:∥blog.naver.com/shantibooks를 참조하십시오.

산티의 뿌리회원이 되어
몸과 마음과 영혼의 평화를 만들고 나누는 데
함께해 주신 분들께 깊이 감사드립니다.

뿌리회원 (개인)

이슬, 이원태, 최은숙, 노을이, 김인식, 은비, 여랑, 윤석희, 하성주, 김명중, 산나무, 일부, 박은미, 정진용, 최미희, 최종규, 박태웅, 송숙희, 황안나, 최경실, 유재원, 최영신, 홍윤경, 서화범, 이주영, 오수익, 문경보, 최종진, 여고운, 조성환, 김영란, 풀꽃, 백수영, 황지숙, 박재신, 염진섭, (주)드림, 이재길, 이춘복, 장완, 한명숙, 이세훈, 이종기, 현재연, 문소영, 유귀자, 윤홍용, 김종휘, 이성모, 박새아, 문수경, 전장호, 이진, 최애영, 김진회, 백예인, 이강선, 박진규, 박영하, 이욱현, 최훈동, 이상운, 이산옥, 김진선, 심재한, 안필현, 육성철, 신용우, 곽지회, 전수영, 기숙희, 김명철, 장미경, 정정희, 변승식, 주중식

뿌리회원 (단체/기업)

— 회원이 아니더라도 이메일(shanti@shantibooks.com)로 이름과 전화번호, 주소를 보내주시면 독자회원으로 등록되어 신간과 각종 행사 안내를 이메일로 받아보실 수 있습니다.

전화: 02-3143-6360 팩스: 02-338-6360

이메일: shanti@shantibooks.com